蛙のゴム靴

宮沢賢治

目次

まなづるとダァリヤ

くだものの畑の丘のいただきに、ひまわりぐらいせいの高い、黄色なダァリヤの花が二本と、まだたけ高く、赤い大きな花をつけた一本のダァリヤの花がありました。

この赤いダァリヤは花の女王になろうと思っていました。

風が南からあばれて来て、木にも花にも大きな雨のつぶを叩《たた》きつけ、丘の小さな栗《くり》の木からさえ、青いいがや小枝をむしってけたたましく笑って行く中で、この立派な三本のダァリヤの花は、しずかにからだをゆすりながら、かえっていつもよりかがやいて見えておりました。

それから今度は北風又三郎が、今年はじめて笛のように青ぞらを叫んで過ぎた時、丘のふもとのやまならしの木はせわしくひらめき、果物《くだもの》畑の梨《なし》の実は落ちましたが、このたけ高い三本のダァリヤは、ほんのわずか、きらびやかなわらいを揚げただけでした。

＊

黄色な方の一本が、こころを南の青白い天末＊に投げながら、ひとりごとのように言ったのでした。

「お日さまは、今日はコバルト硝子《ガラス》の光のこなを、すこうしよけいにお播《ま》きなさるようですわ」

しみじみと友達の方を見ながら、もう一本の黄色なダァリヤが言いました。

「あなたは今日はいつもより、少し青ざめて見えるのよ。きっとあたしもそうだわ」

「ええ、そうよ。そしてまあ」赤いダァリヤに言いました。「あなたの今日のお立派なこと。あたしなんだかあなたが急に燃え出してしまうような気がするわ」

赤いダァリヤの花は、青ぞらをながめて、日にかがやいて、かすかに笑って答えました。

「これぱっかしじゃ仕方ないわ。あたしの光でそこらが赤く燃えるようにならないくらいなら、まるでつまらないのよ。あたしもうほんとうに苛々《いらいら》してしまうわ」

やがて太陽は落ち、黄水晶《シトリン》の薄明穹《はくめいきゅう》も沈み、星が光りそめ、空は青黝《あおぐろ》い淵《ふち》になりました。

「ピートリリ、ピートリリ」と鳴いて、その星あかりの下を、まなづるの黒い影がかけて行きました。

「まなづるさん。あたしずいぶんきれいでしょう」赤いダァリヤが言いました。

「ああきれいだよ。赤くってねえ」

鳥は向うの沼の方のくらやみに消えながらそこにつつましく白く咲いていた一本の白いダァリヤに声ひくく叫びました。

「今ばんは」

白いダァリヤはつつましくわらっていました。

＊

山々にパラフィンの雲が白く澱《よど》み、夜が明けました。黄色なダァリヤはびっくりして、叫びました。

「まあ、あなたの美しくなったこと。あなたのまわりは桃色の後光よ」

「ほんとうよ。あなたのまわりは虹《にじ》から赤い光だけ集めて来たようよ」

「あら、そう。だってやっぱりつまらないわ。あたしあたしの光でそらを赤くしようと思っているのよ。お日さまが、いつもより金粉をいくらかよけいに撒《ま》いていらっしゃるのよ」

黄色な花は、どちらもだまって口をつぐみました。

その黄金《きん》いろのまひるについで、藍晶石《らんしょうせき》のさわやかな夜が参りました。

いちめんのきら星の下を、もじゃもじゃのまなづるがあわただしく飛んで過ぎました。

「まなづるさん。あたしかなり光っていない？」

「ずいぶん光っていますね」

まなづるは、向うのほのじろい霧の中に落ちて行きながらまた声ひくく白いダァリヤへ声をかけて行きました。

「今晩は。ご機嫌はいかがですか」

＊

星はめぐり、金星の終りの歌で、そらはすっかり銀色になり、夜があけました。日光は今朝はかがやく琥珀《こはく》の波です。

「まあ、あなたの美しいこと。後光は昨日の五倍も大きくなってるわ」

「ほんとうに眼もさめるようなのよ。あの梨《なし》の木まであなたの光が行ってますわ」

「ええ、それはそうよ。だってつまらないわ。誰《たれ》もまだあたしを女王さまだとは言わないんだから」

そこで黄色なダァリヤは、さびしく顔を見合せて、それから西の群青《ぐんじょう》の山脈にその大きな瞳《ひとみ》を投げました。

かんばしくきらびやかな、秋の一日は暮れ、露は落ち星はめぐり、そしてあのまなづるが、三つの花の上の空をだまって飛んで過ぎました。

「まなづるさん。あたし今夜どう見えて？」

「さあ、大したもんですね。けれどももう大分くらいからな」

まなづるはそして向うの沼の岸を通ってあの白いダァリヤに言いました。

「今晩は、いいお晩ですね」

＊

夜があけかかり、その桔梗《ききょう》色の薄明の中で、黄色なダァリヤは、赤い花をちょっと見ましたが、急に何か恐《こわ》そうに顔を見合せてしまって、一ことも物を言いませんでした。赤いダァリヤが叫びました。

「ほんとうにいらいらするってないわ。今朝はあたしはどんなに見えているの」

一つの黄色のダァリヤが、おずおずしながら言いました。

「きっとまっ赤なんでしょうね。だけどあたしらには前のように赤く見えないわ」

「どう見えるの。言って下さい。どう見えるの」

も一つの黄色なダァリヤが、もじもじしながら言いました。

「あたしたちにだけそう見えるのよ。ね。気にかけないで下さいね。あたしたちには何だかあなたに黒いぶちぶちができたように見えますわ」

「あらっ。よして下さいよ。縁起でもないわ」

太陽は一日かがやきましたので、丘の苹果《りんご》の半分はつやつやつや赤くなりました。

そして薄明が降り、黄昏《こうこん》がこめ、それから夜が来ました。

まなづるが、

「ピートリリ、ピートリリ」と鳴いてそらを通りました。

「まなづるさん。今晩は、あたし見える？」

「さよう。むずかしいですね」

まなづるはあわただしく沼の方へ飛んで行きながら白いダァリヤに言いました。

「今晩は少しあたたかですね」

＊

夜があけはじめました。その青白い苹果の匂《におい》のするうすあかりの中で、赤いダァリヤが言いました。

「ね、あたし、今日はどんなに見えて。早く言って下さいな」

黄色なダァリヤは、いくら赤い花を見ようとしても、ふらふらしたうすぐろいものがあるだけでした。

「まだ夜があけないからわかりませんわ」

赤いダァリヤはまるで泣きそうになりました。

「ほんとうを言って下さい。ほんとうを言って下さい。あなたがた私にかくしているんでしょう。黒いの。黒いの」

「ええ、黒いようよ。だけどほんとうはよく見えませんわ」

「あらっ。何だってあたし赤に黒のぶちなんていやだわ」

そのとき顔の黄いろに尖《とが》ったせいの低い変な三角の帽子をかぶった人がポケットに手を入れてやって来ました。そしてダァリヤの花を見て叫びました。

「あっこれだ。これがおれたちの親方の紋だ」

そしてポキリと枝を折りました。赤いダァリヤはぐったりとなってその手のなかに入って行きました。

「どこへいらっしゃるのよ。どこへいらっしゃるのよ。あたしにつかまって下さいな。どこへいらっしゃるのよ」二つのダァリヤも、たまらずしくりあげながら叫びました。

遠くからかすかに赤いダァリヤの声がしました。

その声もはるかにはるかに遠くなり、今は丘のふもとのやまならしの梢《こずえ》のさやぎにまぎれました。そして黄色なダァリヤの涙の中でギラギラの太陽はのぼりました。

いちょうの実

そらのてっぺんなんか冷たくて冷たくてまるでカチカチの灼《や》きをかけた鋼《はがね》です。

そして星が一杯です。けれども東の空はもう優しい桔梗《ききょう》の花びらのようにあやしい底光りをはじめました。

その明け方の空の下、ひるの鳥でも行《ゆ》かない高い所を鋭い霜のかけらが風に流されてサラサラサラサラ南の方へ飛んで行《ゆ》きました。

実にその微《かす》かな音が丘の上の一本いちょうの木に聞えるくらい澄み切った明け方です。

いちょうの実はみんな一度に目をさましました。そしてドキッとしたのです。今日こそはたしかに旅立ちの日でした。みんなも前からそう思っていましたし、昨日の夕方やって来た二羽の烏《からす》もそう言いました。

「僕なんか落ちる途中で眼《め》がまわらないだろうか」一つの実が言いました。

「よく目をつぶって行けばいいさ」も一つが答えました。

「そうだ。忘れていた。僕水筒に水をつめておくんだった」

「僕はね、水筒の外に薄荷水《はっかすい》を用意したよ。少しやろうか。旅へ出てあんまり心持ちの悪い時はちょっと飲むといいっておっかさんが言ったぜ」

「なぜおっかさんは僕へは呉《く》れないんだろう」

「だから、僕あげるよ。お母《つか》さんを悪く思っちゃすまないよ」

そうです。この銀杏《いちょう》の木はお母《かあ》さんでした。

今年は千人の黄金《きん》色の子供が生れたのです。

そして今日こそ子供らがみんな一緒に旅に発《た》つのです。お母さんはそれをあんまり悲しんで扇形《おうぎがた》の黄金の髪の毛を昨日までにみんな落してしまいました。

「ね、あたしどんな所《とこ》へ行くのかしら」一人のいちょうの女の子が空を見あげて呟《つぶ》やくように言いました。

「あたしだってわからないわ、どこへも行きたくないわね」も一人が言いました。

「あたしどんなめにあってもいいからお母《つか》さんの所《とこ》に居たいわ」

「だっていけないんですって。風が毎日そう言ったわ」

「いやだわね」

「そしてあたしたちもみんなばらばらにわかれてしまうんでしょう」

「ええ、そうよ。もうあたしなんにもいらないわ」

「あたしもよ。今までいろいろわが儘《まま》ばっかし言って許して下さいね」

「あら、あたしこそ。あたしこそだわ。許して頂戴《ちょうだい》」

東の空の桔梗の花びらはもういつかしぼんだように力なくなり、朝の白光りがあらわれはじめました。星が一つずつ消えて行《ゆ》きます。

木の一番一番高い処《ところ》に居た二人のいちょうの男の子が言いました。

「そら、もう明るくなったぞ。嬉《うれ》しいなあ。僕はきっと黄金《きん》色のお星さまになるんだよ」

「僕もなるよ。きっとここから落ちればすぐ北風が空へ連れてってくれるだろうね」

「僕は北風じゃないと思うんだよ。北風は親切じゃないんだよ。僕はきっと烏《からす》さんだろうと思うね」

「そうだ。きっと烏さんだ。烏さんは偉いんだよ。ここから遠くてまるで見えなくなるまで一息に飛んで行《ゆ》くんだからね。頼んだら僕ら二人くらいきっと一遍に青ぞらまで連れて行ってくれるぜ」

「頼んでみようか。早く来るといいな」

その少し下でもう二人が言いました。

「僕は一番はじめに杏《あんず》の王様のお城をたずねるよ。そしてお姫様をさらって行ったばけ物を退治するんだ。そんなばけ物がきっとどこかにあるね」

「うん。あるだろう。けれどもあぶないじゃないか。ばけ物は大きいんだよ。僕たちなんか鼻でふっと吹き飛ばされちまうよ」

「僕ね、いいもの持ってるんだよ。だから大丈夫さ。見せようか。そら、ね」

「これ、お母《つか》さんの髪でこさえた網じゃないの」

「そうだよ。お母《つか》さんが下すったんだよ。何か恐ろしいことのあったときはこの中にかくれるんだって。僕ね、この網をふところに入れてばけ物に行ってね。もしもし。今日は、僕を呑《の》めますか呑めないでしょう。とこう言うんだよ。ばけ物は怒ってすぐ呑むだろう。

僕はその時ばけ物の胃袋の中でこの網を出してね、すっかり被《かぶ》っちまうんだ。それからおなか中をめっちゃめちゃにこわしちまうんだよ。そら、ばけ物はチブスになって死ぬだろう。そこで僕は出て来て杏のお姫様を連れてお城に帰るんだ。そしてお姫様を貰《もら》うんだよ」

「本当にいいね、そんならその時僕はお客様になって行ってもいいだろう」

「いいともさ。僕、国を半分わけてあげるよ。それからお母《つか》さんへは毎日お菓子やなんか沢山あげるんだ」

　星がすっかり消えました。東のそらは白く燃えているようです。木が俄《にわ》かにざわざわしました。もう出発に間もないのです。

「僕、靴《くつ》が小さいや。面倒くさい。はだしで行こう」

「そんなら僕のと替えよう。僕のは少し大きいんだよ」

「替えよう。あ、ちょうどいいぜ。ありがとう」

「わたし困ってしまうわ、おっかさんに貰った新しい外套《がいとう》が見えないんですもの」

「早くおさがしなさいよ。どの枝に置いたの」

「忘れてしまったわ」

「困ったわね。これから非常に寒いんでしょう。どうしても見つけないといけなくってよ」

「そら、ね。いいぱんだろう。ほし葡萄《ぶどう》がちょっと顔を出してるだろう。早くかばんへ入れ給《たま》え。もうお日さまがお出ましになるよ」

「ありがとう。じゃ貰《もら》うよ。ありがとう。一緒に行こうね」

「困ったわ、わたし、どうしてもないわ。ほんとうにわたしどうしましょう」

「わたしと二人で行きましょうよ。わたしのを時々貸してあげるわ。凍えたら一緒に死にましょうよ」

東の空が白く燃え、ユラリユラリと揺れはじめました。おっかさんの木はまるで死んだようになってじっと立っています。

突然光の束が黄金《きん》の矢のように一度に飛んで来ました。子供らはまるで飛びあがるくらい輝やきました。

北から氷のように冷たい透きとおった風がゴーッと吹いて来ました。

「さよなら、おっかさん」「さよなら、おっかさん」子供らはみんな一度に雨のように枝から飛び下りました。

北風が笑って、

「今年もこれでまずさよならさよならって言うわけだ」と言いながらつめたいガラスのマントをひらめかして向うへ行ってしまいました。

お日様は燃える宝石のように東の空にかかり、あらんかぎりのかがやきを悲しむ母親の木と旅に出た子供らとに投げておやりなさいました。

ひのきとひなげし

ひなげしはみんなまっ赤に燃えあがり、めいめい風にぐらぐらゆれて、息もつけないようでした。そのひなげしのうしろの方で、やっぱり風に髪もからだも、いちめんもまれて立ちながら若いひのきが言いました。

「おまえたちはみんなまっ赤な帆船《ほぶね》でね、いまがあらしのとこなんだ」

「いやあだ、あたしら、そんな帆船やなんかじゃないわ。せだけ高くてばかあなひのき」

ひなげしどもは、みんないっしょに言いました。

「そして向うに居るのはな、もうみがきたて燃えたての銅《あかがね》づくりのいきものなんだ」

「いやあだ、お日さま、そんなあかがねなんかじゃないわ。せだけ高くてばかあなひのき」ひなげしどもはみんないっしょに叫びます。

ところがこのときお日さまは、さっささっさと大きな呼吸を四、五へんついてるり色をした山に入ってしまいました。

風が一そうはげしくなってひのきもまるで青黒馬《あおうま》のしっぽのよう、ひなげしどもはみな熱病にかかったよう、てんでに何かうわごとを、南の風に言ったのですが、風はてんから相手にせずどしどし向うへかけぬけます。

ひなげしどもはそこですこうししずまりました。東には大きな立派な雲の峰が少し青ざめて四つならんで立ちました。

いちばん小さいひなげしが、ひとりでこそこそ言いました。

「ああつまらないつまらない、もう一生合唱手《コーラス》だわ。いちど女王《スター》にしてくれたら、あしたは死んでもいいんだけど」

となりの黒斑《くろぶち》のはいった花がすぐ引きとって言いました。

「それはもちろんあたしもそうよ。だってスターにならなくたってどうせあしたは死ぬんだわ」

「あら、いくらスターでなくってもあなたのくらい立派ならもうそれだけで沢山だわ」

「うそうそ。とてもつまんない。そりゃあたしいくらかあなたよりあたしの方がいいわねえ。わたしもやっぱりそう思ってよ。けどテクラさんどうでしょう。まるで及びもつかないわ。青いチョッキの虻《あぶ》さんでも黄のだんだらの蜂《はち》めまでみなまっさきにあっちへ行くわ」

向うの葵《あおい》の花壇から悪魔が小さな蛙《かえる》にばけて、ベートーベンの着たような青いフロックコートを羽織りそれに新月よりもけだかいばら娘に仕立てた自分の弟子の手を引いて、大変あわてたふうをしてやって来たのです。

「や、道をまちがえたかな。それとも地図が違ってるか。失敗。失敗。はて、ちょっと聞いてみよう。もしもし、美容術のうちはどっちでしたかね」

ひなげしはあんまり立派なばらの娘を見、又美容術と聞いたので、みんなドキッとしましたが、誰《たれ》もはずかしがって返事をしませんでした。悪魔の蛙がばらの娘に言いました。

「ははあ、この辺のひなげしどもはみんなつんぼか何かだな。それに全然無学だな」

娘にばけた悪魔の弟子はお口をちょっと三角にしていかにもすなおにうなずきました。

女王《スター》のテクラが、もう非常な勇気で言いました。

「何かご用でいらっしゃいますか」

「あ、これは。ええ、ちょっとおたずねいたしますが、美容院はどちらでしょうか」

「さあ、あいにくとそういうところ存じませんでございます。一体それがこの近所にでもございましょうか」

「それはもちろん。現に私のこのむすめなど、前は尖《とが》ったおかしなもんでずいぶん心配しましたがかれこれ三度助手のお方に来ていただいてすっかり術をほどこしましてとにかく今はあなた方ともご交際なぞ願えばねがえるようなわけ、あす紐育《ニューヨーク》に連れてでますのでちょっとお礼に出ましたので。では」

「あ、ちょっと。ちょっとお待ち下さいませ。その美容術の先生はどこへでもご出張なさいますかしら」

「しましょうな」

「それでは誠になんですがおついでの節、こちらへもお廻りねがえませんでしょうか」

「そう。しかし私はその先生の書生というでもありません。けれども、しかしとにかくそう言いましょう。おい、行こう。さよなら」

悪魔は娘の手をひいて、向うのどてのかげまで行くと片眼《かため》をつぶって言いました。

「お前はこれで帰ってよし。そしてキャベジと鮒《ふな》とをな灰で煮込んでおいてくれ。ではおれは今度は医者だから」といいながらすっかり小さな白い鬚《ひげ》の医者にばけました。悪魔の弟子はさっそく大きな雀《すずめ》の形になってぼろんと飛んで行きました。

東の雲のみねはだんだん高く、だんだん白くなって、いまは空の頂上まで届くほどです。

悪魔は急いでひなげしの所へやって参りました。

「ええと、この辺じゃと言われたが、どうも門へ標札も出してないというようなあんばいだ。ちょっとたずねますが、ひなげしさんたちのおすまいはどの辺ですかな」

賢いテクラがドキドキしながら言いました。

「あの、ひなげしは手前どもでございます。どなたでいらっしゃいますか」

「そう、わしは先刻伯爵からご言伝《ことづて》になった医者ですがね」

「それは失礼いたしました。椅子《いす》もございませんがまあどうぞこちらへ。そして私どもは立派になれましょうか」

「なりますね。まあ三服でちょっとさっきのむすめぐらいというところ。しかし薬は高いから」

ひなげしはみんな顔色を変えてためいきをつきました。テクラがたずねました。

「一体どれくらいでございましょう」

「左様。お一人が五ビルです」

ひなげしはしいんとしてしまいました。お医者の悪魔もあごのひげをひねったまましいんとして空をみあげています。雲のみねはだんだん崩れてしずかな金いろにかがやき、そおっと、北の方へ流れ出しました。

ひなげしはやっぱりしいんとしています。お医者もじっとやっぱりおひげをにぎったきり、花壇の遠くの方などはもうぼんやりと藍《あい》いろです。そのとき風が来ましたのでひなげしどもはちょっとざわっとなりました。

お医者もちらっと眼をうごかしたようでしたがまもなくやっぱり前のようしいんと静まり返っています。

その時一番小さいひなげしが、思い切ったように言いました。

「お医者さん。わたくしおあしなんか一文もないのよ。けども少したてばあたしの頭に亜《あ》片《へん》ができるのよ。それをみんなあげることにしてはいけなくって」

「ほう。亜片かね。あんまり間には合わないけれどもとにかくその薬はわしの方では要るんでね。よし。いかにも承知した。証文を書きなさい」

するとみんながまるで一ぺんに叫びました。

「私もどうかそうお願いいたします。どうか私もそうお願い致します」

お医者はまるで困ったというように額に皺《しわ》をよせて考えていましたが、

「仕方ない。よかろう。何もかもみな慈善のためじゃ。承知した。証文を書きなさい」

さあ大変だあたし字なんか書けないわとひなげしどもがみんな一緒に思ったとき悪魔のお医者はもう持って来た鞄《かばん》から印刷にした証書を沢山出しました。そして笑って言いました。

「ではそのわしがこの紙をひとつぱらぱらめくるからみんないっしょにこう言いなさい。亜片はみんな差しあげ候《そうろう》と」

まあよかったとひなげしどもはみんないちどにざわつきました。お医者は立って言いました。

「では」ぱらぱらぱらぱらぱら、

「亜片はみんな差しあげ候」

「よろしい。早速薬をあげる。一服、二服、三服とな。まずわたしがここで第一服の呪文《じゅもん》をうたう。するとここらの空気にな。きらきら赤い波がたつ。それをみんなで呑《の》むんだな」

悪魔のお医者はとてもふしぎないい声でおかしな歌をやりました。

「まひるの草木と石土を　照らさんことを怠りし　赤きひかりは集い来てなすすべしらに漂えよ」

するとほんとうにそこらのもう浅黄いろになった空気のなかに見えるか見えないような赤い光がかすかな波になってゆれました。ひなげしどもはじぶんこそいちばん美しくなろうと一生けん命その風を吸いました。

悪魔のお医者はきっと立ってこれを見渡していましたがその光が消えてしまうとまた言いました。

「では第二服　まひるの草木と石土を　照らさんことを怠りし　黄なるひかりは集い来て

なすべしらに漂えよ」

　空気へうすい蜜《みつ》のような色がちらちら波になりました。ひなげしはまた一生けん命です。

「では第三服」とお医者が言おうとしたときでした。

「おおい、お医者や、あんまり変な声を出してくれるなよ。ここは、セントジョバンニ様のお庭だからな」ひのきが高く叫びました。

　その時風がザァッとやって来ました。ひのきが高く叫びました。

「こうらにせ医者。まてっ」

　すると医者はたいへんあわてて、まるでのろしのように急に立ちあがって、滅法界もなく大きく黒くなって、途方もない方へ飛んで行ってしまいました。その足さきはまるで釘《くぎ》抜《ぬ》きのように尖《とが》り黒い診察鞄《しんさつかばん》もけむりのように消えたのです。

　ひなげしはみんなあっけにとられてぽかっとそらをながめています。

　ひのきがそこで言いました。

「もう一足でおまえたちみんな頭をばりばり食われるとこだった」

「それだっていいじゃあないの。おせっかいのひのき」

　もうまっ黒に見えるひなげしどもはみんな怒って言いました。

「そうじゃあないて。おまえたちが青いけし坊主のまんまでがりがり食われてしまったらもう来年はここへは草が生えるだけ、それに第一スターになりたいなんておまえたち、スターて何だか知りもしないくせに。スターというのはな、本当は天井のお星さまのことなんだ。そらあすこへもうお出になっている。もすこしたてばそらいちめんにおでましだ。そうそうオールスターキャストというだろう。オールスターキャストというのがつまりそれだ。つまり双子星座様は双子星座様のところにレオーノ様はレオーノ様のところに、ちゃんと定まった場所でめいめいのきまった光りようをなさるのがオールスターキャスト、な、ところがありがたいもんでスターになりたいなりたいと言っているおまえたちがそのままそっくりスターでな、おまけにオールスターキャストだということになってある。それはこうだ。聴けよ。

　あめなる花をほしと言い*

　この世の星を花という」

「何を言ってるの。ばかひのき、けし坊主なんかになってあたしら生きていたくないわ。おまけにいまのおかしな声。悪魔のお方のとても足もとにもよりつけないわ。わあい、おせっかいの、おせっかいの、せい高ひのき」

けしはやっぱり怒っています。

けれども、もうその顔もみんなまっ黒に見えるのでした。それは雲の峯がみんな崩れて牛みたいな形になり、そらのあちこちに星がぴかぴかしだしたのです。

ひなげしは、みな、しいんとしております。

ひのきは、まただまって、夕がたのそらを仰ぎました。

西のそらは今はかがやきを納め、東の雲の峯はだんだん崩れて、そこからもう銀いろの一つ星もまたたきだしました。

チュウリップの幻術

この農園のすもものかきねはいっぱいに青じろい花をつけています。

雲は光って立派な玉髄《ぎょくずい》の置物です。四方の空を繞《めぐ》ります。

すもものかきねのはずれから一人の洋傘《こうもり》直しが荷物をしょって、この月光をちりばめた緑の牆壁《しょうへき》に沿ってやって来ます。

てくてくあるいてくるその黒い細い脚はたしかに鹿《しか》に肖《に》ています。そして日が照っているために荷物の上にかざされた赤白だんだらの小さな洋傘《こうもりがさ》は有平糖《あるへいとう》*でできてるように思われます。

(洋傘直し、洋傘直し、なぜそうちらちらかきねのすきから農園の中をのぞくのか)

そしててくてくやって来ます。有平糖のその洋傘はいよいよひかり洋傘直しのその顔はいよいよ熱《ほて》って笑っています。

(洋傘直し、洋傘直し、なぜ農園の入口でおまえはきくっと曲るのか。農園の中などにおまえの仕事はあるまいよ)

洋傘直しは農園の中へ入ります。しめった五月の黒つちにチュウリップは無雑作に並べて植えられ、一めんに咲き、かすかにかすかにゆらいでいます。

(洋傘直し、洋傘直し。荷物をおろし、おまえは汗を拭《ふ》いている。そこらに立ってしばら

く花を見ようというのか。そうでないならそこらに立っていけないよ）

園丁がこてをさげて青い上着の袖《そで》で額の汗を拭きながら向うの黒い独乙唐檜《ドイッとうひ》の茂みの中から出て来ます。

「何のご用ですか」

「私は洋傘直しですが何かご用はありませんか。もし又何か鋏《はさみ》でも研《と》ぐのがありましたらそちらの方もいたします」

「ああそうですか。ちょっとお待ちなさい。主人に聞いてあげましょう」

「どうかお願いいたします」

青い上着の園丁は独乙唐檜の茂みをくぐって消えて行き、それからぽっと陽《ひ》も消えました。

よっぽど西にその太陽が傾いて、いま入ったばかりの雲の間から沢山の白い光の棒を投げそれは向うの山脈のあちこちに落ちてさびしい群青《ぐんじょう》の泣き笑いをします。

有平糖の洋傘もいまは普通の赤と白とのキャラコです。

それから今度は風が吹きたちまち太陽は雲を外れチュウリップの畑にも不意に明るく陽が射《さ》しました。まっ赤な花がぶらぶらゆれて光っています。

園丁がいつか俄《にわ》かにやって来てガチャッと持って来たものを置きました。

「これだけお願いするそうです」

「へい。ええと。この剪定鋏《せんていばさみ》はひどく捩《ねじ》れておりますから鍛冶《かじ》に一ぺんおかけなさらないと直りません。こちらの方はみんな出来ます。はじめにお値段を決めておいてよろしかったらお研ぎいたしましょう」

「そうですか。どれだけですか」

「こちらが八銭、こちらが十銭、こちらの鋏《はさみ》は二丁で十五銭にいたしておきましょう」

「ようござんす。じゃ願います。水がありますか。持って来てあげましょう。その芝の上がいいですか。どこでもあなたのすきな処《ところ》でおやりなさい」

「ええ、水は私が持って参ります」

「そうですか。そこのかきねのこっち側を少し右へついておいでなさい。井戸があります」

「へい。それではお研ぎいたしましょう」

「ええ」

園丁は又唐檜《とうひ》の中にはいり洋傘《こうもり》直しは荷物の底の道具のはいった引き出しをあけ罐《かん》を持って水を取りに行きます。

そのあとで陽が又ふっと消え、風が吹き、キャラコの洋傘はさびしくゆれます。

それから洋傘直しは罐の水をぱちゃぱちゃこぼしながら戻って来ます。

鋼砥《かなど》の上で金剛砂《こんごうしゃ》がじゃりじゃり言いチュウリップはぷらぷらゆれ、陽が又降って赤い花は光ります。

そこで砥石《といし》に水が張られすっすと払われ、秋の香魚《あゆ》の腹にあるような青い紋がもう刃物の鋼にあらわれました。

ひばりはいつか空にのぼって行ってチーチクチーチクやりだします。高い処で風がどんどん吹きはじめ雲はだんだん融《と》けていっていつかすっかり明るくなり、太陽は少しの午睡《ごすい》のあとのようにどこか青くぼんやりかすんではいますがたしかにかがやく五月のひるすぎを拵《こしら》えました。

青い上着の園丁が、唐檜の中から、またいそがしく出て来ます。

「お折角ですね、いい天気になりました。もう一つお願いしたいんですがね」

「何ですか」

「これですよ」若い園丁は少し顔を赤くしながら上着のかくしから角柄の西洋剃刀《かみそり》を取り出します。

洋傘直しはそれを受け取って開いて刃をよく改めます。

「これはどこでお買いになりました」

「貰《もら》ったんですよ」

「研ぎますか」

「ええ」

「それじゃ研いでおきましょう」

「すぐ来ますからね、じきに三時のやすみです」園丁は笑って光って又唐檜の中にはいります。

太陽はいまはすっかり午睡のあとの光のもやを払いましたので山脈も青くかがやき、さっきまで雲にまぎれてわからなかった雪の死火山もはっきり土耳古《トルコ》玉《だま》のそらに浮きあがりました。

洋傘《こうもり》直しは引き出しから合《あわ》せ砥《ど》を出しちょっと水をかけ黒い滑らかな石でしずかに練りはじめます。それからパチッと石をとります。

（おお、洋傘直し、洋傘直し、なぜその石をそんなに眼《め》の近くまで持って行ってじっとながめているのだ。石に景色が描《か》いてあるのか。あの、黒い山がむくむく重なり、その向うには定めない雲が翔《か》け、渓《たに》の水は風より軽く幾本の木は険しい崖《がけ》からからだを曲げて空に向う、あの景色が石の滑らかな面に描いてあるのか）

洋傘直しは石を置き剃刀を取ります。剃刀は青ぞらをうつせば青くぎらっと光ります。

それは音なく砥石をすべり陽の光が強いので洋傘直しはポタポタ汗を落します。今は全く五月のまひるです。

畑の黒土はわずかに息をはき風が吹いて花は強くゆれ、唐檜《とうひ》も動きます。

洋傘直しは剃刀をていねいに調べそれから茶いろの粗布《あらぬの》の上にできあがった仕事をみんな載せほっと息して立ちあがります。

そして一足チュウリップの方に近づきます。

園丁が顔をまっ赤にほてらして飛んで来ました。

「もう出来たんですか」

「ええ」

「それでは代を持って来ました。そっちは三十三銭ですね。お取り下さい。それから私の分はいくらですか」

　洋傘直しは帽子をとり銀貨と銅貨とを受け取ります。

「ありがとうございます。剃刀の方は要《い》りません」

「どうしてですか」

「お負けいたしておきましょう」

「まあ取って下さい」

「いいえ、いただくほどじゃありません」

「そうですか。ありがとうございました。そんならちょっと向うの番小屋までおいで下さい。お茶でもさしあげましょう」

「いいえ、もう失礼いたします」

「それではあんまりです。ちょっとお待ち下さい。ええと、仕方ない、そんならまあ私の作った花でも見て行って下さい」

「ええ、ありがとう。拝見しましょう」

「そうですか。では」

　その気紛《きまぐ》れの洋傘直しと園丁とはうっこんこう*の畑の方へ五、六歩寄ります。

　主人らしい人の縞《しま》のシャツが唐檜《とうひ》の向うでチラッとします。園丁はそっちを見かすかに笑い何か言いかけようとします。

けれどもシャツは見えなくなり、園丁は花を指さします。

「ね、この黄と橙《だいだい》の大きな斑《ぶち》はアメリカから直《じ》かに取りました。こちらの黄いろは見ていると額が痛くなるでしょう」

「ええ」

「この赤と白の斑は私はいつでも昔の海賊のチョッキのような気がするんですよ。ね。それからこれはまっ赤な羽二重《はぶたえ》のコップでしょう。この花びらは半ぶんすきとおっているので大へん有名です。ですからこいつの球はずいぶんみんなで欲しがります」

「ええ、全く立派です。赤い花は風で動いている時よりもじっとしている時の方がいいようですね」

「そうです、そうです。そしてちょっとあいつをごらんなさい。ね。そら、その黄いろの隣りのあいつです」

「あの小さな白いのですか」

「そうです、あれはここでは一番大切なのです。まあしばらくじっと見詰めてごらんなさい。どうです、形のいいことは一等でしょう」

洋傘直しはしばらくその花に見入ります。そしてだまってしまいます。

「ずいぶん寂《しず》かな緑の柄でしょう。風にゆらいで微《かす》かに光っているようです。いかにもその柄が風に靭《しな》っているようです。けれども実は少しも動いておりません。それにあの白い小さな花は何か不思議な合図を空に送っているようにあなたには思われませんか」

洋傘直しはいきなり高く叫びます。

「ああ、そうです、そうです、見えました。

けれども何だか空のひばりの羽の動かしようが、いや鳴きようが、さっきと調子をちがえてきたではありませんか」

「そうでしょうとも、それですから、ごらんなさい。あの花の盃《さかずき》の中からぎらぎらぎら光ってすきとおる蒸気がちょうど水へ砂糖を溶かしたときのようにユラユラユラユラ空へ昇って行くでしょう」

「ええ、ええ、そうです」

「そして、そら、光が湧《わ》いているでしょう。おお、湧きあがる、湧きあがる、花の盃をあふれてひろがり湧きあがりひろがりひろがりもう青ぞらも光の波で一ぱいです。山脈の雪も光の中で機嫌よく空へ笑っています。湧きます、湧きます。ふう、チュウリップの光の酒。どうです。チュウリップの光の酒。ほめて下さい」

「ええ、このエステル*は上等です。とても合成できません」

「おや、エステルだって、合成だって、そいつは素敵だ。あなたはどこかの化学大学校を出た方ですね」

「いいえ、私はエステル工学校の卒業生です」

「エステル工学校。ハッハッハ。素敵だ。さあどうです。一杯やりましょう。チュウリップの光の酒。さあ飲みませんか」

のだ」

「いや、やりましょう。よう、あなたの健康を祝します」

「よう、ご健康を祝します。いい酒です。貧乏な僕のお酒は又一層に光っておまけに軽い

「けれどもぜんたいこれでいいんですか。あんまり光が過ぎはしませんか」

「いいえ心配ありません。酒があんなに湧《わ》きあがり波を立てたり渦になったり花弁をあふれて流れてもあのチュウリップの緑の花柄《かへい》は一寸《ちっと》もゆらぎはしないのです。さあも一つおやりなさい」

「ええ、ありがとう。あなたもどうです。奇麗な空じゃありませんか」

「やりますとも、おっと沢山沢山。けれどもいくらこぼれたところでそこら一面チュウリップ酒の波だもの」

「一面どころじゃありません。そらのはずれから地面の底まですっかり光の領分です。たしかに今は光のお酒が地面の腹の底までしみました」

「ええ、ええ、そうです。おや、ごらんなさい、向うの畑。ね。光の酒に漬《つか》っては花椰菜《はなやさい》でもアスパラガスでも実に立派なものではありませんか」

「立派ですね。チュウリップ酒で漬けた瓶詰《びんづめ》です。しかし一体ひばりはどこまで逃げたでしょう。どこまで逃げて行ったのかしら。自分でこんな光の波を起しておいてあとはどこかへ逃げるとは気取ってやがる。あんまり気取ってやがる、畜生」

「まったくそうです。こら、ひばりめ、降りて来い。ははぁ、やつ、溶けたな。こんなに

雲もない空にかくれるなんてできないはずだ。溶けたのですよ」

「いいえ、あいつの歌なら、あの甘ったるい歌なら、さっきから光の中に溶けていましたがひばりはまさか溶けますまい。溶けたとしたらその小さな骨を何かの網で掬《すく》い上げなくちゃなりません。そいつはあんまり手数です」

「まあそうですね。しかしひばりのことなどはまあどうなろうと構わないではありませんか。全体ひばりというものは小さなもので、空をチーチクチーチク飛ぶだけのもんです」

「まあ、そうですね、それでいいでしょう。ところが、おやおや、あんなでもやっぱりいいんですか。向うの唐檜《とうひ》が何だかゆれて踊り出すらしいのですよ」

「唐檜ですか。あいつはみんなで、一小隊はありましょう。みんな若いし擲弾兵《グレナデーア》*です」

「ゆれて踊っているようですが構いませんか」

「なあに心配ありません。どうせチュウリップ酒の中の景色です。いくら跳ねてもいいじゃありませんか」

「そいつは全くそうですね。まあ大目に見ておきましょう」

「大目に見ないといけません。いい酒だ。ふう」

「すももも踊り出しますよ」

「すももは牆壁《しょうへき》仕立*です。ダイアモンドです。枝がななめに交叉《こうさ》します。一中隊はありますよ。義勇中隊です」

「やっぱりあんなでいいんですか」

ありませんか」

「構いませんよ。それよりまああの梨《なし》の木どもをご覧なさい。枝が剪《き》られたばかりなので身体《からだ》が一向釣り合いません。まるで蛹《さなぎ》の踊りです」

「蛹踊りとはそいつはあんまり可哀そうです。すっかり悄気《しょげ》て化石してしまったようじゃありませんか」

「石になるとは。そいつはあんまりひどすぎる。おおい。梨の木。木のまんまでいいんだよ。けれどもなかなか人の命令をすなおに用いるやつらじゃないんです」

「それより向うのくだものの木の踊りの環《わ》をごらんなさい。まん中に居てきゃんきゃん調子をとるのがあれが桜桃《おうとう》の木ですか」

「どれですか。ああああれですか。いいえ、あいつは油桃《つばいもも》です。やっぱり巴丹杏《はたんきょう》やまるめろの歌は上手です。どうです。行って仲間にはいりましょうか。行きましょう」

「行きましょう。おおい。おいらも仲間に入れろ。痛い、畜生」

「どうかなさったのですか」

「眼をやられました。どいつかにひどく引っ掻《か》かれたのです」

「そうでしょう。全体駄目《だめ》です。どいつも満足の手のあるやつはありません。みんなガリガリ骨ばかり、おや、いけない、いけない、すっかり崩れて泣いたりわめいたりむしりあったりなぐったり一体あんまり冗談が過ぎたのです」

「ええ、こう世の中が乱れては全くどうも仕方ありません」

「全くそうです。そうら。そら、火です、火です。火がつきました。チュウリップ酒に火がはいったのです」

「いけない、いけない。はたけも空もみんなけむり、しろけむり」

「パチパチパチパチやっている」

「どうも素敵に強い酒だと思いましたよ」

「そうそう、だからこれはあの白いチュウリップでしょう」

「そうでしょうか」

「そうです。そうですとも。ここで一番大事な花です」

「ああ、もうよほど経《た》ったでしょう。チュウリップの幻術にかかっているうちに。もう私は行かなければなりません。さようなら」

「そうですか、ではさようなら」

洋傘直しは荷物へよろよろ歩いて行き、有平糖《あるへいとう》の広告つきのその荷物を肩にし、もう一度あのあやしい花をちらっと見てそれからすもものの垣根の入口にまっすぐに歩いて行きます。

園丁は何だか顔が青ざめてしばらくそれを見送りやがて唐檜の中へはいります。

太陽はいつか又雲の間にはいり太い白い光の棒の幾条《いくすじ》を山と野原とに落します。

黒ぶどう

仔牛《こうし》が厭《あ》きて頭をぶらぶら振っていましたら向ぅの丘の上を通りかかった赤狐《あかぎつね》が風のように走って来ました。

「おい、散歩に出ようじゃないか。僕がこの柵《さく》を持ちあげているから早くくぐっておしまい」

仔牛は言われた通りまず前肢《まえあし》を折って生え出したばかりの角《つの》を大事にくぐしそれから後肢をちぢめて首尾よく柵を抜けました。二人は林の方へ行きました。

狐が青ぞらを見ては何べんもタンと舌を鳴らしました。

そして二人は樺《かば》林の中のベチュラ公爵の別荘の前を通りました。

ところが別荘の中はしいんとして煙突からはいつものコルク抜きのような煙も出ず鉄の垣《かき》が行儀よくみちに影法師を落しているだけで中には誰《たれ》も居ないようでした。

そこで狐がタン、タンと二つ舌を鳴らしてしばらく立ちどまってから言いました。

「おい、ちょっとはいってみようじゃないか。大丈夫なようだから」

犢《こうし》はこわそうに建物を見ながら言いました。

「あすこの窓に誰かいるじゃないの」

「どれ、何だい、びくびくするない。あれは公爵のセロだよ。だまってついておいで」

「こわいなあ、僕は」

「いいったら、おまえはぐずだねえ」

赤狐はさっさと中へ入りました。仔牛も仕方なくついて行きました。ひいらぎの植込みの処《ところ》を通るとき狐の子は又青ぞらを見上げてタンと一つ舌を鳴らしました。仔牛はどきっとしました。

赤狐はわき玄関の扉《と》のとこでちょっとマットに足をふいてそれからさっさと段をあがって家の中に入りました。仔牛もびくびくしながらその通りしました。

「おい、お前の足はどうしてそうがたがた鳴るんだい」赤狐は振り返って顔をしかめて仔牛をおどしました。仔牛ははっとして頸《くび》をちぢめながら、なあに僕は一向家の中へなんど入りたくないんだが、と思いました。

「この室《へや》へはいってみよう。おい。誰か居たら遁《に》げ出すんだよ」赤狐は身構えしながら扉をあけました。

「何だい。ここは書物ばかりだい。面白くないや」狐は扉をしめながら言いました。支那《しな》の地理のことを書いた本なら見たいなあと仔牛は思いましたがもう狐がさっさと廊下を行くもんですから仕方なく又ついて行きました。

「どうしておまえの足はそうがたがた鳴るんだい。第一やかましいや。僕のようにそっとあるけないのかい」

狐が又次の室をあけようとしてふり向いて言いました。

仔牛はどうもうまく行かないというように頭をふりながらまたどこか、なあに僕は人の家の中なんぞ入りたくないんだ、と思いました。

「何だい、この室《へや》はきものばかりだい。見っともないや」

赤狐は扉《と》をしめて言いました。僕はあのいつか公爵の子供が着ていた赤い上着なら見たいなあと仔牛は思いましたけれどももう狐がぐんぐん向うへ行くもんですから仕方なくついて行きました。

狐はだまって今度は真鍮《しんちゅう》のてすりのついた立派なはしごをのぼりはじめました。どうして狐さんはああうまくのぼるんだろうと仔牛は思いました。

「やかましいねえ、お前の足ったら、何て無器用なんだろう」狐はこわい眼《め》をして指で仔牛をおどしました。

はしご段をのぼりましたら一つの室があけはなしてありました。日が一ぱいに射《さ》して絨《じゅう》緞《たん》の花のもようが燃えるように見えました。てかてかした円卓《まるテーブル》の上にまっ白な皿《さら》があってその上に立派な二房の黒ぶどうが置いてありました。冷たそうな影法師までちゃんと添えてあったのです。

「さあ、喰べよう」狐はそれを取ってちょっと嗅《か》いで検査するようにしながら言いました。

「おい、君もやり給《たま》え。蜂蜜《はちみつ》の匂《におい》もするから」狐は一つぶべろりとなめてつゆばかり吸って皮と肉とさねは一しょに絨緞の上にはきだしました。

「そばの花の匂もするよ。お食べ」狐は二つぶ目のきょろきょろした青い肉を吐き出して言いました。

「いいだろうか」僕はたべるはずがないんだがと仔牛は思いながら一つぶ口でとりました。

「いいともさ」狐はプッと五つぶめの肉を吐き出しながら言いました。

仔牛はコッコッコッコッと葡萄《ぶどう》のたねをかみ砕いていました。

「うまいだろう」狐はもう半ぶんばかり食っていました。

「うん、大へん、おいしいよ」仔牛がコッコッ鳴らしながら答えました。

そのとき下の方で
「ではあれはやっぱりあのまんまにしておきましょう」という声とステッキのカチッと鳴る音がして誰《たれ》か二、三人はしご段をのぼって来るようでした。

狐はちょっと眼を円くしてつっ立って音を聞いていましたがいきなり残りの葡萄の房を一ぺんにべろりとなめてそれから一つくるっとまわってバルコンへ飛び出しひらっと外へ下りてしまいました。仔牛はあわてて室の出口の方へ来ました。

「おや、牛の子が来てるよ。迷って来たんだね」せいの高い鼻眼鏡《はなめがね》の公爵が段をあがって来て言いました。

「おや、誰か葡萄なぞ食って床へ種子《たね》をちらしたぞ」泊りに来ていた友だちのヘルバ伯爵が上着のかくしに手をつっこんで言いました。

「この牛の仔にリボン結んでやるわ」伯爵の二番目の女の子がかくしから黄いろのリボンを出しながら言いました。

ツェねずみ

ある古い家の、まっくらな天井うらに、「ツェ」という名まえのねずみがすんでいました。

ある日ツェねずみは、きょろきょろ四方を見まわしながら、床下街道を歩いていますと、向うからいたちが、何かいいものを、沢山もって、風のように走って参りました。そして「ツェ」ねずみを見て、ちょっとたちどまって、早口に言いました。

「おい、ツェねずみ。お前んとこの戸棚《とだな》の穴から、金米糖《こんぺいとう》がばらばらこぼれているぜ。早く行ってひろいな」

ツェねずみは、もうひげもぴくぴくするくらいよろこんで、いたちにはお礼も言わずに、いっさんにそっちへ走って行きました。

ところが、戸棚の下まで来たとき、いきなり足がチクリとしました。そして、

「止れ。誰《たれ》かっ」という小さな鋭い声がします。

ツェねずみはびっくりして、よく見ますと、それは蟻《あり》でした。蟻の兵隊は、もう金米糖のまわりに四重の非常線を張って、みんな黒いまさかりをふりかざしています。二、三十疋《ぴき》は、金米糖を片っぱしから砕いたり、とかしたりして、巣へはこぶ仕度です。「ツェ」ねずみはぶるぶるふるえてしまいました。

「ここから内へはいってならん。早く帰れ。帰れ、帰れ」蟻の特務曹長《とくむそうちょう》が、低い太い声で言いました。

鼠《ねずみ》はくるっと一つまわって、一目散に天井裏へかけあがりました。そして巣の中へはいって、しばらくねころんでいましたが、どうも面白くなくて、面白くなくて、たまりません。蟻はまあ兵隊だし、強いから仕方もないが、あのおとなしいいたちめに教えられて、戸棚の下まで走って行って蟻の曹長にけんつくを食うとは何たるしゃくにさわることだとツェねずみは考えました。そこでねずみは巣から又ちょろちょろはい出して、木小屋の奥のいたちの家にやって参りました。いたちは、ちょうど、とうもろこしのつぶを、歯でこつこつ噛《か》んで粉にしていましたが、ツェねずみを見て言いました。

「どうだ。金米糖がなかったかい」

「いたちさん。ずいぶんお前もひどい人だね、私のような弱いものをだますなんて」

「だましゃせん。たしかにあったのや」

「あるにはあってももう蟻が来てましたよ」

「蟻が。へい。そうかい。早いやつらだね」

「みんな蟻がとってしまいましたよ。私のような弱いものをだますなんて、償《まど》うて下さい。償《まど》うて下さい」

「それは仕方ない。お前の行きようが少し遅かったのや」

「知らん知らん。私のような弱いものをだまして。償うて下さい、償うて下さい」

「困ったやつだな。ひとの親切をさかさまにうらむとは。よしよし。そんならおれの金米糖をやろう」

「まどうて下さい。まどうて下さい」

「えい。それ。持って行け。てめいの持てるだけ持ってうせちまえ。てめいみたいな、ぐにゃぐにゃした、男らしくもねいやつは、つらも見たくねい。早く持てるだけ持って、どっかへうせろ」

いたちはプリプリして、金米糖を投げ出しました。ツェねずみはそれを持てるだけ沢山ひろって、おじぎをしました。いたちはいよいよ怒って叫びました。

「えい、早く行ってしまえ。てめいの取ったのこりなんかうじむしにでも呉《く》れてやらあ」

ツェねずみは、一目散にはしって、天井裏の巣へもどって、金米糖をコチコチたべました。

こんな工合《ぐあい》ですから、ツェねずみは、だんだん嫌《きら》われて、たれもあまり相手にしなくなりました。そこでツェねずみは、仕方なしに、こんどは、はしらだの、こわれたちりとりだの、ばけつだの、ほうきだのと交際をはじめました。

なかでもはしらとは、一番仲よくしていました。柱がある日、ツェねずみに言いました。

「ツェねずみさん。もうじき冬になるね。ぼくらは又乾いてミリミリ言わなくちゃならない。お前さんも今のうちに、いい夜具のしたくをしておいた方がいいだろう。幸い、ぼくのすぐ頭の上に、すずめが春持って来た鳥の毛やいろいろ暖いものが沢山あるから、いまのうちに、すこしおろして運んでおいたらどうだい。僕の頭は、まあ少し寒くなるけれど、僕は僕で又工夫《くふう》をするから」

ツェねずみはもっともと思いましたので、早速、その日から運び方にかかりました。ところが、途中に急な坂が一つありましたので、鼠は三度目に、そこからストンところげ落ちました。

柱もびっくりして、

「鼠さん。けがはないかい。けがはないかい」と一生けん命、からだを曲げながら言いました。

鼠はやっと起きあがって、それからかおをひどくしかめながら言いました。

「柱さん。お前もずいぶんひどい人だ。僕のような弱いものをこんな目にあわすなんて」

柱はいかにも申し訳がないと思ったので、

「ねずみさん。すまなかった。ゆるして下さい」と一生けん命わびました。

ツェねずみは図にのって、

「許してくれもないじゃないか。お前さえあんなこしゃくな指図をしなければ、私はこんな痛い目にもあわなかったんだよ。償《まど》っておくれ。償っておくれ。さあ、償っておくれよ」

「そんなことを言ったって困るじゃありませんか。許して下さいよ」

「いいや。弱いものをいじめるのは私はきらいなんだから、まどっておくれ。まどっておくれ。さあまどっておくれ」

柱は困ってしまって、おいおい泣きました。そこで鼠も、仕方なく、巣へかえりました。それからは、柱はもう恐《こわ》がって、鼠に口を利きませんでした。

さて、そののちのことですが、ちりとりは、ある日、ツェねずみに半分になった最中《もなか》を一つやりました。するとちょうどその次の日、ツェねずみはおなかが痛くなりました。さあ、いつものとおりツェねずみは、まどっておくれを百ばかりもちりとりに言いました。ちりとりももうあきれてねずみとの交際はやめました。

又、そののちのことですが、ある日、バケツは、ツェねずみに、洗濯曹達《ソーダ》のかけらをすこしやって、

「これで毎朝お顔をお洗いなさい」と言いましたら、鼠はよろこんで、次の日から、毎日、それで顔を洗っていましたが、そのうちに、ねずみのおひげが十本ばかり抜けました。さあツェねずみは、早速バケツへやって来てまどっておくれまどっておくれを、二百五十ばかり言いました。しかしあいにくバケツにはおひげもありませんでしたし、まどうというわけにもいかずすっかり参ってしまって、泣いてあやまりました。そして、もうそれからは、一寸も口を利きませんでした。

道具仲間は、みんな順ぐりに、こんなめにあって、こりてしまいましたので、ついには誰《たれ》もみんなツェねずみの顔を見ると、いそいでわきの方を向いてしまうのでした。ところがその道具仲間に、ただ一人だけ、まだツェねずみとつきあってみないものがありました。

それは、針がねを編んでこさえた鼠捕りでした。

鼠捕りは、全体、人間の味方なはずですが、ちかごろは、どうも毎日の新聞にさえ、猫《ねこ》といっしょにお払い物という札をつけた絵にまでして、広告されるのですし、そうでなくても、元来、人間は、この針金の鼠とりを、一ぺんも優待したことはありませんでした。ええ、それはもうたしかにありませんとも。それに、さもさわるのさえきたないようにみんなから思われています。それですから、実は、鼠とりは、人間よりは、鼠の方に、よけい同情があるのです。けれども、大抵の鼠は、なかなかこわがって、そばへやって参りません。鼠とりは、毎日、やさしい声で、

「ねずちゃん。おいで。今夜のごちそうはあじのおつむだよ。お前さんのたべる間、わたしはしっかり押えておいてあげるから。ね、安心しておいで。入口をパタンとしめるようなそんなことをするもんかね。わたしも人間にはもうこりこりしてるんだから。おいでよ。そら」

なんて鼠を呼びますが、鼠はみんな、

「へん、うまく言ってらあ」とか「へい、へい。よくわかりましてございます。いずれ、おやじやせがれとも、相談の上で」とか言ってそろそろ逃げて行ってしまいます。

そして、朝になると、顔のまっ赤な下男が来て見て、

「又はいらない。ねずみももう知ってるんだな。鼠の学校で教えるんだな。しかしまあもう一日だけかけてみよう」と言いながら新しい餌《えさ》ととりかえるのでした。

今夜も、ねずみとりは、叫びました。

「おいでおいで。今夜のはやわらかな半ぺんだよ。えさだけあげるよ。大丈夫さ。早くおいで」

ツェねずみが、ちょうど、通りかかりました。そして、

「おや、鼠捕りさん、ほんとうにえさだけを下さるんですか」と言いました。

「おや、お前は珍しい鼠だね。そうだよ。餌だけあげるんだよ。そら、早くお食べ」

ツェ鼠はプイッと中へ入って、むちゃむちゃむちゃっと半ぺんをたべて、又プイッと外へ出て言いました。

「おいしかったよ。ありがとう」

「そうかい。よかったね。又あすの晩おいで」

次の朝下男が来て見て怒って言いました。

「えい。餌だけとって行きやがった。ずるい鼠だな。しかしとにかく中へはいったというのは感心だ。そら、今日は鰯《いわし》だぞ」

そして鰯を半分つけて行きました。

ねずみとりは、鰯をひっかけて、折角ツェねずみの来るのを待っていました。

夜になって、ツェねずみは、すぐ出て来ました。そしていかにも恩に着せたように、

「今晩は、お約束通り来てあげましたよ」と言いました。

鼠とりは少しむっとしましたが、無理にこらえて、

「さあ、たべなさい」とだけ言いました。

ツェねずみはプイッと入って、ピチャピチャピチャッと喰べて、又プイッと出て来て、それから大風《おおふう》に言いました。

「じゃ、あした、また、来てたべてあげるからね」

「ブウ」と鼠とりは答えました。

次の朝、下男が来て見て、ますます怒って言いました。

「えい。ずるい鼠だ。しかし、毎晩、そんなにうまくえさだけ取られるはずがない。どうも、このねずみとりめは、ねずみからわいろを貰《もら》ったらしいぞ」

「貰わん。貰わん。あんまり人を見そこなうな」と鼠とりはどなりましたが、勿論《もちろん》、下男の耳には聞えません。今日も腐った半ぺんをくっつけて行きました。

ねずみとりは、とんだ疑いを受けたので、一日ぷんぷん怒っていました。

夜になりました。ツェねずみが出て来て、さもさも大儀らしく、言いました。

「ああ、毎日ここまでやって来るのも、並大抵のこっちゃない。それにごちそうといったら、せいぜい魚の頭だ。いやになっちまう。しかしまあ、折角来たんだから仕方ない、食ってやるとしようか。ねずみとりさん。今晩は」

ねずみとりはりがねをぷりぷりさせて怒っていましたので、ただ一こと、

「おたべ」と言いました。ツェねずみはすぐプイッと飛びこみましたが、半ぺんのくさっているのを見て、怒って叫びました。

「ねずみとりさん。あんまりひどいや。この半ぺんはくさってます。僕のような弱いものをだますなんて、あんまりだ。まどって下さい。まどって下さい」

ねずみとりは、思わず、はり金をりゅうりりゅうと鳴らすくらい、怒ってしまいました。そのりゅうりりゅうが悪かったのです。

「ピシャッ。シインン」餌についていた鍵《かぎ》がはずれて鼠とりの入口が閉じてしまいました。さあもう大へんです。

ツェねずみはきちがいのようになって、

「ねずみとりさん。ひどいや。ひどいや。うう、くやしい。ねずみとりさん。あんまりだ」と言いながら、はりがねをかじるやら、くるくるまわるやら、地だんだをふむやら、わめくやら、泣くやら、それはそれは大さわぎです。それでも償《まど》って下さい償って下さいは、もう言う力がありませんでした。ねずみとりの方も、痛いやら、しゃくにさわるやら、ガタガタ、ブルブル、リュウリュウとふるえました。一晩そうやってとうとう朝になりました。

顔のまっかな下男が来て見て、こおどりして言いました。

「しめた。しめた。とうとうかかった。意地の悪そうなねずみだな。さあ、出て来い。小僧」

鳥箱先生とフウねずみ

あるうちに一つの鳥かごがありました。

鳥かごというよりは、鳥箱という方が、よくわかるかもしれません。それは、天井と、底と、三方の壁とが、無暗《むやみ》に厚い板でできていて、正面だけが、針がねの網でこさえた戸になっていました。

そして小さなガラスの窓が横の方についていました。ある日一疋《ぴき》の子供のひよどりがその中に入れられました。ひよどりは、そんなせまい、くらいところへ入れられたので、いやがってバタバタバタバタしました。

鳥かごは、早速、

「バタバタいっちゃいかん」と言いました。ひよどりは、それでも、まだ、バタバタしていましたが、つかれてうごけなくなると、こんどは、おっかさんの名を呼んで、泣きました。鳥かごは、早速、

「泣いちゃいかん」と言いました。この時、とりかごは、急に、はははあおれは先生なんだなと気がつきました。なるほど、そう気がついてみると、小さなガラスの窓は、鳥かごの顔、正面の網戸が、立派なチョッキというわけでした。いよいよそうきまってみると、鳥かごは、もう、一分もじっとしていられませんでした。そこで、

「おれは先生なんだぞ。鳥箱先生というんだぞ。お前を教育するんだぞ」と言いました。

ひよどりも仕方なく、それからは、鳥箱先生と呼んでいました。

けれども、ひよどりは、先生を大嫌《だいきら》いでした。毎日、じっと先生の腹の中に居るのでしたが、もう、それを見るのもいやでしたから、いつも目をつぶっていました。目をつぶっても、もしか、ひょっと、先生のことを考えたら、もうむねが悪くなるのでした。ところが、そのひよどりは、ある時、七日というもの、一つぶの粟《あわ》も貰《もら》いませんでした。みんな忘れていたのです。そこで、もうひもじくって、ひもじくって、とうとう、くちばしをパクパクさせながら、死んでしまいました。鳥箱先生も、

「ああ、哀れなことだ」と言いました。その次に来たひよどりの子供も、ちょうどその通りでした。ただ、その死に方が、すこし変っていただけです。それは腐った水を貰ったために、赤痢になったのでした。

その次に来たひよどりの子供は、あんまり空や林が恋しくて、とうとう、胸がつまって死んでしまいました。

四番目のは、先生がある夏、ちょっと油断をして網のチョッキを大きく開けたまま、睡《ねむ》っているあいだに、乱暴な猫《ねこ》大将が来て、いきなりつかんで行ってしまったのです。鳥箱先生も目をさまして、

「あっ、いかん。生徒をかえしなさい」と言いましたが、猫大将はニヤニヤ笑って、向うへ走って行ってしまいました。鳥箱先生も、

「ああ哀れなことだ」と言いました。しかし鳥箱先生は、それからはすっかり信用をなくしました。そしていきなり物置の棚《たな》へ連れて来られました。

「ははあ、ここは、大へん、空気の流通が悪いな」と鳥箱先生は言いながら、あたりを見まわしました。棚の上には、こわれかかった植木鉢や、古い朱塗りの手桶《ておけ》や、そんながらくたが一杯でした。そして鳥箱先生のすぐうしろに、まっくらな小さな穴がありました。

「はてな。あの穴は何だろう。獅子《しし》のほらあなかもしれない。少くとも竜のいわや*だね」

と先生はひとりごとを言いました。

それから、夜になりました。鼠《ねずみ》が、その穴から出て来て、先生をちょっとかじりました。

先生は大へんびっくりしましたが、無理に心をしずめてこう言いました。

「おいおい。みだりに他人をかじるべからずという、カマジン国の王様の格言を知らないか」

鼠はびっくりして、三歩ばかりあとへさがって、ていねいにおじぎをしてから申しました。

「これは、まことにありがたいお教えでございます。実に私の肝臓までしみとおります。私は、去年、みだりに他人をかじるということは、ほんとうに悪いことでございます。私は、去年、みだりに金づちさまをかじりましたので、前歯を二本欠きました。又、今年の春は、みだりに人間の耳を嚙《か》じりましたので、あぶなく殺されようとしました。実にかたじけないおさとしでございます。ついては、私のせがれ、フウと申すものは、誠におろかものでございますが、どうか毎日、お教えを戴《いただ》くように願われませんでございましょうか」

「うん。とにかく、その子をよこしてごらん。きっと、立派にしてあげるから。わしはね。今こそこんな処へ来ているが、前は、それはもう、硝子《ガラス》でこさえた立派な家の中に居たんだ。ひよどりを、四人も育てて教えてやったんだ。どれもみんな、はじめはバタバタ言って、手もつけられない子供らばかりだったがね、みんな、間もなく、わしの感化で、おとなしく立派になった。そして、それはそれは、安楽に一生を送ったのだ。栄耀栄華《えいようえいが》をきわめたもんだ」

親ねずみは、あんまりうれしくて、声も出ませんでした。そして、ペコペコ頭をさげて、急いで自分の穴へもぐり込んで、子供のフウねずみを連れ出して、鳥箱先生の処へやって参りました。

「この子供でございます。どうか、よろしくおねがい致します。どうかよろしくおねがい致します」二人は頭をぺこぺこさげました。

するると、先生は、

「ははあ、なかなか賢こそうなお子さんですな。頭のかたちが大へんよろしい。いかにも承知しました。きっと教えてあげますから」

ある日、フウねずみが先生のそばを急いで通って行こうとしますと、鳥箱先生があわてて呼びとめました。

「おい。フウ。ちょっと待ちなさい。なぜ、おまえは、そう、ちょろちょろ、つまだてしてあるくんだ。男というものは、もっとゆっくり、もっと大股《おおまた》にあるくものだ」

「だって先生。僕の友だちは、誰《たれ》だってちょろちょろ歩かない者はありません。僕はその中で、一番威張って歩いているんです」

「お前の友だちというのは、どんな人だ」

「しらみに、くもに、だにです」

「そんなものと、お前はつきあっているのか。なぜもう少し、りっぱなものとつきあわん。なぜもっと立派なものとくらべないか」

「だって、僕は、猫や、犬や、獅子《しし》や、虎《とら》は大嫌いなんです」

「そうか。それなら仕方ない。が、もう少しりっぱにやってもらいたい」

「もうわかりました。先生」フウねずみは、一目散に逃げて行ってしまいました。

それから又五、六日たって、フウねずみが、いそいで鳥箱先生のそばをかけ抜けようとしますと、先生が叫びました。

「おい。フウ。ちょっと待ちなさい。なぜお前は、そんなにきょろきょろあたりを見てあるくのです。男はまっすぐに行く方を向いて歩くもんだ。それに決して、よこめなんかはつかうものではない」

「だって先生。私の友達はみんなもっときょろきょろしています」

「お前の友だちというのは誰だ」

「たとえばくもや、しらみや、むかでなどです」

「お前は、また、そんなつまらないものと自分をくらべているが、それはよろしくない。お前はりっぱな鼠になる人なんだからそんな考えはよさなければいけない」

「だって私の友達は、みんなそうです。私はその中では一番ちゃんとしているんです」

そしてフウねずみは一目散に逃げて穴の中へはいってしまいました。

それから又五、六日たって、フウねずみが、いつものとおり、大いそぎで鳥箱先生のそばを通りすぎようとしますと、先生が網のチョッキをがたっとさせながら、呼びとめました。

「おい。フウ、ちょっと待ちなさい。おまえはいつでもわしが何か言おうとすると、早く逃げてしまおうとするが、今日は、まあ、すこしおちついて、ここへすわりなさい。お前はなぜそんなにいつでも首をちぢめて、せなかを円くするのです」

「だって、先生。私の友達は、みんな、もっとせなかを円くして、もっと首をちぢめていますよ」

「お前の友達といっても、むかでなどはせなかをすっくりとのばしてあるいているではないか」

「いいえ。むかではそうですけれども、ほかの友だちはそうではありません」

「ほかの友だちというのは、どんな人だ」

「けしつぶや、ひえつぶや、おおばこの実などです」

「なぜいつでも、そんなつまらないものとだけ、くらべるのだ。ええ。おい」

フウねずみは面倒臭くなったので一目散に穴の中へ逃げ込みました。

鳥箱先生も、今度という今度は、すっかり怒ってしまって、ガタガタガタガタふるえて叫びました。

「フウの母親、こら、フウの母親。出て来い。おまえのむすこは、もうどうしても退校だ。引き渡すから早速出て来い」

フウのおっかさんねずみは、ブルブルふるえているフウねずみのえり首をつかんで、鳥箱先生の前に連れて来ました。

鳥箱先生は怒って、ほてって、チョッキをばたばたさせながら言いました。

「おれは四人もひよどりを教育したが、今日までこんなひどいぶじょくを受けたことはない。実にこの生徒はだめなやつだ」

その時、まるで、嵐《あらし》のように黄色なものが出て来て、フウをつかんで地べたへたたきつけ、ひげをヒクヒク動かしました。それは猫大将でした。

猫大将は、

「ハッハッハ、先生もだめだし、生徒も悪い。先生はいつでも、もっともらしいうそばかり言っている。生徒は志がどうもけしつぶより小さい。これではもうとても国家の前途が思いやられる」

と言いました。

クンねずみ

クンねずみのうちは見はらしのいいところにありました。

すぐ前に下水川があって、春はすももの花びらをうかべ、冬はときどきはみかんの皮を流しました。

下水川の向うには、通りの野原がはるかにひろがっていて、つちけむりの霞《かすみ》がたなびいたり、黄いろな霧がかかったり、その又向うには、酒屋の土蔵《くら》がそら高くそびえておりました。

その立派な、クンねずみのおうちへ、ある日、友達のタねずみがやって来ました。

全体ねずみにはいろいろくしゃくしゃな名前があるのですからいちいちそれをおぼえたらとてももう大へんです。一生ねずみの名前だけのことで頭が一杯になってしまいますからみなさんはどうかクンという名前のほかはどんなのが出て来てもおぼえないで下さい。

さてタねずみはクンねずみに言いました。

「今日は、クンねずみさん。いいお天気ですね」

「いいお天気です。何かいいものを見附けましたか」

「いいえ。どうも不景気ですね。どうでしょう。これからの景気は」

「さあ、あなたはどう思いますか」

「そうですね。しかしだんだんよくなるのじゃないでしょうか。オウベイのキンユウはしだいにヒッパクをテイしなそう……」

「エヘン、エヘン」いきなりクンねずみが大きなせきばらいをしましたので、タねずみはびっくりして飛びあがりました。クンねずみは横を向いたまま、ひげを一つぴんとひねって、それから口の中で、

「へい、それから」と言いました。

タねずみはやっと安心して又お膝《ひざ》に手を置いてすわりました。

クンねずみもやっとまっすぐを向いて言いました。

「先《せん》ころの地震にはおどろきましたね」

「全くです」

「あんな大きいのは私もはじめてですよ」

「ええ、ジョウカドウでしたね。シンゲンは何でもトウケイ四十二度二分ナンイ」

「エヘンエヘン」

クンねずみは又どなりました。

タねずみは又全く面くらいましたがさっきほどではありませんでした。クンねずみはやっと気を直して言いました。

「天気もよくなりましたね。あなたは何かうまい仕掛けをしておきましたか」

「いいえ、なんにもしておきません。しかし、今度天気が永くつづいたら、私は少し畑の

方へ出てみようと思うんです」

「畑には何かいいことがありますか」

「秋ですからとにかく何かこぼれているだろうと思います。天気さえよければいいのですがね」

「どうでしょう。天気はいいでしょうか」

「そうですね。新聞に出ていましたが、オキナワレットウにハッセイしたテイキアツは次第にホクホクセイのほうへシンコウ……」

「エヘン、エヘン」クンねずみは又いやなせきばらいをやりましたので、タねずみはこんどというこんどはすっかりびっくりして半分立ちあがって、ぶるぶるふるえて眼《め》をパチパチさせて、黙りこんでしまいました。

クンねずみは横の方を向いて、おひげをひっぱりながら、横目でタねずみの顔を見ていましたがずうっとしばらくたってから、あらんかぎり声をひくくして、

「へい。そして」と言いました。ところがタねずみは、もうすっかりこわくなって物が言えませんでしたから、にわかに一つていねいなおじぎをしました。そしてまるで細いかすれた声で、「さよなら」と言ってクンねずみのおうちを出て行きました。

クンねずみは、そこで、あおむけにねころんで、「ねずみ競争新聞」を手にとってひろげながら、

「ヘッ。タなどはなってないんだ」とひとりごとを言いました。

　さて、「ねずみ競争新聞」というのは実にいい新聞です。これを読むと、ねずみ仲間の競争のことは何でもわかるのでした。ペねずみが、沢山とうもろこしのつぶをぬすみためて、大砂糖持ちのパねずみと意地ばりの競争をしていることでも、ハ鼠《ねずみ》ヒ鼠フ鼠の三疋《びき》のむすめねずみが学問の競争をやって、比例の問題まで来たとき、とうとう三疋とも頭がペチンと裂けたことでも何でもすっかり出ているのでした。さあ、さあ、みなさん。失敬ですが、クンねずみの、今日の新聞を読むのを、お聴きなさい。

「ええと、カマジン国の飛行機、プハラを襲うと。なるほどえらいね。これは大へんだ。まあしかし、ここまでは来ないから大丈夫だ。ええと、ツェねずみの行衛《ゆくえ》不明《ふめい》。ツェねずみというのはあの意地わるだな。こいつはおもしろい。

　天井うら街一番地、ツェ氏は昨夜行衛不明となりたり。本社のいちはやく探知するところによればツェ氏は数日前よりはりがねせい、ねずみとり氏と交際を結び居りしが一昨夜に至りて両氏の間に多少感情の衝突ありたるものの如《ごと》し。台所街四番地ネ氏の談によれば昨夜もツェ氏は、はりがねせい、ねずみとり氏を訪問したるが如しと。なお床下通二十九番地ポ氏は、昨夜深更《しんこう》より今朝にかけて、ツェ氏並びにはりがねせい、ねずみとり氏の、烈《はげ》しき争論、時に格闘の声を聞きたりと。以上を綜合《そうごう》するに、本事件には、はりがねせい、ねずみとり氏、最も深き関係を有するが如し。本社は更に深く事件の真相を探知の上、大いにはりがねせい、ねずみとり氏に筆誅《ひっちゅう》を加えんと欲す、と。ははあ、ふん、これはもう疑いもない。ツェのやつめ、ねずみとりに喰われたんだ。おもしろい。そのつぎはと。何だ、ええと、新任鼠《ねずみ》会議員テ氏。エヘン。エヘン。エン。エッヘン。ヴェイ、ヴェイ、何だ。畜生。テなどが鼠会議員だなんて。えい、面白くない。おれでもすればいいんだ。えい。面白くない、散歩に出よう」

そこでクｯねずみは散歩に出ました。そしてプンプン怒りながら、天井うら街の方へ行く途中で、二疋のむかでが親孝行の蜘蛛《くも》のはなしをしているのを聞きました。

「ほんとうにね。そうはできないもんだよ」

「ええ、ええ、全くですよ。それにあの子は、自分もどこかからだが悪いんですよ。それだのにね。朝は二時ころから起きて薬を飲ませたりおかゆをたいてやったり夜だって寝るのはいつも晩《おそ》いでしょう。大抵三時ころでしょう。ほんとうにからだがやすまるってないんでしょう。感心ですねい」

「ほんとうにあんな心掛けのいい子は今頃《いまごろ》あり……」

「エヘン、エヘン」と、いきなりクｯねずみはどなって、おひげを横の方へひっぱりました。

むかではびっくりして、はなしもなにもそこそこに別れて逃げて行ってしまいました。

クｯねずみはそれからだんだん天井うら街の方へのぼって行きました。天井うら街のガランとした広い通りでは鼠会議員のテねずみがもう一ぴきの鼠とはなしていました。クｯねずみはこわれたちり取りのかげで立ちぎきをしておりました。

テねずみが、

「それで、その、わたしの考えではね、どうしても、これは、その、共同一致、団結、和睦《わぼく》の、セイシンで、やらんと、いかんね」と言いました。

クンねずみは、

「エヘン、エヘン」と聞えないようにせきばらいをしました。相手のねずみは、「へい」と言って考えているようすです。

テねずみははなしをつづけました。

「もしそうでないとすると、つまりその、世界のシンポハッタツカイリョウがそのつまりテイタイするね」

「エン、エン、エイ、エイ」クンねずみは又ひくくせきばらいをしました。相手のねずみは「へい」と言って考えています。

「そこで、その、世界文明のシンポハッタツカイリョウカイゼンがテイタイすると、政治は勿論《もちろん》ケイザイ、ノウギョウ、ジツギョウ、コウギョウ、キョウイクビジュツそれからチョウコク、カイガ、それからブンガク、シバイ、ええとエンゲキ、ゲイジュツ、ゴラク、そのほかタイイクなどが、ハッハッハ、大へんそのどうもわるくなるね」テねずみはむつかしい言《こと》をあまり沢山言ったのでもう愉快でたまらないようでした。クンねずみはそれが又無暗《むやみ》にしゃくにさわって「エン、エン」と聞えないようにそしてできるだけ高くせきばらいをやってにぎりこぶしをかためました。相手のねずみはやはり「へい」と言っております。テねずみは又はじめました。

「そこでそのケイザイやゴラクが悪くなるというと、不平を生じてブンレツを起すというケッカにホウチャクするね。そうなるのは実にそのわれわれのシンガイで、フホンイであるから、やはりその、ものごとは共同一致団結和睦《わぼく》のセイシンでやらんといかんね」

　クンねずみはあんまりテねずみのことばが立派で、議論がうまく出来ているのがしゃくにさわって、とうとうあらんかぎり、

「エヘン、エヘン」とやってしまいました。するとテねずみはぶるるっとふるえて、目を閉じて、小さく小さくちぢまりましたが、だんだんそろりそろりと延びて、そおっと目をあいて、それから大声で叫びました。

「こいつはブンレツだぞ。ブンレツ者だ。しばれ、しばれ」と叫びました。すると相手のねずみはまるでつぶてのようにクンねずみに飛びかかって鼠のとり縄《なわ》を出してクルクルしばってしまいました。

　クンねずみはくやしくてくやしくてなみだが出ましたがどうしてもかないそうがありませんでしたからしばらくじっとしておりました。するとテねずみは紙切れを出してするするするっと何か書いて捕り手のねずみに渡しました。

　捕り手のねずみは、しばられてごろごろころがっているクンねずみの前に来て、すてきに厳かな声でそれを読みはじめました。

「クンねずみはブンレツ者によりて、みんなの前にて暗殺すべし」

　クンねずみは声をあげてチュウチュウなきました。

「さあ、ブンレツ者。あるけ、早く」ととりてのねずみは言いました。さあ、そこでクンねずみはすっかり恐れ入ってしおしおと立ちあがりました。あっちからもこっちからもねずみがみんな集まって来て、

「どうもいい気味だね、いつでもエヘンエヘンと言ってばかりいたやつなんだ」

「やっぱり分裂していたんだ」

「あいつが死んだらほんとうにせいせいするだろうね」というような声ばかりです。

捕り手のねずみは、いよいよ白いたすきをかけて、暗殺のしたくをはじめました。

その時みんなのうしろの方で、フウフウというひどい音がきこえ、二つの眼玉が火のように光って来ました。それは例の猫《ねこ》大将でした。

「ワーッ」とねずみはみんなちりぢり四方に逃げました。

「逃がさんぞ。コラッ」と猫大将はその一疋を追いかけましたがもうせまいすきまへずうっと深くもぐり込んでしまったのでいくら猫大将が手をのばしてもとどきませんでした。

猫大将は「チェッ」と舌打ちをして戻って来ましたが、クンねずみのただ一疋しばられて残っているのを見て、びっくりして言いました。

「貴様は何というものだ」

クンねずみはもう落ち着いて答えました。

「クンと申します」

「フ、フ、そうか。なぜこんなにしているんだ」

「暗殺されるためです」

「フ、フ、フ。そうか。それはかあいそうだ。よしよし、おれが引き受けてやろう。おれのうちへ来い。ちょうどおれの家では、子供が四人できて、それに家庭教師がなくて困っているところなんだ。来い」

猫大将はのそのそ歩き出しました。

クンねずみはこわごわあとについて行きました。猫のおうちはどうもそれは立派なもんでした。紫色の竹で編んであって中は藁《わら》や布きれでホクホクしていました。おまけにちゃあんとご飯を入れる道具さえあったのです。

そしてその中に、猫大将の子供が四人、やっと目をあいて、にゃあにゃあと鳴いておりました。

猫大将は子供らを一つずつ嘗《な》めてやってから言いました。

「お前たちはもう学問をしないといけない。ここへ先生をたのんで来たからな。よく習うんだよ。決して先生を喰べてしまったりしてはいかんぞ」

子供らはよろこんでニヤニヤ笑って口々に、

「お父さん、ありがとう。きっと習うよ。先生を喰べてしまったりしないよ」と言いました。

クンねずみはどうも思わず脚がブルブルしました。猫大将が言いました。

「教えてやってくれ。主に算術をな」

「へい。しょう、しょう、承知いたしました」とクンねずみが答えました。猫大将は機嫌よくニャーと鳴いてするりと向うへ行ってしまいました。

子供らが叫びました。

「先生、早く算術を教えて下さい。先生。早く」

クンねずみはさあ、これはいよいよ教えないといかんと思いましたので、口早に言いました。

「一に一をたすと二です。」

「わかってるよ」子供らが言いました。

「一から一を引くとなんにも無くなります」

「わかったよ」子供らが叫びました。

「一に一をかけると一です」

「わかりました」と猫の子供らが悧口《りこう》そうに眼をパチパチさせて言いました。

「一を一で割ると一です」

「先生、わかりました」と猫の子供らがよろこんで叫びました。

「一に二をたすと三です」

「わかりました。先生」

「一から二は引かれません」

「わかりました。先生」

「一に二をかけると二です」

「わかりました。先生」

「一を二でわると半かけです」

「わかりました。先生」

　ところがクンねずみはあんまり猫の子供らがかしこいのですっかりしゃくにさわりました。そうでしょう。クンねずみは一番はじめの一に一をたして二をおぼえるのに半年かかったのです。

　そこで思わず、「エヘン。エヘン。エイ。エイ」とやりました。すると猫の子供らは、しばらくびっくりしたように、顔を見合せていましたが、やがてみんな一度に立ちあがって、

「何だい。ねずみめ。人をそねみやがったな」と言いながらクンねずみの足を一ぴきが一つずつかじりました。

　クンねずみは非常にあわててばたばたして、急いで「エヘン、エヘン、エイ、エイ」とやりましたがもういけませんでした。

　クンねずみはだんだん四方の足から食われていってとうとうおしまいに四ひきの子猫はクンねずみのおへその所で頭をこつんとぶっつけました。

　そこへ猫大将が帰って来て、

「何か習ったか」とききました。

「鼠《ねずみ》をとることです」と四ひきが一緒に答えました。

畑のへり

麻が刈られましたので、畑のへりに一列に植えられていたとうもろこしは、大へん立派に目立ってきました。

小さな虻《あぶ》だのべっ甲いろのすきとおった羽虫だのみんなかわるがわる来て挨拶《あいさつ》して行くのでした。

とうもろこしには、もう頂上にひらひらした穂が立ち、大きな縮れた葉のつけねには尖《とが》った青いさやができていました。

そして風にざわざわ鳴りました。

一疋《ぴき》の蛙《かえる》が刈った畑の向うまで跳んで来て、いきなり、このとうもろこしの列を見て、びっくりして言いました。

「おや、へんな動物が立っているぞ。からだは瘠《や》せてひょろひょろだが、ちゃんと列を組んでいる。ことによるとこれはカマジン国の兵隊だぞ。どれ、よく見てやろう」

そこで蛙は上等の遠めがねを出して眼《め》にあてました。そして大きくなったとうもろこしのかたちをちらっと見るや蛙はぎゃあと叫んで遠めがねも何もほうり出して一目散に遁《に》げだしました。

蛙がちょうど五百ばかりはねたときもう一ぴきの蛙がびっくりしてこっちを見ているの

に会いました。

「おおい、どうしたい。いったい誰《たれ》ににらまれたんだ」

「どうしてどうして、全くもう大変だ。カマジン国の兵隊がとうとうやって来た。みんな二ひきか三びきくらい幽霊をわきにかかえてる。その幽霊は歯が七十枚あるぞ。あの幽霊にかじられたら、もうとてもたまらんぜ。かあいそうに、麻はもうみんな食われてしまった。みんなまっすぐな、いい若い者だったのになあ。ばりばり骨まで嚙《か》じられたとは本当に人ごととも思われんなあ」

「何かい、兵隊が幽霊をつれて来たのかい、そんなにこわい幽霊かい」

「どうしてどうしてまあ見るがいい。どの幽霊も青白い髪の毛がばしゃばしゃで歯が七十枚おまけに足から頭の方へ青いマントを六枚も着ている」

「いまどこにいるんだ」

「おまえのめがねで見るがいいあすこだよ。麻ばたけの向う側さ。おれは眼鏡《めがね》も何もすてて来たよ」

あたらしい蛙は遠めがねを出して見ました。

「何だあれは幽霊でも何でもないぜ。あれはとうもろこしというやつだ。おれは去年から知ってるよ。そんなに人が悪くない。わきに居るのは幽霊でない。みんな立派な娘さんだよ。娘さんたちはみんな緑色のマントを着てるよ」

「緑色のマントは着ているさ。しかしあんなマントの着様が一体あるもんかな。足から頭の方へ逆《さかさま》に着ているんだ。それにマントを六枚も重ねて着るなんて、聞いたことも見たこともない贅沢《ぜいたく》だ。おごりの頂上だ」

「ははあ、しかし世の中はさまざまだぜ。たとえば兎《うさぎ》なんというものは耳が天までとどいている。そのさきは細くなって見えないくらいだ。豚なんというものは鼻がらっぱになっている。口の中にはとんぼのようなすきとおった羽が十枚あるよ。また人というものを知っているかね。人というものは頭の上の方に十六本の手がついている。そんなこともあるんだ。それにとうもろこしの娘さんたちの長いつやつやした髪の毛は評判なもんだ」

「よしてくれよ。七十枚の白い歯からつやつやつやした長い髪の毛がすぐ生えているなんて考えても胸が悪くなる」

「そんなことはない。まあもっとそばまで行って見よう。おや。誰《たれ》か行ったぞ。おいおい。あれがたったいま言ったひとだ。ひとだ。あいつはほんとうにこわいもんだ。何をするかここへかくれて見ていよう。そら、ちょっと遠めがねを貸すから」

「ああ、よく見える。何だ手が十六本あるって。おれには五本ばかりしか見えないよ。あっ。あの幽霊をつかまえてるよ」

「どれ貸してごらん、ああ、とってるとってる。みんながりがりとってるねえ。とうもろこしは恐《こわ》がってみんな葉をざあざあうごかしているよ。娘さんたちは髪の毛をふって泣いている。ぼくならちゃんと十六本の手が見えるねえ」

「どら、貸した。なるほど十六本かねえ、四本は大へん小さいなあ。ああ、あとからまた一人来た。あれは女の子だろうねえ」

「どう、ちょっと、そうだよ、あれは女の子だよ。ほういまねえあの女の子がとうもろこしの娘さんの髪毛をむしってねえ、口へ入れてそらへ吹いたよ。するとそれがぱっと青白い火になって燃えあがったよ」

「こっちへ来るとこわいなあ」

「来ないよ。ああ、もう行ってしまったよ。何か叫んでいるようだねえ」

「歌ってるんだ。けれどもぼくたちよりはへただねえ」

「へただ、ぼく少しうたってきかしてやろうかな。ぼくうたったらきっとびっくりしてこっちを向くねえ」

「うたってごらん。こっちへ来たらその葉のかげにかくれよう」

「いいかい、うたうよ。ぎゅっくぎゅっく」

「向かないよ。も少し高くうたってごらん」

「どうもつかれて声が出ないよ。ぎゅっく。もうよそう」

「よすかねえ。行ってしまった残念だなあ」

「ぼくは遠めがねをとってくる。じゃさよなら」

「さよなら」

　二ひきの蛙は別れました。

　とうもろこしはさやをなくして大変さびしくなりましたがやっぱり穂をひらひら空にう

ごかしていました。

カイロ団長

あるとき、三十疋《ぴき》のあまがえるが、一緒に面白く仕事をやっておりました。

これは主に虫仲間からたのまれて、紫蘇《しそ》の実やけしの実をひろって来て花ばたけをこしらえたり、かたちのいい石や苔《こけ》を集めて来て立派なお庭をつくったりする職業《しょうばい》でした。

こんなようにして出来たきれいなお庭を、私どもはたびたび、あちこちで見ます。それは畑の豆の木の下や、林の楢《なら》の木の根もとや、又雨垂れの石のかげなどに、それはそれは上手に可愛らしくつくってあるのです。

さて三十疋は、毎日大へん面白くやっていました。朝は、黄金《きん》色のお日さまの光が、とうもろこしの影法師を二千六百寸も遠くへ投げ出すころからさっぱりした空気をすぱすぱ吸って働き出し、夕方は、お日さまの光が木や草の緑を飴《あめ》色にうきうきさせるまで歌ったり笑ったり叫んだりして仕事をしました。殊にあらしの次の日などは、あっちからもこっちからもどうか早く来てお庭をかくしてしまった板を起して下さいとか、うちのすぎごけの木が倒れましたから大いそぎで五、六人来てみて下さいとか、それはそれはいそがしいのでした。いそがしければいそがしいほど、みんなは自分たちが立派な人になったような気がして、もう大よろこびでした。さあ、それ、しっかりひっぱれ、いいか、よいとこしょ、おい、ブチュコ、縄《なわ》がたるむよ、いいとも、そらひっぱれ、おい、おい、ビキコ、そこをはなせ、縄を結んでくれ、よういやさ、そらもう一いき、よおいやしゃ、なんてまあこんな工合《ぐあい》です。

ところがある日三十疋のあまがえるが、蟻《あり》の公園地をすっかり仕上げて、みんなよろこんで一まず本部へ引きあげる途中で、一本の桃の木の下を通りますと、そこへ新しい店が一軒出ていました。そして看板がかかって、

「舶来ウェスキイ　一杯、二厘半」と書いてありました。

あまがえるは珍しいものですから、ぞろぞろ店の中へはいって行きました。すると店にはうすぐろいとのさまがえるが、のっそりとすわって退くつそうにひとりでべろべろ舌を出して遊んでいましたが、みんなの来たのを見て途方もないいい声で言いました。

「へい、いらっしゃい。みなさん。ちょっとおやすみなさい」

「なんですか。舶来のウェクーというものがあるそうですね。どんなもんですか。ためしに一杯呑《の》ませて下さいませんか」

「へい、舶来のウェスキイですか。一杯二厘半ですよ。ようござんすか」

「ええ、よござんす」

とのさまがえるは粟《あわ》つぶをくり抜いたコップにその強いお酒を汲《く》んで出しました。

「ウーイ。これはどうもひどいもんだ。腹がやけるようだ。ウーイ。おい、みんな、これはきたいなもんだよ。咽喉《のど》へはいると急に熱くなるんだ。ああ、いい気分だ。もう一杯下さいませんか」

「はいはい。こちらが一ぺんすんでからさしあげます」

「こっちへも早く下さい」

「はいはい。お声の順にさしあげます。さあ、これはあなた」

「いやありがとう。ウーイ。ウフッ、ウウ、どうもうまいもんだ」

「こっちへも早く下さい」

「はい、これはあなたです」

「ウウイ」

「おいもう一杯おくれ」

「こっちへ早くよ」

「もう一杯早く」

「へい、へい。どうぞお急《せ》きにならないで下さい。折角、はかったのがこぼれますから。へいと、これはあなた」

「いや、ありがとう、ウーイ、ケホン、ケホン、ウーイうまいね。どうも」

さてこんな工合《ぐあい》で、あまがえるはお代り、お代りで、沢山お酒を呑みましたが、呑めば呑むほどもっと呑みたくなります。

もっとも、とのさまがえるのウィスキーは、石油罐《かん》に一ぱいありましたから、粟つぶをくりぬいたコップで一万べんはかっても、一分もへりはしませんでした。

「おいもう一杯おくれ」

「も一杯おくれったらよう。早くよう」

「さあ、早くおくれよう」

「へいへい。あなたさまはもう三百二杯目でございますがよろしゅうございますか」

「いいよう。おくれったらおくれよう」

「へいへい。よければさし上げます。さあ」

「ウーイ、うまい」

「おい、早くこっちへもおくれ」

そのうちにあまがえるは、だんだん酔いがまわって来て、あっちでもこっちでも、キーイキーイといびきをかいて寝てしまいました。

とのさまがえるはそこでにやりと笑って、いそいですっかり店をしめて、お酒の石油罐にはきちんと蓋《ふた》をしてしまいました。それから戸棚《とだな》からくさりかたびら*を出して、頭から顔から足のさきまでちゃんと着込んでしまいました。

それからテーブルと椅子《いす》をもって来て、きちんとすわり込みました。あまがえるはみんな、キーイキーイといびきをかいています。とのさまがえるはそこで小さなこしかけを一つ持って来て、自分の椅子の向う側に置きました。

それから棚から鉄の棒をおろして来て椅子へどっかり座って一ばんはじのあまがえるの緑色のあたまをこつんとたたきました。

「おい。起きな。勘定を払うんだよ。さあ」

「キーイ、キーイ、クヮア、あ、痛い、誰《たれ》だい。ひとの頭を撲《なぐ》るやつは」

「勘定を払いな」

「あっ、そうそう。勘定はいくらになっていますか」

「お前のは三百四十二杯で、八十五銭五厘だ。どうだ。払えるか」

あまがえるは財布を出して見ましたが、三銭二厘しかありません。

「何だい。おまえは三銭二厘しかないのか。呆《あき》れたやつだ。さあどうするんだ。警察へ届けるよ」

「許して下さい。許して下さい」

「いいや、いかん。さあ払え」

「ないんですよ。許して下さい。そのかわりあなたのけらいになりますから」

「そうか。よかろう。それじゃお前はおれのけらいだぞ」

「へい。仕方ありません」

「よし、この中にはいれ」

とのさまがえるは次の室《へや》の戸を開いてその閉口したあまがえるを押し込んで、戸をぴたんとしめました。そしてにやりと笑って、又どっしりと椅子《いす》へ座りました。それから例の鉄の棒を持ち直して、二番目のあま蛙《がえる》の緑青《ろくしょう》いろの頭をこつんとたたいて言いました。

「おいおい。起きるんだよ。勘定だ勘定だ」

「キーイ、キーイ、クヮア、ううい。もう一杯おくれ」

「何をねぼけてんだよ。起きるんだよ。目をさますんだよ。勘定だよ」

「ううい、あああっ。ううい。何だい。なぜひとの頭をたたくんだい」

「いつまでねぼけてんだよ。勘定を払え。勘定を」

「あっ、そうそう。そうでしたね。いくらになりますか」

「お前のは六百杯で、一円五十銭だよ。どうだい、それくらいあるかい」

あまがえるはすきとおるくらい青くなって、財布をひっくりかえして見ましたが、たった一銭二厘しかありませんでした。

「あるくらいみんな出しますからどうかこれだけに負けて下さい」

「うん、一円二十銭もあるかい。おや、これはたった一銭二厘じゃないか。あんまり人をばかにするんじゃないぞ。勘定の百分の一に負けろとはよくも言えたもんだ。外国のことばで言えば、一パーセントに負けてくれと言うんだろう。人を馬鹿《ばか》にするなよ。さあ払え。早く払え」

「だって無いんだもの」

「なきゃおれのけらいになれ」

「仕方ない。そいじゃそうして下さい」

「さあ、こっちへ来い」とのさまがえるはあまがえるを又次の室《へや》に追い込みました。それから又どっかりと椅子《いす》へかけようとしましたが何か考えついたらしく、いきなりキーキーいびきをかいているあまがえるの方へ進んで行って、かたっぱしからみんなの財布を引っぱり出して中を改めました。どの財布もみんな三銭より下でした。ただ一つ、いかにも大きくふくれたのがありましたが、開いて見ると、お金が一つぶも入っていないで、椿《つばき》の葉が小さく折って入れてあるだけでした。とのさまがえるは、よろこんで、にこにこにこにこ笑って、棒を取り直し、片っぱしからあまがえるの緑色の頭をポンポンポンポンたたきつけました。さあ、大へん、みんな、

「あ痛っ、あ痛っ。誰だい」なんて言いながら目をさまして、しばらくきょろきょろきょろきょろきょろしていましたが、いよいよそれが酒屋のおやじのとのさまがえるの仕業《しわざ》だとわかると、もうみな一ぺんに、

「何だい。おやじ。よくもひとをなぐったな」と言いながら、四方八方から、飛びかかりましたが、何分とのさまがえるは三十がえる力《りき》あるのですし、くさりかたびらは着ていますし、それにあまがえるはみんな舶来ウェスキーでひょろひょろしてますから、片っぱしからストンストンと投げつけられました。おしまいにはとのさまがえるは、十一疋のあまがえるを、もじゃもじゃ堅めて、ぺちゃんと投げつけました。あまがえるはすっかり恐れ入って、ふるえて、すきとおるくらい青くなって、その辺に平伏いたしました。そこでとのさまがえるがおごそかに言いました。

「お前たちはわしの酒を呑《の》んだ。どの勘定も八十銭より下のはない。ところがお前らは五銭より多く持っているやつは一人もない。どうじゃ。誰かあるか。無かろう。うん」

あまがえるは一同ふうふうと息をついて顔を見合せるばかりです。とのさまがえるは得

意になって又はじめました。

「どうじゃ。無かろう。あるか。無かろう。そこでお前たちの仲間は、前に二人お金を払うかわりに、おれのけらいになるという約束をしたがお前たちはどうじゃ」この時です。みなさんもご存じの通り向うの室の二疋が戸のすきまから目だけ出してキーと低く鳴いたのは。

　みんなは顔を見合せました。

「どうも仕方ない。そうしようか」

「そうお願いしよう」

「どうかそうお願いいたします」

　どうです。あまがえるなんというものは人のいいものですからすぐとのさまがえるのけらいになりました。そこでとのさまがえるは、うしろの戸をあけて、前の二人を引っぱり出しました。そして一同へおごそかに言いました。

「いいか。この団体はカイロ団ということにしよう。わしはカイロ団長じゃ。あしたからはみんな、おれの命令にしたがうんだぞ。いいか」

「仕方ありません」とみんなは答えました。すると、とのさまがえるは立ちあがって、家をぐるっと一まわしまわしました。すると酒屋はたちまちカイロ団長の本宅にかわりました。つまり前には四角だったのが今度は六角形の家になったのですな。

　さて、その日は暮れて、次の日になりました。お日さまの黄金《きん》色の光は、うしろの桃の木の影法師を三千寸も遠くまで投げ出し、空はまっ青にひかりましたが、誰もカイロ団に仕事を頼みに来ませんでした。そこでとのさまがえるはみんなを集めて言いました。

「さっぱり誰も仕事を頼みに来んな。どうもこう仕事がなくちゃ、お前たちを養っておいても仕方ない。俺《おれ》もとうとう飛んだことになったよ。それにつけても仕事のない時に、いそがしい時の仕度をしておくことが、最必要だ。つまりその仕事の材料を、こんな時に集めておかないといかんな。ついてはまず第一が木だがな。今日はみんな出て行って立派な木を十本だけ、十本じゃすくない、ええと、百本、百本でもすくないな、千本だけ集めて来い。もし千本集まらなかったらすぐ警察へ訴えるぞ。貴様らはみんな死刑になるぞ。その太い首をスポンと切られるぞ。首が太いからスポンとはいかない、シュッポォンと切られるぞ」

あまがえるどもは緑色の手足をぶるぶるぶるっとけいれんさせました。そしてこそこそこそこそ、逃げるようにおもてに出てひとりが三十三本三分三厘強ずつという見当で、一生けん命いい木をさがしましたが、大体もう前々からさがすくらいさがしてしまっていたのですから、いくらそこらをみんながひょいひょいかけまわっても、夕方までにたった九本しか見つかりませんでした。さあ、あまがえるはみんな泣き顔になって、うろうろうろうろやりましたがますますどうもいけません。そこへちょうど一ぴきの蟻《あり》が通りかかりました。そしてみんなが飴《あめ》色の夕日にまっ青にすきとおって泣いているのを見て驚いてたずねました。

「あまがえるさん。昨日はどうもありがとう。一体どうしたのですか」

「今日は木を千本、とのさまがえるに持っていかないといけないのです。まだ九本しか見つかりません」

蟻はこれを聞いて「ケッケケッケッケ」と大笑いに笑いはじめました。それから申しました。

「千本持って来いというのなら、千本持って行ったらいいじゃありませんか。そら、そこにあるそのけむりのようなかびの木などは、一つかみ五百本にもなるじゃありませんか」

なるほどとみんなはよろこんでそのけむりのようなかびの木を一人が三十三本三分三厘ずつ取って、蟻にお礼を言って、カイロ団長のところへ帰って来ました。すると団長は大機嫌です。

「ふんふん。よし、よし。さあ、みんな舶来ウィスキーを一杯ずつ飲んでやすむんだよ」

そこでみんなは粟《あわ》つぶのコップで舶来ウィスキーを一杯ずつ呑《の》んで、くらくら、キーイキーイと、ねむってしまいました。

次の朝またお日さまがおのぼりになりますと、とのさまがえるは言いました。

「おい、みんな。集まれ。今日もどこからも仕事をたのみに来ない。いいか、今日はな、あちこち花畑へ出て行って花の種をひろって来るんだ。一人が百つぶずつ、いや百つぶではすくない。千つぶずつ、いや、千つぶもこんな日の長い時にあんまり少い。万粒ずつがいいかな。万粒ずつひろって来い。いいか、もし、来なかったらすぐお前らを巡査に渡すぞ。巡査は首をシュッポンと切るぞ」

あまがえるどもはみんな、お日さまにまっさおにすきとおりながら、花畑の方へ参りました。ところがちょうど幸に花のたねは雨のようにこぼれていましたし蜂《はち》もぶんぶん鳴いていましたのであまがえるはみんなしゃがんで一生けん命ひろいました。ひろいながらこんなことを言っていました。

「おい、ビチュコ。一万つぶひろえそうかい」

「いそがないとだめそうだよ、まだ三百つぶにしかならないんだもの」

「さっき団長が百粒ってはじめに言ったねい。百つぶならよかったねい」

「うん。その次に千つぶって言ったねい。千つぶでもよかったねい」

「ほんとうにねい。おいら、お酒をなぜあんなにのんだろうなあ」

「おいらもそいつを考えているんだよ。どうも一ぱい目と二杯目、二杯目と三杯目、みんな順ぐりに糸か何かついていたよ。三百五十杯つながっていたとおいら今考えてるんだ」

「全くだよ。おっと、急がないと大へんだ」

「そうそう」

さて、みんなはひろってひろってひろって、夕方までにやっと一万つぶずつあつめて、カイロ団長のところへ帰って来ました。

するととのさまがえるのカイロ団長はよろこんで、

「うん。よし。さあ、みんな舶来ウェスキーを一杯ずつのんで寝るんだよ」と言いました。

あまがえるども大よろこびでみんな粟のこっぷで船来ウィスキイを一杯ずつ呑んで、キーイキーイと寝てしまいました。

次の朝あまがえるどもは眼《め》をさまして見ますと、もう一ぴきのとのさまがえるが来ていて、団長とこんなはなしをしていました。

「とにかく大いに盛んにやらないといかんね。そうでないと笑いものになってしまうだけだ」

「全くだよ。どうだろう、一人前九十円ずつということにしたら」

「うん。それくらいならまあよかろうかな」

「よかろうよ。おや、みんな起きたね、今日は何の仕事をさせようかな。どうも毎日仕事がなくて困るんだよ」

「うん。それは大いに同情するね」

「今日は石を運ばせてやろうか。おい。みんな今日は石を一人で九十匁《もんめ》ずつ運んで来い。いや、九十匁じゃあまり少いかな」

「うん。九百貫という方が口調がいいね」

「そうだ、そうだ。どれだけいいか知れないね。おい、みんな。今日は石を一人につき九百貫ずつ運んで来い。もし来なかったら早速警察へ貴様らを引き渡すぞ。ここには裁判の方のお方もおいでになるのだ。首をシュッポオンと切ってしまうくらい、実にわけないはなしだ」

あまがえるはみなすきとおってまっ青になってしまいました。それはそのはずです。一人九百貫の石なんて、人間でさえ出来るもんじゃありません。ところがあまがえるの目方が何匁あるかといったら、たかが八匁か九匁でしょう。それが一日に一人で九百貫の石を運ぶなどはもうみんな考えただけでめまいを起してクゥウ、クゥウと鳴ってばたりばたり倒れてしまったことは全く無理もありません。

とのさまがえるは早速例の鉄の棒を持ち出してあまがえるの頭をコツンコツンと叩《たた》いてまわりました。あまがえるはまわりが青くくるくるするように思いながら仕事に出て行きました。お日さまさえ、ずうっと遠くの天の隅《すみ》のあたりで、三角になってくるりくるりとうごいているように見えたのです。

みんなは石のある所に来ました。そしててんでに百匁ばかりの石につなをつけて、エンヤラヤア、ホイ、エンヤラヤアホイ。とひっぱりはじめました。みんなあんまり一生けん命だったので、汗がからだ中チクチクチクチク出て、からだはまるでへたへた風のようになり、世界はほとんどまっくらに見えました。とにかくそれでも三十疋が首尾よくめいめいの石をカイロ団長の家まで運んだときはもうおひるになっていました。それにみんなはつかれてふらふらして、目をあいていることも立っていることもできませんでした。あーあ、ところが、これから晩までにもう八百九十九貫九百匁運ばないと首をシュッポオンと切られるのです。

カイロ団長はちょうどこの時うちの中でいびきをかいて寝ておりましたがやっと目をさ

まして、ゆっくりと外へ出て見ました。あまがえるどもは、はこんで来た石にこしかけてため息をついたり、土の上に大の字になって寝たりしています。その影法師は青く日がすきとおって地面に美しく落ちていました。団長は怒って急いで鉄の棒を取りに家の中にはいりますと、その間に、目をさましていたあまがえるは、寝ていたものをゆり起して、団長が又出て来たときは、もうみんなちゃんと立っていました。カイロ団長が申しました。

「何だ。のろまども。今までかかってたったこれだけしか運ばないのか。何という貴様らは意気地なしだ。おれなどは石の九百貫やそこら、三十分で運んで見せるぞ」

「とても私らにはできません。私らはもう死にそうなんです」

「えい、意気地なしめ。早く運べ。晩までに出来なかったら、みんな警察へやってしまうぞ。警察ではシュッポンと首を切るぞ。ばかめ」

あまがえるはみんなやけ糞《くそ》になって叫びました。

「どうか早く警察へやって下さい。シュッポン、シュッポンと聞いていると何だか面白いような気がします」

カイロ団長は怒って叫び出しました。

「えい、馬鹿者め意気地なしめ。

えい、ガーアアアアアアア」カイロ団長は何だか変な顔をして口をパタンと閉じました。ところが「ガーアアアアアアア」という音はまだつづいています。それは全くカイロ団長の咽喉《のど》から出たのではありませんでした。かの青空高くひびきわたるかたつむりのメガホーンの声でした。王さまの新しい命令のさきぶれでした。

「そら、あたらしいご命令だ」と、あまがえるもとのさまがえるも、急いでしゃんと立ちました。かたつむりの吹くメガホーンの声はいともほがらかにひびきわたりました。

「王さまの新しいご命令。王さまの新しいご命令。一個条。ひとに物を言いつける方法。ひとに物を言いつける方法。第一、ひとにものを言いつけるときはそのいいつけられるものの目方で自分のからだの目方を割って答を見つける。第二、言いつける仕事にその答をかける。第三、その仕事を一ぺん自分で二日間やってみる。以上。その通りやらないものは鳥の国へ引き渡す」

　さああまがえるどもはよろこんだのなんのって、チェッコという算術のうまいかえるなどは、もうすぐ暗算をはじめました。言いつけられるわれわれの目方は拾匁、言いつける団長のめかたは百匁、百匁割る十匁、答十。仕事は九百貫目、九百貫目掛ける十、答九千貫目。

「九千貫だよ。おい。みんな」

「団長さん。さあこれから晩までに四千五百貫目、石をひっぱって下さい」

「さあ王様の命令です。引っぱって下さい」

　今度は、とのさまがえるは、だんだん色がさめて、飴《あめ》色にすきとおって、そしてブルブルふるえてまいりました。

　あまがえるはみんなでとのさまがえるを囲んで、石のある処《ところ》へ連れて行きました。そし

て一貫目ばかりある石へ、綱を結びつけて、

「さあ、これを晩までに四千五百運べばいいのです」と言いながらカイロ団長の肩に綱のさきを引っかけてやりました。団長もやっと覚悟がきまったとみえて、持っていた鉄の棒を投げすてて、眼をちゃんときめて、石を運んで行く方角を見定めましたがまだどうも本当に引っぱる気にはなりませんでした。そこであまがえるは声をそろえてはやしてやりました。

「ヨウイト、ヨウイト、ヨウイト、ヨウイトショ」

カイロ団長は、はやしにつりこまれて、五へんばかり足をテクテクふんばってつなを引っ張りましたが、石はびくとも動きません。

とのさまがえるはチクチク汗を流して、口をあらんかぎりあけて、フウフウといきをしました。全くあたりがみんなくらくらして、茶色に見えてしまったのです。

「ヨウイト、ヨウイト、ヨウイト、ヨウイトショ」

とのさまがえるは又四へんばかり足をふんばりましたが、おしまいの時は足がキクッと鳴ってくにゃりと曲ってしまいました。あまがえるは思わずどっと笑い出しました。がどういうわけかそれから急にしいんとなってしまいました。それはそれはしいんとしてしまいました。みなさん、この時のさびしいことといったら私はとても口で言えません。みなさんはおわかりですか。ドッと一緒に人をあざけり笑ってそれから俄《にわ》かにしいんとなった時のこのさびしいことです。

ところがちょうどその時、又もや青ぞら高く、かたつむりのメガホーンの声がひびきわたりました。

「王様の新しいご命令。王様の新しいご命令。すべてあらゆるいきものはみんな気のいい、かあいそうなものである。けっして憎んではならん。以上」それから声が又向うの方へ行って「王様の新しいご命令」とひびきわたっております。

そこであまがえるは、みんな走り寄って、とのさまがえるに水をやったり、曲った足をなおしてやったり、とんとんせなかをたたいたりいたしました。

とのさまがえるはホロホロ悔悟のなみだをこぼして、

「ああ、みなさん、私がわるかったのです。私はもうあなた方の団長でもなんでもありません。私はやっぱりただの蛙《かえる》です。あしたから仕立屋をやります」

あまがえるは、みんなよろこんで、手をパチパチたたきました。

次の日から、あまがえるはもとのように愉快にやりはじめました。

みなさん。あまあがりや*、風の次の日、そうでなくてもお天気のいい日に、畑の中や花壇のかげでこんなようなさらさらさらさら言う声を聞きませんか。

「おい。ベッコ。そこん処《とこ》をも少しよくならしてくれ。いいともさ。おいおい。ここへ植えるのはすずめのかたびらじゃない、すずめのてっぽうだよ。そうそう。どっちもすずめなもんだからつい間違えてね。ハッハッハ。よう。ビチュコ。おい。ビチュコ、そこの穴うめてくれ。いいかい。そら、投げるよ。ようし来た。ああ、しまった。さあひっぱってくれ。よいしょ」

蛙《かえる》のゴム靴《ぐつ》

松の木や楢《なら》の木の林の下を、深い堰《せき》が流れておりました。岸には茨《いばら》やつゆ草やたでが一杯にしげり、そのつゆくさの十本ばかり集まった下のあたりに、カン蛙《がえる》のうちがありました。

それから、林の中の楢の木の下に、ブン蛙のうちがありました。

林の向うのすすきのかげには、ベン蛙のうちがありました。

三疋《びき》は年も同じなら大きさも大てい同じ、どれも負けず劣らず生意気で、いたずらものでした。

ある夏の暮れ方、カン蛙ブン蛙ベン蛙の三疋は、カン蛙の家の前のつめくさの広場に座って、雲見*ということをやっておりました。一体蛙どもは、みんな、夏の雲の峯《みね》を見ることが大すきです。じっさいあのまっしろなプクプクした、玉髄《ぎょくずい》のような、玉あられのような、又蛋白石《たんぱくせき》を刻んでこさえた葡萄《ぶどう》の置物のような雲の峯は、誰《たれ》の目にも立派に見えますが、蛙どもには殊にそれが見事なのです。眺《なが》めても眺めても厭《あ》きないのです。そのわけは、雲のみねというものは、どこか蛙の頭の形に似《に》ていますし、それから春の蛙の卵に似ています。それで日本人ならば、ちょうど花見とか月見とかいう処《ところ》を、蛙どもは雲見をやります。

「どうも実に立派だね。だんだんペネタ形になるね」

「うん。うすい金色だね。永遠の生命を思わせるね」

「実に僕たちの理想だね」

雲のみねはだんだんだんペネタ形になってまいりました。ペネタ形というのは、蛙どもでは大へん高尚《こうしょう》なものになっています。平たいことなのです。雲の峯はだんだん崩れてあたりはよほどうすくらくなりました。

「この頃《ごろ》、ヘロンの方ではゴム靴《ぐつ》がはやるね」＊ヘロンというのは蛙語です。人間ということです。

「うん。よくみんなはいてるようだね」

「僕たちもほしいもんだな」

「全くほしいよ。あいつをはいてなら栗《くり》のいがでも何でもこわくないぜ」

「ほしいもんだなあ」

「手に入れる工夫はないだろうか」

「ないわけでもないだろう。ただ僕たちのはヘロンのとは大きさも型も大分ちがうから拵《こしら》え直さないと駄目《だめ》だな」

「うん。それはそうさ」

さて雲のみねは全くくずれ、あたりは藍《あい》色になりました。そこでベン蛙とブン蛙とは、「さよならね」と言ってカン蛙とわかれ、林の下の堰を勇ましく泳いで自分のうちに帰って行きました。

あとでカン蛙は腕を組んで考えました。桔梗《ききよう》色の夕暗《ゆうやみ》の中です。

しばらくしばらくたってからやっと「ギッギッ」と二声ばかり鳴きました。そして草原をペタペタ歩いて畑にやって参りました。

＊

それから声をうんと細くして、

「野鼠《のねずみ》さん、野鼠さん。もうし、もうし」と呼びました。

「ツン」と野鼠は返事をして、ひょこりと蛙の前に出て来ました。そのうすぐろい顔も、もう見えないくらい暗いのです。

「野鼠さん。今晩は。一つお前さんに頼みがあるんだが、きいてくれないかね」

「いや、それはきいてあげよう。去年の秋、僕が蕎麦団子《そばだんご》を食べて、チブスになって、ひどいわずらいをしたときに、あれほど親身の介抱を受けながら、その恩を何でわすれてしまうもんかね」

「そうか。そんなら一つお前さん、ゴム靴を一足工夫してくれないか。形はどうでもいいんだよ。僕がこしらえ直すから」

「ああ、いいとも。明日の晩までにはきっと持って来てあげよう」

「そうか。それはどうもありがとう。ではお願いするよ。さよならね」

カン蛙は大よろこびで自分のおうちへ帰って寝てしまいました。

＊

次の晩方です。

カン蛙は又畑に来て、

「野鼠さん。野鼠さん。もうし。もうし」とやさしい声で呼びました。

野鼠はいかにも疲れたらしく、目をとろんとして、はぁあとため息をついて、それに何だか大へん憤《おこ》って出て来ましたが、いきなり小さなゴム靴をカン蛙の前に投げ出しました。

「そら、カン蛙さん。取っておくれ。ひどい難儀をしたよ。大へんな手数をしたよ。命がけで心配したよ。僕はお前のご恩はこれで払ったよ。少し払い過ぎたくらいかしらん」と言いながら、野鼠はぷいっと行ってしまったのでした。

カン蛙は、野鼠の激昂《げっこう》のあんまりひどいのに、しばらくは呆《あき》れていましたが、なるほど考えてみると、それも無理はありませんでした。まず野鼠は、ただの鼠にゴム靴をたのむ、ただの鼠は猫《ねこ》にたのむ、猫は犬にたのむ、犬は馬にたのむ、馬は自分の金沓《かなぐつ》を貰《もら》うとき、何とかかんとかごまかして、ゴム靴をもう一足受け取る、それから、馬がそれを犬に渡す、犬が猫に渡す、猫がただの鼠に渡す、ただの鼠が野鼠に渡す、その渡しようもいずれあとでお礼をよこせとか何とか、気味の悪い語《ことば》がついていたのでしょう、そのほか馬はあとでゴム靴をごまかしたことがわかったら、人間からよほどひどい目にあわされるのでしょう。それ全体を野鼠が心配して考えるのですから、とても命にさわるほどつらい訳です。けれどもカン蛙は、その立派なゴム靴を見ては、もう嬉《うれ》しくて嬉しくて、口がむずむず言うのでした。

早速それを叩《たた》いたり引っぱったりして、ちょうど自分の足に合うようにこしらえ直し、にたにた笑いながら足にはめ、その晩一ばん中歩きまわり、暁方《あけがた》になってから、ぐったり疲れて自分の家に帰りました。そして睡《ねむ》りました。

＊

「カン君、カン君、もう雲見の時間だよ。おいおい。カン君」カン蛙は眼《め》をあけました。見るとブン蛙とベン蛙とがしきりに自分のからだをゆすぶっています。なるほど、東にはうすい黄金《きん》色の雲の峯が美しく聳《そび》えています。

「や、君はもうゴム靴をはいてるね。どこから出したんだ」

「いや、これはひどい難儀をして大へんな手数をしてそれから命がけほど頭を痛くして取って来たんだ。君たちにはとても持てまいよ。歩いて見せようか。そら、いい工合《ぐあい》だろう。僕がこいつをはいてすっすっと歩いたらまるで芝居のようだろう。まるでカーイのようだろう、イーのようだろう」＊

「うん、実にいいね。僕たちもほしいよ。けれど仕方ないなあ」

「仕方ないよ」

雲の峯は銀色で、今が一番高い所です。けれどもベン蛙とブン蛙とは、雲なんかは見ないでゴム靴ばかり見ているのでした。

そのとき向うの方から、一疋の美しいかえるの娘がはねて来てつゆくさの向うからはずかしそうに顔を出しました。

「ルラさん、今晩は。何のご用ですか」

「お父さんが、おむこさんを探して来いって」娘の蛙は顔を少し平ったくしました。

「僕なんかはどうかなあ」ベン蛙が言いました。

「あるいは僕なんかもいいかもしれないな」ブン蛙が言いました。

ところがカン蛙は一言も物を言わずに、すっすっとそこらを歩いていたばかりです。

「あら、あたしもうきめたわ」

「誰《たれ》にさ？」二疋は眼をぱちぱちさせました。

カン蛙はまだすっすっと歩いています。

「あの方だわ」娘の蛙は左手で顔をかくして右手の指をひろげてカン蛙を指しました。

「おいカン君、お嬢さんがきみにきめたとさ」

「何をさ？」

カン蛙はけろんとした顔つきをしてこっちを向きました。

「お嬢さんがおまえさんを連れて行くとさ」

カン蛙は急いでこっちへ来ました。

「お嬢さん今晩は、僕に何か用があるんですか。なるほど、そうですか。よろしい。承知しました。それで日はいつにしましょう。式の日は」

「八月二日がいいわ」

「それがいいです」カン蛙はすまして空を向きました。

そこでは雲の峯がいままたペネタ型になって流れています。

「そんならあたしうちへ帰ってみんなにそう言うわ」

「ええ」

「さよなら」

「さよならね」

ベン蛙とブン蛙はぷりぷり怒って、いきなりくるりとうしろを向いて帰ってしまいました。しゃくにさわったまぎれに、あの林の下の堰《せき》を、ただ二足にちぇっちぇっと泳いだのでした。そのあとでカン蛙のよろこびようといったらもうとてもありません。あちこちあるいてあるいて、東から二十日の月が登るころやっとうちに帰って寝ました。

＊

さてルラ蛙の方でも、いろいろ仕度をしたりカン蛙と談判をしたり、だんだん事がまとまりました。いよいよあさってが結婚式という日の明方、カン蛙は夢の中で、

「今日は僕はどうしてもみんなの所を歩いて明後日《あさって》の式に招待して来ないといけないないな」と言いました。ところがその夜明方から朝にかけて、いよいよ雨が降りはじめました。林はガアガアと鳴り、カン蛙のうちの前のつめくさは、うす濁った水をかぶってぼんやりとかすんで見えました。それでもカン蛙は勇んで家を出ました。せきの水は濁って大へんに増し、幾本もの蓼《たで》やつゆくさは、すっかり水の中になりました、飛び込むのはちょっとこ

わいくらいです。カン蛙は、けれども一本のたでから、ピチャンと水に飛び込んで、ツイツイツイツイ泳ぎました。泳ぎながらどんどん流されました。それでもとにかく向うの岸にのぼりました。

それから苔《こけ》の上をずんずん通り、幾本もの虫のあるく道を横切って、大粒の雨にうたれゴム靴をピチャピチャいわせながら、楢《なら》の木の下のブン蛙のおうちに来て高く叫びました。

「今日は、今日は」

「どなたですか。ああ君か。はいり給《たま》え」

「うん、どうもひどい雨だね。パッセン大街道も今日はいきものの影さえないぞ」

「そうか。ずいぶんひどい雨だ」

「ところで君も知ってる通り、明後日《あさって》は僕の結婚式なんだ。どうか来てくれ給え」

「うん。そうそう。そういえばあの時あのちっぽけな赤い虫が何かそんなこと言っていたようだったね。行こう」

「ありがとう。どうか頼むよ。それではさよならね」

「さよならね」

カン蛙は又ピチャピチャ林の中を通ってすすきの中のベン蛙のうちにやって参りました。

「今日は、今日は」

「どなたですか。ああ君か。はいれ」

「ありがとう。どうもひどい雨だ。パッセン大街道も今日はしんとしてるよ」

「そうか。ずいぶんひどいね」

「ところで君も知ってるだろうが明後日僕の結婚式なんだ。どうか来てくれ給え」

「ああ、そんなことどこかで聞いたっけねい。行こう」

「どうか。ではさよならね」

「さよならね」そしてカン蛙は又ピチャピチャ林の中を歩き、プイプイ堰《せき》を泳いで、おうちに帰ってやっと安心しました。

＊

ちょうどそのころブン蛙はベン蛙のところへやって来たのでした。

「今日は、今日は」

「はい。やあ、君か。はいれ」

「カンが来たろう」

「うん。いまいましいね」

「全くだ。畜生。何とかひどい目にあわしてやりたいね」

「僕がうまいこと考えたよ。明日の朝ね、雨がはれたら結婚式の前にちょっと散歩しようと言ってあいつを引っぱり出して、あそこの萱《かや》の刈跡をあるくんだよ。僕らも少しは痛いだろうがまあ我慢してさ。するとあいつのゴム靴がめちゃめちゃになるだろう」

「うん。それはいいね。しかし僕はまだそれくらいじゃ腹が癒《い》えないよ。結婚式がすんだらあいつらを引っぱり出して、あの畑の麦をほした杭《くい》の穴に落してやりたいね。上に何か木の葉でもかぶせておこう。それは僕がやっておくよ。面白いよ」

「それもいいね。じゃ、雨がはれたらね」

「うん」

「ではさよならね」

蛙の挨拶《あいさつ》の「さよならね」ももう鼻について厭《あ》きてまいりました。もう少しです。我慢して下さい。ほんのもう少しですから。

＊

次の日のひるすぎ、雨がはれて陽《ひ》が射《さ》しました。ベン蛙とブン蛙とが一緒にカン蛙のうちへやって来ました。

「やあ、今日はおめでとう。お招き通りやって来たよ」

「うん、ありがとう」

「ところで式まで大分時間があるだろう。少し歩こうか。散歩すると血色がよくなるぜ」

「そうだ。では行こう」

「三人で手をつないでこうね」ブン蛙とベン蛙とが両方からカン蛙の手を取りました。

「どうも雨あがりの空気は、実にうまいね」

「うん。さっぱりして気持ちがいいね」三疋は萱《かや》の刈跡にやって参りました。

「ああいい景色だ。ここを通って行こう」

「おい。ここはよそうよ。もう帰ろうよ」

「いいや折角来たんだもの。も少し行こう。そら歩きたまえ」二疋は両方からぐいぐいカン蛙の手をひっぱって、自分たちも足の痛いのを我慢しながらぐんぐん萱の刈跡をあるきました。

「おい。よそうよ。よしてくれよ。ここは歩けないよ。あぶないよ。帰ろうよ」

「実にいい景色だねえ。も少し急いで行こうか」と二疋が両方から、まだ破けないカン蛙のゴム靴を見ながら一緒に言いました。

「おい。よそうよ。冗談じゃない。よそう。あ痛っ。あぁあ、とうとう穴があいちゃった」

「どうだ。この空気のうまいこと」

「おい。帰ろうよ。ひっぱらないでくれよ」

「実にいい景色だねえ」

「放してくれ。放してくれ。放せったら。畜生」

「おや、君は何かに足をかじられたんだね。そんなにもがかなくてもいいよ。しっかり押えてるから」

「放せ、放せ、放せったら、畜生」

「まだかじってるかい。そいつは大変だ。早く逃げ給え。走ろう。さあ。そら」

「痛いよ。放せったら放せ。えい畜生」

「早く、早く。そら、もう大丈夫だ。おや。君の靴がぼろぼろだね。どうしたんだろう」

　実際ゴム靴はもうボロボロになって、カン蛙の足からあちこちにちらばって、無くなりました。

カン蛙は何とも言えないうらめしそうな顔をして、口をむにゃむにゃやりました。実はこれは歯を食いしばるところなのですが、歯がないのですからむにゃむにゃやるより仕方ないのです。二疋はやっと手をはなして、しきりに両方からお世辞を言いました。

「君、あんまり力を落さない方がいいよ。靴なんかもうあったってないったって、お嫁さんは来るんだから」

「もう時間だろう。帰ろう。帰って待ってようか。ね。君」

カン蛙はふさぎこみながらしぶしぶあるき出しました。

＊

三疋がカン蛙のおうちに着いてから、しばらくたって、ずうっと向うから、蕗《ふき》の葉をかざしたりがまの穂を立てたりしてお嫁さんの行列がやって参りました。

だんだん近くになりますと、お父さんにあたるがん郎がえるが、

「こりゃ、むすめ、むこどのはあの三人の中のどれじゃ」とルラ蛙をふりかえってたずねました。

ルラ蛙は、小さな目をパチパチさせました。というわけは、はじめカン蛙を見たときは、実はゴム靴のほかにはなんにも気を付けませんでしたので、三疋ともはだしでぞろりとならんでいるのでは実際どうも困ってしまいました。そこで仕方なく、

「もっと向うへ行かないと、よくわからないわ」と言いました。

「そうですとも。間違っては大へんです。よくおちついて」と仲人《なこうど》のかえるもうしろで言いました。

ところがもっと近くによりますと、尚更《なおさら》わからなくなりました。三疋とも口が大きくて、うすぐろくて、眼の出た工合《ぐあい》も実によく似ているのです。これにはいよいよどうも困ってしまったのでした。ところが、そのうちに、一番右はじに居たカン蛙がパクッと口をあけて、一足前に出ておじぎをしました。そこでルラ蛙もやっと安心して、

「あの方よ」と言いました。さてそれから式がはじまりました。その式の盛大なこと酒りの立派なこととても書くのも大へんです。

とにかく式がすんで、向うの方はみな引きあげて行きました。その時ちょうど雲のみねが一番かがやいておりました。

「さあ新婚旅行だ」とベン蛙が言いました。

「僕たちはじきそこまで見送ろう」ブン蛙が言いました。

カン蛙も仕方なく、ルラ蛙もつれて、新婚旅行に出かけました。そしてたちまちあの木の葉をかぶせた杭《くい》あとに来たのです。ブン蛙とベン蛙が、

「ああ、ここはみちが悪い。おむこさん。手を引いてあげよう」と言いながら、カン蛙が急いでちぢめる間もなく、両方から手をとって、自分たちは穴の両側を歩きながら無理にカン蛙を穴の上にひっぱり出しました。するとカン蛙の載った木の葉がガサリと鳴り、カン蛙はふらふらっと一寸ばかりめり込みました。ブン蛙とベン蛙がくるりと外の方を向い

て逃げようとしましたが、カン蛙がピタリと両方共とりついてしまいましたので二疋のふんばった足がぶるぶるっとけいれんし、そのつぎにはとうとう「ポトン、バチャン」

三疋とも、杭穴の底の泥水の中に陥《お》ちてしまいました。上を見ると、まるで小さな円い空が見えるだけ、かがやく雲の峯はちょっとのぞいておりますが、蛙たちはもういくらもがいてもとりつくものもありませんでした。

そこでルラ蛙はもう昔習った六百米《メートル》の奥の手を出して一目散にお父さんのところへ走って行きました。するとお父さんたちはお酒に酔っていてみんなぐうぐう睡《ねむ》っていていくら起しても起きませんでした。そこでルラ蛙はまたもとのところへ走って来てまわりをぐるぐるぐるぐるまわって泣きました。

そのうちだんだん夜になりました。

パチャパチャパチャパチャ。

ルラ蛙はまたお父さんのところへ行きました。いくら起しても起きませんでした。

夜があけました。

パチャパチャパチャパチャ。

ルラ蛙はまたお父さんのところへ行きました。いくら起しても起きませんでした。

日が暮れました。雲のみねの頭。

パチャパチャパチャパチャ。

ルラ蛙はまたお父さんのところへ行きました。

いくら起しても起きませんでした。

夜が明けました。

パチャパチャパチャパチャ。

雲のみね。ペネタ形。

ちょうどこのときお父さんの蛙はやっと眼がさめてルラ蛙がどうなったか見ようと思って出掛けて来ました。

するとそこにはルラ蛙がつかれてまっ青になって腕を胸に組んで座ったまま睡《ねむ》っていました。

「おいどうしたのか。おい」

「あらお父さん、三人この中へおっこっているわ。もう死んだかもしれないわ」

お父さんの蛙は落ちないように気をつけながら耳を穴の口へつけて音をききましたら、かすかにぴちゃという音がしました。

「占めた」と叫んでお父さんは急いで帰って仲間の蛙をみんなつれて来ました。そして林の中からひかげのかつら*をとって来てそれを穴の中につるして、とうとう一ぴきずつ穴からひきあげました。

三疋とももう白い腹を上へ向けて眼はつぶって口も堅くしめて半分死んでいました。

みんなでごまざい*の毛をとって来てこすってやったりいろいろしてやっと助けました。

そこでカン蛙ははじめてルラ蛙といっしょになりほかの蛙も大へんそれからは心を改めてみんなよく働くようになりました。

月夜のけだもの

十日の月が西の煉瓦塀《れんがべい》にかくれるまで、もう一時間しかありませんでした。

その青じろい月の明りを浴びて、獅子《しし》は檻《おり》のなかをのそのそあるいておりましたが、ほかのけだものどもは、頭をまげて前あしにのせたり、横にごろっとねころんだりしずかに睡《ねむ》っていました。夜中まで檻の中をうろうろうろうろしていた狐《きつね》さえ、おかしな顔をしてねむっているようでした。

わたくしは獅子の檻のところに戻って来て前のベンチにこしかけました。

するとそこらがぼうっとけむりのようになってわたくしもそのけむりだか月のあかりだかわからなくなってしまいました。

いつのまにか獅子が立派な黒いフロックコートを着て、肩を張って立って、

「もうよかろうな」と言いました。

すると奥さんの獅子が太い金頭のステッキを恭《うやうや》しく渡しました。獅子はだまって受けとって脇《わき》にはさんでのそりのそりとこんどは自分が見まわりに出ました。そこらは水のころころ流れる夜の野原です。

ひのき林のへりで獅子は立ちどまりました。向うから白いものが大へん急いでこっちへ走って来るのです。

獅子はめがねを直してきっとそれを見なおしました。それは白熊《しろくま》でした。非常にあわてやって来ます。獅子が頭を一つ振って道にステッキをつき出して言いました。

「どうしたのだ。ひどく急いでいるではないか」

白熊がびっくりして立ちどまりました。その月に向いた方のからだはぼうっと燐《りん》のように黄いろにまた青じろくひかりました。

「はい。大王さまでございますか。結構なお晩でございます」

「どこへ行くのだ」

「少し尋ねる者がございまして」

「誰《たれ》だ」

「向うの名前をつい忘れまして」

「どんなやつだ」

「灰色のざらざらした者ではございますが、眼《め》は小さくていつも笑っているよう。頭には聖人のような立派な瘤《こぶ》が三つございます」

「ははあ、その代り少しからだが大き過ぎるのだろう」

「はい。しかしごくおとなしゅうございます」

「ところがそいつの鼻ときたらひどいもんだ。全体何の罰であんなに延びたんだろう。おまけにさきをくるっと曲げると、まるでおれのステッキの柄のようになる」

「はい。それは全く仰《おお》せの通りでございます。耳や足さきなんかはがさがさして少し汚のうございます」

「そうだ。汚いとも。耳はボロボロの麻のはんけち或《あるい》は焼いたするめのようだ。足さきなどはことに見られたものでない。まるで乾いた牛の糞《くそ》だ」

「いや、そうおっしゃってはあんまりでございます。それでお名前を何と言われましたでございましょうか」

「象だ」

「いまはどちらにおいででございましょうか」

「俺《おれ》は象の弟子でもなければ貴様の小使いでもないぞ」

「はい、失礼をいたしました。それではこれでご免を蒙《こうむ》ります」

「行け行け」白熊《しろくま》は頭を掻《か》きながら一生懸命向うへ走って行きました。象はいまごろどこかで赤い蛇《じゃ》の目の傘《かさ》をひろげているはずだがとわたくしは思いました。

ところが獅子《しし》は白熊のあとをじっと見送って呟《つぶ》やきました。

「白熊め、象の弟子になろうというんだな。頭の上の方がひらたくていい弟子になるだろうよ」そして又のそのそと歩き出しました。

月の青いけむりのなかに樹《き》のかげがたくさん棒のようになって落ちました。

そのまっくろな林のなかから狐《きつね》が赤縞《あかじま》の運動ズボンをはいて飛び出して来ていきなり獅子の前をかけぬけようとしました。獅子は叫びました。

「待て」

狐は電気をかけられたようにブルルッとふるえてからだ中から赤や青の火花をそこら中へぱちぱち散らしてはげしく五、六遍まわってとまりました。なぜか口が横の方に引きつっていて意地悪そうに見えます。

獅子が落ちついてうで組みをして言いました。

「きさまはまだ悪いことをやめないな。この前首すじの毛をみんな抜かれたのをもう忘れたのか」

狐がガタガタ顫《ふる》えながら言いました。

「だ、大王様。わ、わたくしは、い今はもうしょう正直でございます」歯がカチカチ言うたびに青い火花はそこらへちらばりました。

「火花を出すな。銅臭くていかん。こら。偽《うそ》をつくなよ。今どこへ行くつもりだったのだ」

狐は少し落ちつきました。

「マラソンの練習でございます」

「ほんとうだろうな。鶏を盗みに行くところではなかろうな」

「いえ。たしかにマラソンの方でございます」

獅子は叫びました。

「それは偽《うそ》だ。それに第一おまえらにマラソンなどは要らん。そんなことをしているからいつまでも立派にならんのだ。いま何を仕事にしている」

「百姓でございます。それからマラソンの方と両方でございます」

「偽だ。百姓なら何を作っている」

「粟《あわ》と稗《ひえ》、粟と稗でございます。それから大豆《まめ》でございます。それからキャベジでございます」

「お前は粟を食べるのか」

「それはたべません」

「何にするのだ」

「鶏にやります」

「鶏が粟をほしいと言うのか」

「それはよくそう申します」

「偽だ。お前は偽ばっかり言っている。おれの方にはあちこちからたくさん訴が来ている。今日はお前のせなかの毛をみんなむしらせるからそう思え」

狐はすっかりしょげて首を垂れてしまいました。

「これで改心しなければこの次は一ぺんに引き裂いてしまうぞ。ガアッ」

獅子は大きく口を開いて一つどなりました。

狐はすっかりきもがつぶれてしまってただ呆《あき》れたように獅子の咽喉《のど》の鈴の桃いろに光るのを見ています。

その時林のへりの藪《やぶ》がカサカサ言いました。獅子がむっと口を閉じてまた言いました。

「誰《たれ》だ。そこに居るのは。ここへ出て来い」

藪の中はしんとしてしまいました。

獅子はしばらく鼻をひくひくさせて又言いました。

「狸《たぬき》、狸。こら。かくれてもだめだぞ。出ろ。陰険なやつだ」

狸が藪からこそこそ這《は》い出して黙って獅子の前に立ちました。

「こら狸。お前は立ち聴きをしていたな」

狸は目をこすって答えました。

「そうかな」

そこで獅子は怒ってしまいました。

「そうかなだって。ずるめ、貴様はいつでもそうだ。はりつけにするぞ。はりつけにしてしまうぞ」

狸はやはり目をこすりながら、

「そうかな」と言っています。狐はきょろきょろその顔を盗み見ました。獅子も少し呆れて言いました。

「殺されてもいいのか。呑気《のんき》なやつだ。お前は今立ち聴きしていたろう」

「いいや、おらは寝ていた」

「寝ていたって。最初から寝ていたのか」

「寝ていた。そして俄《にわ》かに耳もとでガァッと言う声がするからびっくりして眼を醒《さ》ましたのだ」

「ああそうか。よく判《わか》った。お前は無罪だ。あとでご馳走《ちそう》に呼んでやろう」

狐が口を出しました。

「大王。こいつは偽《うそ》つきです。立ち聴きをしていたのです。寝ていたなんてうそです。ご馳走なんてとんでもありません」

狸がやっきとなって腹鼓を叩《たた》いて狐を責めました。

「何だい。人を中傷するのか。お前はいつでもそうだ」

すると狐もいよいよ本気です。

「中傷というのはな。ありもしないことで人を悪く言うことだ。お前が立ち聴きをしていたのだからそのとおり正直にいうのは中傷ではない。裁判というもんだ」

獅子《しし》がちょっとステッキをつき出して言いました。

「こら、裁判というのはいかん。裁判というのはもっとえらい人がするのだ」

狐が言いました。

「間違いました。裁判ではありません。評判です」

獅子がまるであからんだ栗《くり》のいがのような顔をして笑いころげました。

「アッハッハ。評判では何にもならない。アッハッハ。お前たちにも呆《あき》れてしまう。アッハッハ」

それからやっと笑うのをやめて言いました。

「よしよし。狸は許してやろう。行け」

「そうかな。ではさよなら」と狸は又藪《やぶ》の中に這《は》い込みました。カサカサカサカサカサ音がだんだん遠くなります。何でも余程遠くの方まで行くらしいのです。

獅子はそれをきっと見送って言いました。

「狐。どうだ。これからは改心するか、どうだ。改心するなら今度だけ許してやろう」

「へいへい。それはもう改心でも何でもきっといたします」

「改心でも何でもだと。どんなことだ」

「へいへい。その改心やなんか、いろいろいいことをみんなしますので」

「ああやっぱりお前はまだだめだ。困ったやつだ。仕方ない、今度は罰しなければならない」

「大王様。改心だけをやります」

「いやいや。朝までここに居ろ。夜あけまでに毛をむしる係りをよこすから。もし逃げたら承知せんぞ」

「今月の毛をむしる係りはどなたでございますか」

「猿《さる》だ」

「猿。へい。どうかご免をねがいます。あいつは私とはこの間から仲が悪いのでどんなひどいことをするか知れません」

「なぜ仲が悪いのだ。おまえは何か欺《だま》したろう」

「いいえ。そうではありません」

「そんならどうしたのだ」

「猿が私の仕掛けた草わなをこわしましたので」

「そうか。そのわなは何をとる為だ」

「鶏です」

「ああ呆《あき》れたやつだ。困ったもんだ」と獅子は大きくため息をつきました。狐もおいおい泣きだしました。

向うから白熊《しろくま》が一目散に走って来ます。獅子は道へステッキをつき出して呼びとめました。

「とまれ、白熊、とまれ。どうしたのだ。ひどくあわてているではないか」

「はい。象めが私の鼻を延ばそうとしてあんまり強く引っ張ります」

「ふん、そうか。けがは無いか」

「鼻血を沢山出しました。そして卒倒しました」

「ふん。そうか。それくらいならよかろう。しかしお前は象の弟子になろうといったのか」

「はい」

「そうか。あんなに鼻が延びるには天才でなくてはだめだ。引っぱるくらいでできるもんじゃない」

「はい。全くでございます。あ、追いかけて参りました。どうかよろしくおねがい致します」

白熊は獅子のかげにかくれました。

象が地面をみしみし言わせて走って来ましたので獅子が又ステッキを突き出して叫びました。

「とまれ、象。とまれ。白熊はここに居る。お前は誰《たれ》をさがしているんだ」

「白熊です。私の弟子になろうと言います」

「うん。そうか。しかし白熊はごく温和《おとな》しいからお前の弟子にならなくてもよかろう。白熊は実に無邪気な君子だ。それよりこの狐を少し教育してやってもらいたいな。せめてうそをつかないくらいまでな」

「そうですか。いや、承知いたしました」

「いま毛をみんなむしろうと思ったのだがあんまり可哀そうでな。教育料はわしから出そう。一か月八百円に負けてくれ。今月分だけはやっておこう」獅子はチョッキのかくしから大きながま口を出してせんべいくらいある金貨を八つ取り出して象にわたしました。象は鼻で受けとって耳の中にしまいました。

「さあ行け。狐。よく言うことをきくんだぞ。それから。象。狐はおれからあずかったんだから鼻を無暗《むやみ》に引っぱらないでくれ。よし。さあみんな行け」

白熊も象も狐もみんな立ちあがりました。

狐は首を垂れてそれでもきょろきょろあちこちを盗み見ながら象について行き、白熊は鼻を押えてうちの方へ急ぎました。

獅子《しし》は葉巻をくわえマッチをすって黒い山へ沈む十日の月をじっと眺《なが》めました。

そこでみんなは目がさめました。十日の月は本当に今山へはいるところです。

狐も沢山くしゃみをして起きあがってうろうろうろうろ檻《おり》の中を歩きながら向うの獅子の檻の中に居るまっくろな大きなけものを暗をすかしてちょっと見ました。

洞熊《ほらくま》学校を卒業した三人

＊

赤い手の長い蜘蛛《くも》と、銀いろのなめくじと、顔を洗ったことのない狸《たぬき》が、いっしょに洞《ほら》熊《くま》学校にはいりました。洞熊先生の教えることは三つでした。

一年生のときは、うさぎと亀《かめ》のかけくらのことで、も一つは大きいものがいちばん立派だということでした。それから三人はみんな一番になろうと一生けん命競争しました。一年生のときは、なめくじと狸がしじゅう遅刻して罰を食ったために蜘蛛が一番になった。なめくじと狸とは泣いて口惜《くや》しがった。二年生のときは、洞熊先生が点数の勘定を間違ったために、なめくじが一番になり蜘蛛と狸とは歯ぎしりしてくやしがった。三年生の試験のときは、あんまりあたりが明るいために洞熊先生が涙をこぼして眼《め》をつぶってばかりいたものですから、狸は本を見て書きました。そして狸が一番になりました。そこで赤い手長の蜘蛛と、銀いろのなめくじと、それから顔を洗ったことのない狸が、一しょに洞熊学校を卒業しました。三人は上べは大へん仲よそうに、洞熊先生を呼んで謝恩会ということをしたりこんどはじぶんらの離別会ということをやったりしましたけれども、お互いにみな腹のなかでは、へん、あいつらに何ができるもんか、これから誰《たれ》がいちばん大きくえらくなるか見ていろと、そのことばかり考えておりました。さて会も済んで三人はめいめいじぶんのうちに帰っていよいよ習ったことをじぶんでほんとうにやることになりました。

洞熊先生の方もこんどはどぶ鼠《ねずみ》をつかまえて学校に入れようと毎日追いかけておりました。

ちょうどそのときはかたくりの花の咲くころで、たくさんのたくさんの眼の碧《あお》い蜂《はち》の仲間が、日光のなかをぶんぶんぶんぶん飛び交いながら、一つ一つの小さな桃いろの花に挨《あい》拶《さつ》して蜜《みつ》や香料を貰《もら》ったり、そのお礼に黄金《きん》いろをした円い花粉をほかの花のところへ運んでやったり、あるいは新しい木の芽からいらなくなった蠟《ろう》を集めて六角形の巣を築いたりもういそがしくにぎやかな春の入口になっていました。

一、蜘蛛はどうしたか。

蜘蛛は会の済んだ晩方じぶんのうちの森の入口の楢《なら》の木に帰って来ました。

ところが蜘蛛はもう洞熊学校でお金をみんなつかっていましたからもうなにひとつもっていませんでした。そこでひもじいのを我慢して、ぼんやりしたお月様の光で網をかけはじめました。

あんまりひもじくてからだの中にはもう糸もないくらいであった。けれども蜘蛛は、「いまに見ろ、いまに見ろ」と言いながら、一生けん命糸をたぐり出して、やっと小さな二銭銅貨くらいの網をかけた。そして枝のかげにかくれてひとばん眼をひからして網をのぞいていた。

夜あけごろ、遠くから小さなこどものあぶがくうんとうなってやって来て網につきあたった。けれどもあんまりひもじいときかけた網なので、糸に少しもねばりがなくて、子どものあぶはすぐ糸を切って飛んで行こうとした。

蜘蛛はまるできちがいのように、枝のかげから駆け出してむんずとあぶに食いついた。あぶの子どもは「ごめんなさい、ごめんなさい。ごめんなさい」と哀れな声で泣いたけれども、蜘蛛は物も言わずに頭から羽からあしまで、みんな食ってしまった。そしてほっと息をついでしばらくそらを向いて腹をこすってから、又少し糸をはいた。そして網が一まわり大きくなった。

蜘蛛はまた枝のかげに戻って、六つの眼をギラギラ光らせながらじっと網をみつめていた。

「ここはどこでござりまするな」と言いながらめくらのかげろうが杖《つえ》をついてやって来た。

「ここは宿屋ですよ」と蜘蛛が六つの眼を別々にパチパチさせて言った。

かげろうはやれやれというように、巣へ腰をかけました。蜘蛛は走って出ました。そして、

「さあ、お茶をおあがりなさい」と言いながらいきなりかげろうの胴中に嚙《か》みつきました。

かげろうはお茶をとろうとして出した手を空にあげて、バタバタもがきながら、

「あわれやむすめ、父親が、
旅で果てたと聞いたなら」と哀れな声で歌い出しました。

「えい。やかましい。じたばたするな」と蜘蛛が言いました。するとかげろうは手を合せ

て、
「お慈悲でございます。遺言のあいだ、ほんのしばらくお待ちなされて下されませ」とねがいました。
蜘蛛もすこし哀れになって、
「よし早くやれ」といってかげろうの足をつかんで待っていました。かげろうはほんとうにあわれな細い声ではじめから歌い直しました。
「あわれやむすめちちおやが、
旅ではてたと聞いたなら、
ちさいあの手に白手甲、
いとし巡礼《じゅんれ》の雨とかぜ。
もうしご冥加《みょうが》ご報謝と、
かどなみなみに立つとても、
非道の蜘蛛の網ざしき、
さわるまいぞや。よるまいぞ」
「小しゃくなことを」と蜘蛛はただ一息に、かげろうを食い殺してしまいました。そしてしばらくそらを向いて、腹をこすってからちょっと眼をぱちぱちさせて、
「小しゃくなことを言うまいぞ」とふざけたように歌いながら又糸をはきました。
網は三まわり大きくなって、もう立派なこうもりがさのような巣だ。蜘蛛はすっかり安

心して、又葉のかげにかくれました。その時下の方でいい声で歌うのをききました。

「赤いてながのくぅも、
　天のちかくをはいまわり、
　スルスル光のいとをはき、
　きぃらりきぃらり巣をかける」

見るとそれはきれいな女の蜘蛛《くも》でした。

「ここへおいで」と手長の蜘蛛が言って糸を一本すうっとさげてやりました。

女の蜘蛛がすぐそれにつかまってのぼって来ました。そして二人は夫婦になりました。網には毎日沢山食べるものがかかりましたのでおかみさんの蜘蛛は、それを沢山たべてみんな子供にしてしまいました。そこで子供が沢山生まれました。ところがその子供らはあんまり小さくてまるですきとおるくらいです。

子供らは網の上ですべったり、相撲《すもう》をとったり、ぶらんこをやったり、それはそれはにぎやかです。おまけにある日とんぼが来て今度蜘蛛を虫けら会の副会長にするというみんなの決議をつたえました。

ある日夫婦のくもは、葉のかげにかくれてお茶をのんでいますと、下の方でへらへらした声で歌うものがあります。

「あぁかい手ながのくぅも、
　できたむすこは二百疋《ぴき》、

めくそ、はんかけ、蚊《か》のなみだ、
大きいところで稗《ひえ》のつぶ」

見るとそれはいつのまにかずっと大きくなったあの銀いろのなめくじでした。

蜘蛛のおかみさんはくやしがって、まるで火がついたように泣きました。

けれども手長の蜘蛛は言いました。

「ふん。あいつはちかごろ、おれをねたんでるんだ。やい、なめくじ。おれは今度は虫けら会の副会長になるんだぞ。へっ。くやしいか。へっ。てまえなんかいくらからだばかりふとっても、こんなことはできまい。へっへっ」

なめくじはあんまりくやしくて、しばらく熱病になって、

「うう、くもめ、よくもぶじょくしたな。うう。くもめ」といっていました。

網は時々風にやぶれたりごろつきのかぶとむしにこわされたりしましたけれどもくもはすぐすうすう糸をはいて修繕しました。

二百疋の子供は百九十八疋まで蟻《あり》に連れて行かれたり、行衛《ゆくえ》不明になったり、赤痢にかかったりして死んでしまいました。

けれども子供らは、どれもあんまりお互いに似ていましたので、親ぐもはすぐ忘れてしまいました。

そして今はもう網はすばらしいものです。虫がどんどんひっかかります。

ある日夫婦の蜘蛛は、葉のかげにかくれてまた茶をのんでいますと、一疋の旅の蚊がこ

っちへ飛んで来て、それから網を見てあわてて飛び戻って行った。くもは三あしばかりそっちへ出て行ってあきれたようにそっちを見送った。
するとしたの方で大きな笑い声がしてそれから太い声で歌うのが聞えました。
「あぁかいてながのくぅも、
てながの赤いくも
あんまり網がまずいので、
八千二百里旅の蚊も、
くうんとうなってまわれ右」
見るとそれは顔を洗ったことのない狸《たぬき》でした。蜘蛛はキリキリキリッとはがみをして言いました。
「何を。狸め。おれはいまに虫けら会の会長になってきっときさまにおじぎをさせてみせるぞ」
それからは蜘蛛は、もう一生けん命であちこちに十も網をかけたり、夜も見はりをしたりしました。ところが諸君困ったことには腐敗したのだ。食物があんまりたまって、腐敗したのです。そして蜘蛛の夫婦と子供にそれがうつりました。そこで四人《よったり》は足のさきからだんだん腐れてべとべとになり、ある日とうとう雨に流れてしまいました。
ちょうどそのときはつめくさの花のさくころで、あの眼の碧《あお》い蜂《はち》の群は野原じゅうをもうあちこちにちらばって一つ一つの小さなぼんぼりのような花から火でももらうようにして蜜《みつ》を集めておりました。

　　二、銀色のなめくじはどうしたか。

　ちょうど蜘蛛が林の入口の楢《なら》の木に、二銭銅貨くらいの網をかけた頃、銀色のなめくじの立派なうちへかたつむりがやって参りました。

　その頃《ころ》なめくじは学校も出たし人がよくて親切だというもう林中の評判だった。かたつむりは、

「なめくじさん。今度は私《わたし》もすっかり困ってしまいましたよ。まだわたしの食べるものはなし、水はなし、すこしばかりお前さんのうちにためてあるふきのつゆをくれませんか」と言いました。

　するとなめくじが言いました。

「あげますともあげますとも、さあ、おあがりなさい」

「ああありがとうございます。助かります」と言いながらかたつむりはふきのつゆをどくどくのみました。

「もっとおあがりなさい。あなたと私《わたくし》とはいわば兄弟。ハッハハ。さあ、さあ、も少しおあがりなさい」となめくじが言いました。

「そんならも少しいただきます。ああありがとうございます」と言いながらかたつむりはも少しのみました。

「かたつむりさん。気分がよくなったら一つひさしぶりで相撲をとりましょうか。ハッハハ。久しぶりです」となめくじが言いました。

「おなかがすいて力がありません」とかたつむりが言いました。

「そんならたべ物をあげましょう。さあ、おあがりなさい」となめくじはあざみの芽やなんか出しました。

「ありがとうございます。それではいただきます」といいながらかたつむりはそれを喰べました。

「さあ、すもうをとりましょう。ハッハハ」となめくじがもう立ちあがりました。かたつむりも仕方なく、

「私《わたし》はどうも弱いのですから強く投げないで下さい」と言いながら立ちあがりました。

「よっしょ。そら。ハッハハ」かたつむりはひどく投げつけられました。

「もう一ぺんやりましょう。ハッハハ」

「もうつかれてだめです」

「まあもう一ぺんやりましょうよ。ハッハハ。よっしょ。そら。ハッハハ」かたつむりはひどく投げつけられました。

「もう一ぺんやりましょう。ハッハハ」

「もうだめです」

「まあもう一ぺんやりましょうよ。ハッハハ。よっしょ。そら。ハッハハ」かたつむりは

ひどく投げつけられました。

「もう一ぺんやりましょう。ハッハハ」

「もうだめ」

「まあもう一ぺんやりましょうよ。ハッハハ。よっしょ。そら。ハッハハ」かたつむりはひどく投げつけられました。

「もう一ぺんやりましょう。ハッハハ」

「もう死にます。さよなら」

「まあもう一ぺんやりましょうよ。ハッハハ。さあ。お立ちなさい。起こしてあげましょう。よっしょ。そら。ヘッヘッヘ」かたつむりは死んでしまいました。そこで銀色のなめくじはかたつむりを殻ごとみしみし喰べてしまいました。

　それから一か月ばかりたって、とかげがなめくじの立派なおうちへびっこをひいて来ました。そして、

「なめくじさん。今日は。お薬をすこしくれませんか」と言いました。

「どうしたのです」となめくじは笑って聞きました。

「へびに噛《か》まれたのです」ととかげが言いました。

「そんならわけはありません。私《わたし》がちょっとそこを嘗《な》めてあげましょう。わたしが嘗めれば蛇《へび》の毒はすぐ消えます。なにせ蛇さえ溶けるくらいですからな。ハッハハ」となめくじは笑って言いました。

「どうかお願い申します」ととかげは足を出しました。

「ええ。よござんすとも。私《わたくし》とあなたとはいわば兄弟。あなたと蛇も兄弟ですね。ハッハハ」となめくじは言いました。

そしてなめくじはとかげの傷に口をあてました。

「ありがとう。なめくじさん」ととかげは言いました。

「も少しよく嘗めないとあとで大変ですよ。今度又来てももう直してあげませんよ。ハッハハ」となめくじはもがもが返事をしながらやはりとかげを嘗めつづけました。

「なめくじさん。何だか足が溶けたようですよ」ととかげはおどろいて言いました。

「ハッハハ。なあに。それほどじゃありません。ハッハハ」となめくじはやはりもがもが答えました。

「なめくじさん。おなかが何だか熱くなりましたよ」ととかげは心配して言いました。

「ハッハハ。なあにそれほどじゃありません。ハッハハ」となめくじはやはりもがもが答えました。

「なめくじさん。からだが半分とけたようですよ。もうよして下さい」ととかげは泣き声を出しました。

「ハッハハ。なあにそれほどじゃありません。ほんのも少しです。ハッハハ」となめくじが言いました。

それを聞いたとき、とかげはやっと安心しました。安心したわけはそのときちょうど心臓がとけたのです。

　そこでなめくじはペロリととかげをたべました。そして途方もなく大きくなりました。

　あんまり大きくなったので嬉《うれ》しまぎれについあの蜘蛛《くも》をからかったのでした。

　そしてかえって蜘蛛からあざけられて、熱病を起して、毎日毎日、ようし、おれも大きくなるくらい大きくなったらこんどはきっと虫けら院の名誉議員になってくもが何か言ったときふうと息だけついて返事してやろうと言っていた。ところがこのころからなめくじの評判はどうもよくなくなりました。

　なめくじはいつでもハッハハと笑って、そしてヘラヘラした声で物を言うけれども、どうも心がよくなくて蜘蛛《くも》やなんかよりは却《かえ》って悪いやつだというのでみんなが軽べつをはじめました。殊に狸《たぬき》はなめくじの話が出るといつでもヘンと笑って言いました。

「なめくじのやりくちなんてまずいもんさ。ぶま加減は見られたもんじゃない。あんなやりかたで大きくなってもしれたもんだ」

　なめくじはこれを聞いていよいよ怒って早く名誉議員になろうとあせっていた。そのうちに蜘蛛が腐敗して溶けて雨に流れてしまいましたので、なめくじも少しせいせいしながら誰《たれ》か早く来るといいと思ってせっかく待っていた。

　するとある日雨蛙《あまがえる》がやって参りました。

　そして、

「なめくじさん。こんにちは。少し水を呑《の》ませませんか」と言いました。

なめくじはこの雨蛙もペロリとやりたかったので、思い切っていい声で申しました。

「蛙さん。これはいらっしゃい。水なんかいくらでもあげますよ。ちかごろはひでりですけれどもなあにいわばあなたと私《わたくし》は兄弟。ハッハハ」そして水がめの所へ連れて行きました。

蛙はどくどくどくどく水を呑んでからとぼけたような顔をしてしばらくなめくじを見てから言いました。

「なめくじさん。ひとつすもうをとりましょうか」

なめくじはうまいと、よろこびました。自分が言おうと思っていたのを蛙の方が言ったのです。こんな弱ったやつならば五へん投げつければ大ていペロリとやれる。

「とりましょう。よっしょ。そら。ハッハハ」かえるはひどく投げつけられました。

「もう一ぺんやりましょう。ハッハハ。よっしょ。そら。ハッハハ」かえるは又投げつけられました。するとかえるは大へんあわててふところから塩のふくろを出して言いました。

「土俵へ塩をまかなくちゃだめだ。そら。シュウ」塩が白くそちらへちらばった。

なめくじが言いました。

「かえるさん。こんどはきっと私《わたくし》なんかまけますね。あなたは強いんだもの。ハッハハ。よっしょ。そら。ハッハハ」蛙はひどく投げつけられました。

そして手足をひろげて青じろい腹を空に向けて死んだようになってしまいました。銀色のなめくじは、すぐペロリとやろうと、そっちへ進みましたがどうしたのか足がうごきません。見るともう足が半分とけています。

「あ、やられた。塩だ。畜生」となめくじが言いました。

蛙はそれを聞くと、むっくり起きあがってあぐらをかいて、かばんのような大きな口を一ぱいにあけて笑いました。そしてなめくじにおじぎをして言いました。

「いや、さよなら。なめくじさん。とんだことになりましたね」

なめくじが泣きそうになって、

「蛙《かえる》さん。さよ……」と言ったときもう舌がとけました。雨蛙はひどく笑いながら、

「さよならと言いたかったのでしょう。本当にさよならさよなら。わたしもうちへ帰ってからたくさん泣いてあげますから」と言いながら一目散に帰って行った。

そうそうこのときはちょうど秋に蒔《ま》いた蕎麦《そば》の花がいちめん白く咲き出したときであの眼の碧《あお》いすがるの群はその四っ角な畑いっぱいうすあかい幹の間をくぐったり花のついたちいさな枝をぶらんこのようにゆすぶったりしながら今年の終りの蜜《みつ》をせっせと集めておりました。

三、顔を洗わない狸。

狸《たぬき》はわざと顔を洗わなかったのだ。ちょうど蜘蛛《くも》が林の入口の楢《なら》の木に、二銭銅貨くらいの巣をかけた時、じぶんのうちのお寺へ帰っていたけれども、やっぱりすっかりお腹が空《す》いて一本の松の木によりかかって目をつぶっていました。すると兎《うさぎ》がやって参りました。

「狸さま。こうひもじくては全く仕方ございません。もう死ぬだけでございます」

狸がきもののえりを掻《か》き合せて言いました。

「そうじゃ。みんな往生じゃ。山猫《やまねこ》大明神さまのおぼしめしどおりじゃ。な。なまねこ。なまねこ」

兎も一緒に念猫《ねんねこ》をとなえはじめました。

「なまねこ、なまねこ、なまねこ、なまねこ」

狸は兎の手をとってもっと自分の方へ引きよせました。

「なまねこ、なまねこ、みんな山猫さまのおぼしめしどおりになるのじゃ。なまねこ。なまねこ」と言いながら兎の耳をかじりました。兎はびっくりして叫びました。

「あ痛っ。狸さん。ひどいじゃありませんか」

狸はむにゃむにゃ兎の耳をかみながら、

「なまねこ、なまねこ、世の中のことはな、みんな山猫さまのおぼしめしのとおりじゃ。おまえの耳があんまり大きいのでそれをわしに噛《かじ》って直せというのは何というありがたいことじゃ。なまねこ」と言いながら、とうとう兎の両方の耳をたべてしまいました。

兎もそうきいていると、たいへんうれしくてボロボロ涙をこぼして言いました。

「なまねこ、なまねこ。ああありがたい、山猫さま。私《わたし》のようなつまらないものを耳のことまでご心配くださいますとはありがたいことでございます。助かりますなら耳の二つやそこらなんでもございませぬ。なまねこ」

狸もそら涙をボロボロこぼして、

「なまねこ、なまねこ、こんどは兎の脚をかじれとはあんまりはねるためでございましょうか。はいはい、かじりますかじりますなまねこなまねこ」と言いながら兎のあとあしをむにゃむにゃ食べました。

兎はますますよろこんで、

「あああありがたや、山猫さま。おかげでわたくしは脚がなくなってもう歩かなくてもよくなりました。あああありがたいなまねこなまねこ」

狸はもうなみだで身体《からだ》もふやけそうに泣いたふりをしました。

「なまねこ、なまねこ。みんなおぼしめしのとおりでございます。わたしのようなあさましいものでも、命をつないでお役にたてとおっしゃられますか。はい、はい、これも仕方はございませぬ、なまねこなまねこ。おぼしめしのとおりにいたしまする。むにゃむにゃ」

兎はすっかりなくなってしまいました。

そして狸のおなかの中で言いました。

「すっかりだまされた。お前の腹の中はまっくろだ。ああくやしい」

狸は怒って言いました。

「やかましい。はやく溶けてしまえ」

兎はまた叫びました。

「みんな狸にだまされるなよ」

狸は眼をぎろぎろして外へ聞えないようにしばらくの間口をしっかり閉じてそれから手で鼻をふさいでいました。

それからちょうど二か月たちました。ある日、狸は自分の家《うち》で、例のとおりありがたいごきとうをしていますと、狼《おおかみ》が籾《もみ》を三升さげて来て、どうかお説教をねがいますと言いました。

そこで狸は言いました。

「お前はものの命をとったことは、五百や千では利くまいな。生きとし生けるものならばなにとて死にたいものがあろう。な。それをおまえは食ったのじゃ。な。早くざんげさっしゃれ。でないとあとでえらい責苦にあうことじゃぞよ。おお恐ろしや。なまねこ。なまねこ」

狼はすっかりおびえあがって、しばらくきょろきょろしながらたずねました。

「そんならどうしたらいいでしょう」

狸が言いました。

「わしは山ねこさまのお身代りじゃで、わしの言うとおりさっしゃれ。なまねこ。なまねこ」

「どうしたらようございましょう」と狼があわててききました。狸が言いました。

「それはな。じっとしていさしゃれ。な。わしはお前のきばをぬくじゃ。このきばでいかほどものの命をとったか。恐ろしいことじゃ。な。お前の目をつぶすじゃ。な。この目で何ほどのものをにらみ殺したか、恐ろしいことじゃ。それから。なまねこ、なまねこ、なまねこ。お前のみみをちょっとかじるじゃ。これは罰じゃ。なまねこ。なまねこ。こらえなされ。お前のあたまをかじるじゃ。むにゃ、むにゃ。なまねこ。この世の中は堪忍《かんにん》が大事じゃ。なま……。むにゃむにゃ。お前のあしをたべるじゃ。なかなかうまい。なまねこ。むにゃ。むにゃ。おまえのせなかを食うじゃ。ここもうまい。むにゃむにゃむにゃ」

とうとう狼はみんな食われてしまいました。

そして狸のはらの中で言いました。

「ここはまっくらだ。ああ、ここに兎の骨がある。誰《たれ》が殺したろう。殺したやつはあとで狸に説教されながらかじられるだろうぜ」

狸はやかましいやかましい蓋《ふた》をしてやろう。と言いながら狼の持って来た籾《もみ》を三升風呂敷《の》のまま呑みました。

ところが狸は次の日からどうもからだの工合《ぐあい》がわるくなった。どういうわけか非常に腹が痛くて、のどのところへちくちく刺さるものがある。

はじめは水を呑んだりしてごまかしていたけれども一日一日それが烈《はげ》しくなってきてもう居ても立ってもいられなくなった。とうとう狼をたべてから二十五日めに狸はからだがゴム風船のようにふくらんでそれからボローンと鳴って裂けてしまった。

林中のけだものはびっくりして集まって来た。見ると狸のからだの中は稲の葉でいっぱいでした。あの狼の下げて来た籾が芽を出してだんだん大きくなったのだ。

洞熊《ほらくま》先生も少し遅れて来て見ました。そしてああ三人とも賢いいこどもらだったのにじつに残念なことをしたと言いながら大きなあくびをしました。

このときはもう冬のはじまりであの眼の碧《あお》い蜂《はち》の群はもうみんなめいめいの蠟《ろう》でこさえた六角形の巣にはいって次の春の夢を見ながらしずかに睡《ねむ》っておりました。

林の底

「わたしらの先祖やなんか、鳥がはじめて、天から降って来たときは、どいつもこいつも、みないちように白でした」

「黄金《きん》の鎌《かま》」が西のそらにかかって、風もないしずかな晩に、一ぴきのとしよりの梟《ふくろう》が、林の中の低い松の枝から、こう私に話しかけました。

ところが私は梟などを、あんまり信用しませんでした。ちょっと見ると梟は、いつでも頬《ほお》をふくらせて、滅多《めった》にしゃべらず、たまたま言えば声もどっしりしてますし、眼《め》も話す間ははっきり大きく開いていますし、又木の陰の青ぐろいとこなどで、もっともらしく肥《ふと》った首をまげたりなんかするとこは、いかにもこころもまっすぐらしく、誰《たれ》も一ぺんは欺《だま》されそうです。私はけれどもなかなか信用しませんでした。しかし又そんな用のない晩に、銀いろの月光を吸いながら、そんな大きな梟が、どんなことを言い出すか、事によるといまの話のもようでは名高いとんびの染屋のことを私に聞かせようとしているらしいのでした、そんなはなしをよく辻褄《つじつま》のあうように、ぼろを出さないように言えるかどうか、ゆっくり聴いてみることも、決して悪くはないと思いましたから、私はなるべくまじめな顔で言いました。

「ふん。鳥が天から降ってきたのかい。

そのときはみんな、足をちぢめて降って来たろうね。そしてみないちように白かったのかい。どうしてそんならいまのように、三毛だの赤だの煤《すす》けたのだの、こういろいろになったんだい」

梟ははじめ私が返事をしだしたとき、こいつはうまく思う壺《つぼ》にはまったぞというように、眼をすばやくぱちっとしましたが、私が三毛と言いましたら、俄《にわ》かに機嫌を悪くしました。

「そいつは無理でさ。三毛というのは猫《ねこ》の方です。鳥に三毛なんてありません」

私もすっかり向うが思う壺にはまったとよろこびました。

「そんなら鳥の中には猫が居なかったかね」

すると梟が、少しきまり悪そうにもじもじしました。この時だと私は思ったのです。

「どうも私は鳥の中に、猫がはいっているように聴いたよ。たしか夜鷹《よだか》もそう言ったし、烏《からす》も言っていたようだよ」

梟はにが笑いをしてごまかそうとしました。

「なかなかご交際が広うごわすな」

私はごまかさせませんでした。

「とにかくほんとうにそうだろうかね。それとも君の友達の、夜鷹がうそを言ったろうか」

梟は、しばらくもじもじしていましたが、やっと一言、

「そいつはあだ名でさ」とぶっきら棒に言って横を向きました。

「おや、あだ名かい。誰の、誰の、え、おい。猫ってのは誰のあだ名だい」

梟はもう足をちょっと枝からはずして、あげてお月さまにすかして見たり、大へんこまったようでしたが、おしまい仕方なしにあらん限り変な顔をしながら、

「わたしのでさ」と白状しました。

「そうか、君のあだ名か。君のあだ名を猫といったのかい。ちっとも猫に似てないやな」

なあにまるっきり猫そっくりなんだと思いながら、私はつくづく梟の顔を見ました。

梟はいかにもまぶしそうに、眼をぱちぱちして横を向いておりましたが、とうとう泣き出しそうになりました。私もすっかりあわてました。下手《へた》にからかって、梟に泣かれたんでは、全く気の毒でしたし、第一折角あんなに機嫌よく、私にはなしかけたものを、ひやかしてやめさせてしまうなんて、あんまり私も心持ちがよくありませんでした。

「じっさい鳥はさまざまだねえ。

はじめは形や声だけさまざまでも、はねのいろはみんな同じで白かったんだねえ。それがどうして今のように、みんな変ってしまったろう。もっとも鷺《さぎ》や鵠《こう》*は、今でもからだ中まっ白だけれど、それは変らなかったのだろうねえ」

梟は私がこう言う間に、だんだん顔をこっちへ直して、おしまいごろはもう頭をすこしうごかしてうなずきながら、私の言うのに調子をとっていたのです。

「それはもう立派な訳がございます。

ぜんたいみんなまっ白では、

　ずいぶん間ちがいなども多ございました。

　たとえばよく雉子《きじ》や山鳥などが、うしろから、『四十雀《しじゅうから》さん、こんにちは』とやりますと、変な顔をしながらだまって振り向くのがひわだったり、小さな鳥どもが木の上にいて、『ひわさん、いらっしゃいよ』なんて遠くから呼びますのに、それが頬白《ほおじろ》で自分よりもひわのことをよく思っていると考えて、憤《おこ》ってぷいっと横へ外《そ》れたりするのでした。

　実際感情を害することもあれば、用事がひどくこんがらかって、おしまいはいくら禿鷲《はげわし》コルドンさまのご裁判でも、解けないようになるのだったと申します」

「いかにも、そうだね、ずいぶん不便だね。でそれからどうなったの」

（ああ、あの楢《なら》の木の葉が光ってゆれた。ただ一枚だけどうしてゆれたろう）私はまるで別のことを考えながらこうふくろうに聴きました。ところが梟はよろこんでぼつぼつ話をつづけました。

「そこでもうどの鳥も、なんとか工夫をしなくてはとてもいけない、こんな工合《ぐあい》じゃ鳥の文明は大ていここらでとまってしまうと、口に出しては言いませんでしたが、心の中では身にしみるくらいそう思いつづけていたのでございます」

「うんそうだろう。そうなくちゃならないよ。僕らの方でもね、少し話はちがうけれども、語《ことば》について似たようなことがあるよ。で、どうなったろう」

「ところが早くも鳥類のこのもようを見てとんびが染屋*を出しました」

私はやっぱりとんびの染屋のことだったと思わず笑ってしまいました。それが少うし梟に意外なようでしたから、急いでそのあとへつけたしました。

「とんびが染屋を出したかねえ。あいつはなるほど手が長くて染ものをつかんで壺《つぼ》に漬《つ》けるには持って来いだろう」

「そうです。そしていったいとんびは大へん機敏なやつで勿論《もちろん》その染屋だって全くのそろばん勘定からはじめましたにちがいありません。いったい鳶《とんび》は手が長いので鳥を染壺《そめつぼ》に入れるのには大へん都合がようございました」

あっ、私が染ものといったのは鳥のからだだった、あぶないことを言ったもんだ、よくそれで梟が怒り出さなかったと私はひやひやしました。ところが梟はずんずん話をつづけました。それというのもその晩は林の中に風がなくて淵《ふち》のようにひそまり西のそらには古びた黄金《きん》の鎌《かま》がかかり楢《なら》の木や松の木やみなしんとして立っていてそれも睡《ねむ》っていないものはじっと話を聴いてるよう大へんに梟の機嫌がよかったからです。

「いや、もう鳥どものよろこびようといったらございません。殊にも雀《すずめ》ややまがらやみそさざい、めじろ、ほおじろ、ひたき、うぐいすなんという、いつまでたっても誰《たれ》にも見まちがわれるてあいなどは、きゃっきゃっ叫んだり、手をつないだりしてはねまわり、さっそくとんびの染屋へ出掛けて行きました」

私も全くこいつは面白いと思いました。

「いや、そうですか。なるほど。そうかねえ。鳥はみんな染めてもらいに行ったかねえ」

「ええ、行きましたとも。鷲《わし》や駝鳥《だちょう》など大きな方も、みんなのしのし出掛けました。『わしはね、ごくあっさりとやってもらいたいじゃ』とか、『とにかくね、あんまり悪どい色でなく、まあせいぜい鼠《ねずみ》いろぐらいで、ごく手ぎわよくやってくれ』とかいろいろ注文がちがって居ました。鳶はははじめは自分も油が乗ってましたから、頼まれたのはもう片っぱしから、どんどんどんどん染めました。

川岸の赤土の崖《がけ》の下の粘土を、五とこ円くほりまして、その中に染料をとかし込み、たのまれた鳥をしっかりくわえて、大股《おおまた》に足をひらき、その中にとっぷりと漬けるのでした。どうもいちばん染めにくく、また見ていてもつらそうなのは、頭と顔を染めることでした。頭はどうにか逆《さか》さまにして染めるのでしたが、顔を染めるときはくちばしを水の中に入れるのでしたから、どの鳥もよっぽど苦しいようでした。

うっかり息を吸い込もうもんなら、胃から腸からすっかりまっ黒になったり、まっ赤になったりするのでしたから、それはそれは気をつけて、顔を入れる前には深呼吸のときのように、息をいっぱいに吸い込んで、染まったあとではもうとても胸いっぱいにたまった悪い瓦斯《ガス》をはき出すというあんばいだったそうです。それでも小さい鳥は、肺もちいさく、永くこらえておれませんでしたから、あわてて死にそうな声を出して顔をあげたもんだと申します。こんなのはもちろん顔が染まりません。たとえばめじろは眼のまわりが染まらず、頰《ほお》じろは両方の頰が染まっておりません」

私はここらで一つ野次《やじ》ってやろうと思いました。

「ほう、そうだろうか。そうだろうか。そうだろうかねえ。私はめじろや頰じろは、自分からたのんであの白いとこは染めなかったのだろうと思うよ」

梟は少しあわてましたが、ちょっとうしろの林の奥の、くらいところをすかして見てから言いました。

「いいえ、そいつはお考えちがいです。たしかに肺の小さなためです」

ここだと私は思いました。

「そうするとどうしてあんなにめじろも頰白も、きちんと両方おんなじ形で、おんなじ場所に白いかたが残っているだろうね。あんまり工合《ぐあい》がよすぎるよ。息がつづかないでやめたもんなら、片っ方は眼のまわり、あとはひたいの上とかいう工合にいきそうなもんだねえ」

梟はしばらく眼をつむりました。月光は鉛のように重くまた青かったのです。それからやっと眼をあいて、少し声を低くして言いました。

「多分両方べつべつに染めましたでしょう」

私は笑いました。

「両方別々なら尚更《なおさら》おかしいじゃないかねえ」

梟はもうけろっと澄まして答えました。

「おかしいことはありません。肺の大きさははじめもあとも同じですから、ちょうど同じところに息が切れるのです」

「ふん、そうだろう」私は理くつはもっともだ、うまく畜生遁《に》げたなと心のうちで思いました。

「こんな工合で」梟は言いかけてぴたっとやめました。どうも私にいまやられたのが、しゃくにさわってあともう言いたくないようでした。すると今度は又私が、梟にすまないような気になりました。そこで言いました。

「そんな工合でだんだんやっていったんだねえ。そして鶴《つる》だの鷺《さぎ》だのは、結局染めなかったんだねえ」

「いいえ。鶴のはちゃんと注文で、自分の好みの注文で、しっぽのはじだけぽっちょり黒く染めてくれと言うのです。そしてその通り染めました」

梟はにやにや笑いました。私は、さっきひとの言ったことを、うまく使いやがったなと思いましたが、元来それは梟をよろこばせようと思って言ったことですから、私もだまってうなずきました。

「ところがとんびはだんだんいい気になりました。金もできたし気ぐらいもひどく高くなってきて、おれこそ鳥の仲間では第一等の功労者というような顔をして、なかなか仕事もしなくなりました。もっとも自分は青と黄いろで、とても立派な縞《しま》に染めて大威張りでした。

それでもいやいや日に二つ三つはやってましたが、そのやり方もごく大ざっぱになってきて、茶いろと白と黒とで、細かいぶちぶちにしてくれと頼んでも、黒は抜いてしまったり、赤と黒とで縞にしてくれと頼んでも、燕《つばめ》のようにごく雑作なく染めてしまったり、実際なまけだしたのでした。もっともそのときは残ったものもわずかでした。烏《からす》と鷺《さぎ》とはくちょうとこの三疋《びき》だけだったのです。

烏は毎日でかけて行って、今日こそ染めてもらいたい今日こそ染めてもらいたいとしきりにうるさくせつきました。

明日にしろよ、明日にしろよ、と鳶《とんび》がいつでも言いました。それがいつまでも延びるのです。

烏が怒って、とうとうある日、本気に談判をしたのです。

『一体どういう考えだい。染屋と看板がかけてあるからやって来るんだ。染屋をよすならきちんとやめてしまうがいい。何日たっても明日来い明日来いじゃもう承知ができない。染めるんならもうきっと今すぐやってくれ。どっちもいやならおれも覚悟があるから』

鳶はその日も眼を据えて朝から油を呑《の》んでいましたがこう開き直られては少し考えました。染屋をやめても、金には少しも困らんが、ただその名前がいたましい。やめたくもない。けれどもいまごろから稼《かせ》ぎたくもないしと考えながらとにかくこう言いました。

『ふん、そうだな。一体どういうふうに染めてほしいのだ』

烏は少し怒りをしずめました。

『黒と紫で大きなぶちぶちにしておくれ。友禅模様のごくいきなのにしておくれ』

とんびがぐっとしゃくにさわりました。そしてすぐ立ちあがって言いました。

『よし、染めてやろう。よく息を吸いな』

烏もよろこんで立ちあがり、胸をはって深く深く息を吸いました。

『さあいいか。眼をつぶって』とんびはしっかり烏をくわえて、墨壺《すみつぼ》の中にざぶんと入れました。からだ一ぱい入れました。烏はこれでは紫のぶちができないと思ってばたばたばたばたしましたがとんびは決してはなしませんでした。そこで烏は泣きました。泣いてわめいてやっとのことで壺からあがりはしましたがもうそのときはまっ黒です。烏は怒ってまっくろのまま染物小屋をとび出して、仲間の鳥のところをかけまわり、とんびのひどいことを言いつけました。ところがそのころは鳥も大ていはとんびをしゃくにさわってましたから、みんな一ぺんにやって来て、今度はとんびを墨つぼに漬《つ》けました。鳶はあんまり永くつけられたのでとうとう気絶をしたのです。鳥どもは気絶のとんびを墨のつぼから引きあげて、どっと笑ってそれから染物屋の看板をくしゃくしゃに砕いて引き揚げました。とんびはあとでやっとのことで、息はふき返しましたが、もうからだ中まっ黒でした。そして鷺《さぎ》とはくちょうは、染めないままで残りました」

梟は話してしまって、しんと向うのお月さまをふり向きました。

「そうかねえ、それでよくわかったよ。そうしてみると、おまえなんかはまあ割合に早く染めてもらってよかったねえ、なかなか細かく染まっているし」

私はこう言いながらもう立ちあがりその水銀いろの重い月光と、黒い木立のかげの中を、ふくろうとわかれて帰りました。

二十六夜

＊

旧暦の六月二十四日の晩＊でした。

北上川《きたかみ》の水は黒の寒天よりももっとなめらかにすべり獅子鼻《ししはな》＊は微《かす》かな星のあかりの底にまっくろに突き出ていました。

獅子鼻の上の松林は、もちろんもちろん、まっ黒でしたがそれでも林の中に入って行きますと、その脚の長い松の木の高い梢《こずえ》が、一本一本空の天の川や、星座にすかし出されて見えていました。

松かさだか鳥だかわからない黒いものがたくさんその梢にとまっているようでした。

そして林の底の萱《かや》の葉は夏の夜の雫《しずく》をもうポトポト落しておりました。

その松林のずうっとずうっと高い処《ところ》で誰《たれ》かゴホゴホ唱えています。

「爾《そ》の時に疾翔大力《しつしょうたいりき》＊、爾迦夷《るかい》＊に告げて曰《いわ》く、諦《あきらか》に聴け、諦に聴け、善《よ》く之《これ》を思念せよ、我今汝《なんじ》に、梟鵄諸《きょうしもろもろ》の悪禽《あっきん》、離苦解脱《りくげだつ》の道を述べん、と。

爾迦夷《るかい》、則《すなわ》ち、両翼を開張し、虔《うやうや》しく頸《くび》を垂れて、座を離れ、低く飛揚して、疾翔大力を讃嘆すること三匝《さんそう》＊にして、徐《おもむろ》に座に復し、拝跪《はいき》して唯《ただ》願うらく、疾翔大力、疾翔大力、ただ我等が為《ため》に、これを説き給え。ただ我等が為に、之を説き給えと。

疾翔大力、微笑して、金色《こんじき》の円光を以《もっ》て頭《こうべ》に被《かぶ》れるに、その光、遍《あまね》く一座を照し、諸鳥歓喜充満せり。則ち説いて曰《いわ》く、

汝等《なんじら》審《つまびらか》に諸の悪業《あくごう》を作る。或《あるい》は夜陰を以て、小禽《しょうきん》の家に至る。時に小禽、既《すで》に終日日光に浴し、歌唄《かばい》跳躍して疲労をなし、唯々《ただ》甘美の睡眠中にあり。汝等飛躍して之を握《つか》む。利爪《りそう》深くその身に入り、諸《もろもろ》の小禽、痛苦又声を発するなし。則ち之を裂きて擅《ほしいまま》に噉食《たんじき》す。或は沼田《しょうでん》に至り、螺蛤《らこう》を啄《ついば》む。螺蛤軟泥中にあり、心柔輭《にゅうなん》にして、唯温水を憶《おも》う。時に俄《にわ》かに身、空中にあり、或は直《ただ》ちに身を破る、悶乱《もんらん》声を絶す。汝等之を噉食《たんじき》するに、又懺悔《ざんげ》の念あることなし。

斯《かく》の如《ごと》きの諸《もろもろ》の悪業《あくごう》、挙げて数うるなし。悪業を以ての故に、更に又諸の悪業を作る。継起して遂に竟《おわ》ることなし。昼は則ち日光を懼《おそ》れ又人及《および》諸の強鳥を恐る。心しばらくも安らかなることなし、一度《ひとたび》梟身《きょうしん》を尽くして、又新たに梟身を得《う》、審《つまびらか》に諸の苦患《くげん》を被《こうむ》りて、又尽くることなし」

俄《にわ》かに声が絶え、林の中はしいんとなりました。ただかすかなかすかなすすり泣きの声が、あちこちに聞えるばかり、たしかにそれは梟《ふくろう》のお経だったのです。

しばらくたって、西の遠くの方を、汽車のごうと走る音がしました。その音は、今度は東の方の丘に響いて、ごとんごとんとこだまをかえして来ました。

林はまたしずまりかえりました。よくよく梢をすかして見ましたら、やっぱりそれは梟でした。一疋《ぴき》の大きなのは、林の中の一番高い松の木の、一番高い枝にとまり、そのまわ

りの木のあちこちの枝には、大きなのや小さいのや、もうたくさんのふくろうが、じっととまってだまっていました。ほんのときどき、かすかなかすかなため息の音や、すすり泣きの声がするばかりです。

ゴホゴホ声が又起りました。

「ただ今のご文《もん》は、梟鵄《きょうし》守護章＊というて、誰《たれ》も存知の有り難いお経の中の一とこじゃ。ただ今から、暫時《しばし》の間、そのご文の講釈を致す。みなの衆、ようく心を留めて聞かしゃれ。折角鳥に生れて来ても、ただ腹が空《す》いた、取って食う、睡《ねむ》くなった、巣に入るではなんの所詮《しょせん》もないことじゃぞよ。それも鳥に生れてただやすやすと生きるというても、まことはただの一日とても、ただごとではないのぞよ、こちらが一日生きるには、雀《すずめ》やつぐみや、たにしやみみずが、十や二十も殺されねばならぬ、ただ今のご文にあらしゃるとおりじゃ。ここの道理をよく聽きわけて、必ずうかうか短い一生をあだにすごすではないぞよ。これからご文に入るじゃ。子供らも、こらえて睡るではないぞ。よしか」

林の中は又しいんとなりました。さっきの汽車が、まだ遠くの遠くの方で鳴っています。

「爾《そ》の時に疾翔大力《しっしょうたいりき》、爾迦夷《るかい》に告げて曰《いわ》くと、まず疾翔大力とは、いかなるお方じゃか、それを話さなければならんじゃ。

疾翔大力と申しあげるは、施身大菩薩《せしんだいぼさつ》のことじゃ。もと鳥の中から菩提心《ぼだいしん》を発《ほっ》して、発願《がん》した大力の菩薩じゃ。疾翔とは早く飛ぶということじゃ。捨身菩薩がもとの鳥の形に身をなして、空をお飛びになるときは、一揚というて、一はばたきに、六千由旬《ゆじゅん》＊を行きなさる。そのいわれより疾翔と申さるる、大力というは、お徳によって、たとえ火の中水の中、ただこの菩薩を念ずるものは、捨身大菩薩、必ず飛び込んで、お救いになり、その浄明《じょうみょう》の天上にお連れなさる、その時火に入って身の毛一つも傷つかず、水に潜《くぐ》って、羽、塵《ちり》ほどもぬれぬという、そのお徳をば、大力とこう申しあげるのじゃ。されば疾翔大力とは、捨身大菩薩を、鳥より申しあげる別号じゃ、まあそう申しては失礼なれど、鳥より仰ぎ奉る一つのあだ名じゃと、こう考えてよろしかろう」

声がしばらくとぎれました。林はしいんとなりました。ただ下の北上川の淵《ふち》で、鱒《ます》か何かのはねる音が、バチャンと聞えただけでした。

梟《ふくろう》の、きっと大僧正か僧正でしょう、坊さんの講義が又はじまりました。

「さらば疾翔大力は、いかなればとて、われわれ同様賤《いや》しい鳥の身分より、そのような結構のお身となられたか。結構のことじゃ。ご自分も又ほかの一切のものも、本願のごとくにお救いなされることとなのじゃ。さほど尊いご身分にいかなことでなられたかとなれば、なかなか容易のことではあらぬぞよ。疾翔大力さまはもとは一疋の雀《すずめ》でござらしゃったのじゃ。南天竺《なんてんじく》の、ある家《や》の棟《むね》に棲《す》まわれた。ある年非常な饑饉《ききん》が来て、米もとれねば木の実もならず、草さえ枯れたことがござった。鳥もけものも、みな飢え死にじゃ人もばたばた倒れたじゃ。もう炎天と飢渇《きかつ》の為に人にも鳥にも、親兄弟の見さかいなく、この世からなる餓鬼道じゃ。その時疾翔大力は、まだ力ない雀でござらしゃったなれど、つくづくこれをご覧じて、世の浅間《あさま》しさはかなさに、泪《なみだ》をながしていらしゃれた。中にもその家の親子二人、子はまだ六つになるならず、母親とてもその大飢渇《だいきかつ》に、どこから食《じき》を得るでなし、もうあすあすに二人もろとも見す見す餓死を待ったのじゃ。この時、疾翔大力は、上よりこれをながめられあまりのことにしばしは途方にくれなされたが、日ごろの恩を報ずるは、ただこの時と勇みたち、つかれた羽をうちのばし、はるか遠くの林まで、親子の食《じき》をたずねたげな。一念天に届いたか、ある大林のその中に、名さえも知らぬ木なれども、色もにおいもいと高き、十の木の実をお見附けなされたじゃ。さればもはや疾翔大力は、われを忘れて、十たびその実をおのがあるじの棟《むね》に運び、親子の上より落されたじゃ。その十たび目は、あまりの飢えと身にあまる、その実の重さにまなこもくらみ、五たび土に落ちたれど、ただ報恩の一念に、ついご自分にはその実を啄《ついば》みなさらなんだ、おもいとどいてその十番目の実を、無事に親子に届けたとき、あまりの疲れと張りつめた心のゆるみに、ついそのままにお倒れなされたじゃ。されどもややあって正気に復し下の模様を見てあれば、いかにもその子は勢《せい》も増し、ただいたけなく悦《よろこ》んでいる如《ごと》くなれども、親はかの実も自らは口にせなんじゃ。いよいよ餓えて倒れるようす、疾翔大力これを見て、はやこの上はこの身を以て親の餌食《えじき》とならんものと、いきなり堅く身をちぢめ、息を殺してはりより床へと落ちなされたのじゃ。その痛さより、身は砕くるかと思えども、なおも命はあらしゃった。されども慈悲もある人の、生きたと見てはとても食《と》べはせまいとて、息を殺し眼《め》をつぶっていられたじゃ。そしてとうとう願いかなってその親子をば養われたじゃ。その功徳《くどく》より、疾翔大力様は、ついに仏にあわれたじゃ。そして次第に法力《ほうりき》を得て、やがてはさきにも申した如く、火の中に入れどもその毛一つも傷つかず、水に入れどもその羽一つぬれぬという、大力の菩薩《ぼさつ》となられたじゃ。今このご文は、この大菩薩が、悪業《あくごう》のわれらをあわれみて、救護の道をば説かしゃれた。その始めの方じゃ。しばらく休んで次の講座で述べるといたす。

南無《なむ》疾翔大力、南無疾翔大力。

みなの衆しばらくゆるりとやすみなされ」

いちばん高い木の黒い影が、ばたばた鳴って向うの低い木の方へ移ったようでした。やっぱりふくろうだったのです。

それと同時に、林の中は俄《にわ》かにばさばさ羽の音がしたり、嘴《くちばし》のカチカチ鳴る音、低くごろごろつぶやく音などで、一杯になりました。天の川が大分まわり大熊星《おおぐまぼし》がチカチカまたたき、それから東の山脈の上の空はぼおっと古めかしい黄金《きん》いろに明るくなりました。

前の汽車と停車場で交換したのでしょうか、こんどは南の方へごとごと走る音がしました。何だか車のひびきが大へん遅く貨物列車らしかったのです。

そのとき、黒い東の山脈の上に何かちらっと黄いろな尖《とが》った変なかたちのものがあらわれました。梟《ふくろう》どもは俄かにざわっとしました。二十四日の黄金《きん》の角《つの》、鎌《かま》の形の月だったのです。忽《たちま》ちすうっと昇ってしまいました。沼の底の光のような朧《おぼろ》な青いあかりがぼおっと林の高い梢《こずえ》にそそぎ一疋《ぴき》の大きな梟が翅《はね》をひるがえしているのもひらひら銀いろに見えました。さっきの説教の松の木のまわりになった六本にはどれにも四疋《ひき》から八疋ぐらいまで梟がとまっていました。低く出た三本のならんだ枝に三疋の子供の梟がとまっていました。きっと兄弟だったでしょうがどれも銀いろで大きさはみな同じでした。その中でこちらの二疋は大分厭《あ》きているようでした。片っ方の翅《はね》をひらいたり、片脚でぶるぶる立ったり、枝へ爪《つめ》を引っかけてくるっと逆さになって小笠原島のこうもり*のまねをしたりしていました。

それから何か言っていました。

「そら、大の字やって見せようか。大の字なんか何でもないよ」

「大の字なんか、僕だってできらあ」

「できるかい。できるならやってごらん」

「そら」その小さな子供の梟はほんのちょっとの間、消防のやるような逆さ大の字をやりました。

「何だい。そればっかしかい。そればっかしかい」

「だって、やったんならいいんだろう」

「大の字にならなかったい。ただの十の字だったい、脚が開かないじゃないか」

「おい、おとなしくしろ。みんなに笑われるぞ」すぐ上の枝に居たお父さんのふくろうがその大きなぎらぎら青びかりする眼でこっちを見ながら言いました。眼のまわりの赤い隈《くま》もはっきり見えました。

ところがなかなか小さな梟の兄弟は言うことをききませんでした。

「十の字、ほう、たての棒の二つある十の字があるだろうか」

「二つに開かなかったい」

「開いたよ」

「何だ生意気な」もう一疋は枝からとび立ちました。もう一疋もとび立ちました。二疋はばたばた、けり合ってはねが月の光に銀色にひるがえりながら下へ落ちました。

おっかさんのふくろうらしいさっきのお父さんのとならんでいた茶いろの少し小型のがすうっと下へおりて行きました。それから下の方で泣き声が起りました。けれども間もなくおっかさんの梟はもとの処《ところ》へとびあがり小さな二疋ものぼって来て二疋ともものところへとまって片脚で眼をこすりました。お母さんの梟がも一度叱《しか》りました。その眼も青くぎらぎらしました。

「ほんとうにお前たちったら仕方ないねえ。みなさんの見ていらっしゃる処でもうすぐきっと喧嘩《けんか》するんだもの。なぜ穂吉ちゃんのように、じっとおとなしくしていないんだろうねえ」

穂吉と呼ばれた梟は、三疋の中では一番小さいようでしたが一番温和《おとな》しいようでした。じっとまっすぐを向いて、枝にとまったまま、はじめからおしまいまで、しんとしていました。

その木の一番高い枝にとまりからだ中銀いろで大きく頰《ほお》をふくらせ今の講義のやすみのひまを水銀のような月光をあびてゆらりゆらりといねむりしているのはたしかに梟《ふくろう》のおじ

いさんでした。

　月はもう余程高くなり、星座もずいぶんめぐりました。蠍座《さそりざ》は西へ沈むとこでしたし、天の川もすっかり斜めになりました。

　向うの低い松の木から、さっきの年老《としよ》りの坊さんの梟が、斜に飛んでさっきの通り、説教の枝にとまりました。

　急に林のざわざわがやんで、しずかにしずかになりました。風のためか、今まで聞えなかった遠くの瀬の音が、ひびいて参りました。坊さんの梟はゴホンゴホンと二つ三つせきばらいをして又はじめました。

「爾《そ》の時に疾翔大力《しっしょうたいりき》、爾迦夷《るかい》に告げて曰《いわ》く、諦《あきらか》に聴け、諦に聴け、善《よ》く之《これ》を思念せよ、我今汝《なんじ》に、梟鵄《きょうし》諸《もろもろ》の悪禽《あっきん》、離苦解脱《りくげだつ》の道を述べん、と。

　爾迦夷《るかい》、則《すなわ》ち、両翼を開張し、虔《うやうや》しく頸《くび》を垂れて、座を離れ、低く飛揚して、疾翔大力を讃嘆すること三匝《さんそう》にして、徐《おもむろ》に座に復し、拝跪《はいき》して唯《ただ》願うらく、疾翔大力、疾翔大力、ただ我等が為《ため》に、これを説き給え。ただ我等が為に、之を説き給えと。

　疾翔大力、微笑して、金色《こんじき》の円光を以《もっ》て頭《こうべ》に被《かぶ》れるに、その光、遍《あまね》く一座を照し、諸鳥歓喜充満せり。則ち説いて曰《いわ》く、
　汝等《なんじら》審《つまびらか》に諸の悪業《あくごう》を作る。或《あるい》は夜陰を以て、小禽《しょうきん》の家に至る。時に小禽、既《すで》に終日日光に浴し、歌唄《かばい》跳躍して疲労をなし、唯々《ただ》甘美の睡眠中にあり。汝等飛躍して之を握《つか》む。利爪《りそう》深くその身に入り、諸《もろもろ》の小禽、痛苦又声を発するなし。則ち之を裂きて擅《ほしいまま》に噉食《たんじき》す。

或は沼田《しょうでん》に至り、螺蛤《らこう》を啄《ついば》む。螺蛤軟泥中にあり、心柔輭《にゅうなん》にして、唯温水を憶《おも》う。時に俄《にわ》かに身、空中にあり、或は直ちに身を破る、悶乱《もんらん》声を絶す。汝等之を噉食《たんじき》するに、又懺悔《ざんげ》の念あることなし。

斯《かく》の如《ごと》きの諸《もろもろ》の悪業《あくごう》、挙げて数うるなし。悪業を以ての故に、更に又諸の悪業を作る。継起して遂に竟《おわ》ることとなし。昼は則ち日光を懼《おそ》れ又人及《および》諸の強鳥を恐る。心しばらくも安らかなることとなし、一度《ひとたび》梟身《きょうしん》を尽くして、又新たに梟身を得《う》、審《つまびらか》に諸の苦患《くげん》を被りて、又尽くることとなし。で前の座では、捨身菩薩《しゃしんぼさつ》を疾翔大力《しっしょうたいりき》と呼びあげるわけあい又、その願《がん》成《じょう》の因縁をお話いたしたじゃが、次に爾迦夷《るかい》に告げて曰《いわ》くとある。爾迦夷というはこのとき我等と同様　梟《ふくろう》じゃ。われらのご先祖と、一緒にお棲《すま》いなされたお方じゃ。今でも爾迦夷上人《しょうにん》と申しあげて、毎月十三日がご命日*じゃ。いずれの家でも、梟の限りは、十三日には楢《なら》の木の葉を取《と》て参《まい》て、爾迦夷上人さまにさしあげるということをやるじゃ、これは爾迦夷さまが楢の木にお棲いなされたからじゃ。この爾迦夷さまは、早くから梟の身のあさましいことをご覚悟遊ばされ、出離の道を求められたじゃげなが、とうとうその一心の甲《か》斐《い》あって、疾翔大力さまにめぐりあい、ついにその尊い教えを聴聞あって、天上へ行かしゃれた。その爾迦夷さまへのご説法じゃ。諦《あきらか》に聴け、諦に聴け。善《よ》く之《これ》を思念せよと。心をしずめてよく聴けよ、心をしずめてよく聴けよとこうじゃ。いずれの説法の座でも、よくよく心をしずめ耳をすまして聴くことは大切なのじゃ。上《うわ》の空で聞いていたでは何にもならぬじゃ」

ところがこのとき、さっきの喧嘩をした二疋の子供のふくろうがもう説教を聴くのは厭《あ》きてお互にらめくらをはじめていました。そこは茂りあった枝のかげで、まっくらでしたが、二疋はどっちもあらんかぎりりんと眼を開いていましたので、ぎろぎろ燐《りん》を燃したように青く光りました。そこでとうとう二疋とも一ぺんに噴き出して一緒に、

「お前の眼は大きいねえ」と言いました。

その声は幸いに少しつんぼの梟の坊さんには聞えませんでしたが、ほかの梟たちはみんなこっちを振り向きました。兄弟の穂吉という梟は、そこで大へんきまり悪く思ってもじもじしながら頭だけはじっと垂れていました。二疋はみんなのこっちを見るのを枝のかげになってかくれるようにしながら、

「おい、もう遁《に》げて遊びに行こう」

「どこへ」

「実相寺*の林さ」

「行こうか」

「うん、行こう。穂吉ちゃんも行かないか」

「ううん」穂吉は頭をふりました。

「我今汝《なんじ》に、梟鵄《きょうし》諸《もろもろ》の悪禽《あっきん》、離苦解脱《りくげだつ》の道を述べんということは」説教が又続きました。

二疋はもうそっと遁げ出し、穂吉はいよいよ堅くなって、兄弟三人分一人で聴こうというふうでした。

＊

その次の日の六月二十五日の晩でした。

ちょうどゆうべと同じ時刻でしたのに、説教はまだ始まらず、あの説教の坊さんは、眼を瞑《つぶ》ってだまって説教の木の高い枝にとまり、まわりにゆうべと同じにとまった沢山の梟《ふくろう》どもはなぜか大へんみな興奮している模様でした。女のふくろうにはおろおろ泣いているのもありましたし、男のふくろうはもうとてもこうしていられないというようにプリプリしていました。それにあのゆうべの三人兄弟の家族の中では一番高い処《ところ》に居るおじいさんの梟はもうすっかり眼を泣きはらして頬《ほお》が時々びくびくいい、泪《なみだ》は声なくその赤くふくれた眼から落ちていました。

もちろんふくろうのお母さんはしくしくしくしく泣いていました。乱暴ものの二疋《ひき》の兄弟も不思議にその晩はきちんと座って、大きな眼をじっと下に落していました。又ふくろうのお父さんは、しきりに西の方を見ていました。けれども一体どうしたのかあの温和《おとな》しい穂吉の形が見えませんでした。風が少し出て来ましたので松の梢《こずえ》はみなしずかにゆすれました。

空には所々雲もうかんでいるようでした。それは星があちこちめくらにでもなったように黒くて光っていなかったからです。

俄《にわ》かに西の方から一疋の大きな褐色《かっしょく》の梟が飛んで来ました。そしてみんなの入口の低い木にとまって声をひそめて言いました。

「やっぱり駄目《だめ》だ。穂吉さんももうあきらめているようだよ。さっきまではばたばたばた言っていたけれども、もう今はおとなしく臼《うす》の上にとまっているよ。それから紐《ひも》が何だか変ったようだよ。前は右足だったが、今度は左脚に結《ゆわ》いつけられて、それに紐の色が赤いんだ。けれどもただひとついいことは、みんな大抵寝てしまったんだ。さっきまで穂吉さんの眼を指で突っつこうとした子供などは、腹かけだけして、大の字になって寝ているよ」

穂吉のお母さんの梟は、まるで火がついたように声をあげて泣きました。それにつれて林の中の女のふくろうがみなしいんしいんと泣きました。

梟の坊さんは、じっと星ぞらを見あげて、それからしずかにたずねました。

「この世界は全くこの通りじゃ。ただもうみんなかなしいことばかりなのじゃ。どうして又あんなおとなしい子が、人につかまるような処《ところ》に出たもんじゃろうなあ」

説教の木のとなりに居た鼠《ねずみ》いろの梟は恭々《うやうや》しく答えました。

「今朝あけ方近くなってから、兄弟三人で出掛けたそうでございます。いつも人の来るような処ではなかったのでございます。そのうち朝日が出ましたので、眩《まぶ》しさに三疋とも、しばらく眼を瞑《つぶ》っていたそうでございます。すると、ちょうど子供が二人、草刈りに来ていましたそうで、穂吉もそれを知らないうちに、一人がそっとのぼって来て、穂吉の足を捉《つか》まえてしまったと申します」

「ああああわれなことじゃ、ふびんなはなしじゃ、あんなおとなしいいい子でも、何の因果じゃやら。できるなればわしなどで代ってやりたいじゃ」

　林はまたしいんとなりました。しばらくたって、またばたばたと一疋の梟が飛んで戻ってまいりました。

「穂吉さんはね、臼の上をあるいていたよ。あの赤の紐を引き裂こうとしていたようだったけれど、なかなか容易じゃないんだ。私はもう、どこか隙間《すきま》から飛び込んで行って、手伝ってあげようと、何べんも何べんも家のまわりを飛んでみたけれど、どこにもあいてる所はないんだろう。ほんとうに可哀そうだねえ、穂吉さんは、けれども泣いちゃいないよ」

　梟のお母さんが、大きな眼を泣いてまぶしそうにしょぼしょぼしながら訊《たず》ねました。

「あの家に猫《ねこ》は居ないようでございましたか」

「ええ、猫は居なかったようですよ。きっと居ないんです。ずいぶんしばらく、私はのぞいていたんですけれど、とうとう見えなかったのですから」

「そんならまあ安心でございます。ほんとうにみなさまに飛んだご迷惑をかけてお申し訳けもございません。みんな穂吉の不注意からでございます」

「いいえ、いいえ、そんなことはありません。あんな賢いお子さんでも災難というものは仕方ありません」

　林中の女のふくろうがまるで口々に答えました。その音は二町ばかり西の方の大きな藁《わら》屋根の中に捕われている穂吉の処《ところ》まで、ほんのかすかにでしたけれども聞えたのです。

　ふくろうのおじいさんが度々声がかすれながらふくろうのお父さんに言いました。

「もうそうなっては仕方ない。お前は行って穂吉にそっと教えてやったらよかろう、もうこの上は決してばたばたもがいたり、怒って人に嚙《か》み付いたりしてはいけない。今日中誰《たれ》もお前を殺さないところを見ると、きっと田螺《たにし》か何かで飼っておくつもりだろうから、今までのように温和《おとな》しくして、決して人に逆《さか》うな、とな。こう言って教えて来たらよかろう」

梟のお父さんは、首を垂れてだまって聴いていました。梟の和尚《おしょう》さんも遠くからこれにできるだけ耳を傾けていましたが大体そのわけがわかったらしく言い添えました。

「そうじゃ、そうじゃ。いい分別じゃ。ついでにこう教えて来なされ。このようなひどい目におうて、何悪いこととしたむくいじゃと、恨むようなことがあってはならぬ。この世の罪も数知らず、さきの世の罪も数かぎりないことじゃほどに、この災難もあるのじゃと、よくあきらめて、あんまりひとり嘆くでない、あんまり泣けば心も沈み、からだもとかく損《そこ》ねるじゃ、たとえ足には紐《ひも》があるとも、今ここへ来て、はじめてとまった処じゃと、いつも気軽でいねばならぬ、とな、こう言うて下され。ああ、されども、されども、とられた者は又別じゃ。何のさわりも無いものが、とやこう言うても、何にもならぬ。ああ可哀そうなことじゃ不愍《ふびん》なことじゃ」

お父さんの梟は何べんも頭を下げました。

「ありがとうございます。ありがとうございます。もうきっとそう申し伝えて参ります。こんなお語《ことば》を伝え聞いたら、もう死んでもよいと申しますでございましょう」

「いや、いや、そうじゃ。こうも言うて下され。いくら飼われるときまっても、子供心はもとより一向たよりないもの、又近くには猫犬なども居ることじゃ、もし万一の場合には、ただあの疾翔大力《しっしょうたいりき》のおん名を唱えなされとな。そう言うて下され。おお不愍《ふびん》じゃ」

「ありがとうございます。では行って参ります」

梟のお母さんが、泣きむせびながら申しました。

「ああ、もしどうぞ、いのちのある間は朝夕二度、私に聞えるよう高く啼《な》いてくれとおっしゃって下さいませ」

「いいよ。ではみなさん、行って参ります」

梟のお父さんは、二、三度羽ばたきをしてみてから、音もなく滑るように向うへ飛んで行きました。梟の坊さんがそれをじっと見送っていましたが、俄《にわ》かにからだをりんとして言いました。

「みなの衆。いつまで泣いてもはてないじゃ。ここの世界は苦界《くがい》という、又忍土とも名づけるじゃ。みんなせつないことばかり、涙の乾くひまはないのじゃ。ただこの上は、われらと衆生と、早くこの苦を離れる道を知るのが肝要じゃ。この因縁でみなの衆も、よくよく心をひそめて聞きなされ。ただ一人でも穂吉のことから、まことに菩提《ぼだい》の心を発すなれば、穂吉の功徳《くどく》又この座のみなの衆の功徳、かぎりもあらぬことなれば、必ずとくと聴聞《ちょうもん》なされや。昨夜の続きを講じます。

爾《そ》の時に疾翔大力《しっしょうたいりき》、爾迦夷《るかい》に告げて曰《いわ》く、諦《あきらか》に聴け、諦に聴け、善《よ》く之《これ》を思念せよ、我今汝《なんじ》に、梟鵄《きょうし》諸《もろもろ》の悪禽《あっきん》、離苦解脱《りくげだつ》の道を述べん、と。

爾迦夷《るかい》、則《すなわ》ち、両翼を開張し、虔《うやうや》しく頸《くび》を垂れて、座を離れ、低く飛揚して、疾翔大力を讃嘆すること三匝《さんそう》にして、徐《おもむろ》に座に復し、拝跪《はいき》して唯《ただ》願うらく、疾翔大力、疾翔大力、ただ我等が為《ため》に、これを説き給え。ただ我等が為に、之を説き給えと。

疾翔大力、微笑して、金色《こんじき》の円光を以《もっ》て頭《こうべ》に被《かぶ》れるに、その光、遍《あまね》く一座を照し、諸鳥歓喜充満せり。則ち説いて曰《いわ》く、

汝等《なんじら》審《つまびらか》に諸の悪業《あくごう》を作る。或《あるい》は夜陰を以て、小禽《しょうきん》の家に至る。時に小禽、既《すで》に終日日光に浴し、歌唄《かばい》跳躍して疲労をなし、唯々《ただ》甘美の睡眠中にあり。汝等飛躍して之を握《つか》む。利爪《りそう》深くその身に入り、諸《もろもろ》の小禽、痛苦又声を発するなし。則ち之を裂きて擅《ほしいまま》に噉食《たんじき》す。或は沼田《しょうでん》に至り、螺蛤《らこう》を啄《ついば》む。螺蛤軟泥中にあり、心柔輭《にゅうなん》にして、唯温水を憶《おも》う。時に俄《にわ》かに身、空中にあり、或は直ちに身を破る、悶乱《もんらん》声を絶す。汝等之を噉食《たんじき》するに、又懺悔《ざんげ》の念あることなし。

斯《かく》の如《ごと》きの諸《もろもろ》の悪業《あくごう》、挙げて数うるなし。悪業を以ての故に、更に又諸の悪業を作る。継起して遂に竟《おわ》ることなし。昼は則ち日光を懼《おそ》れ又人及《および》諸の強鳥を恐る。心しばらくも安らかなることなし、一度梟身《ひとたびきょうしん》を尽くして又新たに梟身を得《う》、審《つまびらか》に諸の苦患《くげん》を被《こうむ》りて、又尽くることなし。

で前の晩は、諸鳥歓喜充満せりまで、文の如くに講じたが、この席はその次じゃ。則《すなわ》ち説いて曰《いわ》くと、これは疾翔大力さまが、爾迦夷《るかい》上人のご懇請によって、直ちに説法をなされたとこうじゃ。汝等《なんじら》審《つまびらか》に諸の悪業《あくごう》を作ると。汝等というは、元来はわれわれ梟《ふくろう》や鵄《とび》な

どに対して申さるるのじゃが、ご本意は梟にあるのじゃ。あとのご文の罪相を拝するに、みなわれわれのことじゃ。悪業というは、悪は悪いじゃ、業《ごう》とは梵語《ぼんご》でカルマというて、すべて過去になしたることのまだ報《むくい》となってあらわれぬを業という、善業悪業あるじゃ。ここでは悪業という。その事柄を次にあげなされたじゃ。或《あるい》は夜陰を以て、小禽《しょうきん》の家に至ると。みなの衆、他人事《ひとごと》ではないぞよ。よくよく自《みずか》らの胸にたずねてみなされ。夜陰とは夜のくらやみじゃ。以てとは、これは乗じてというがようの意味じゃ。夜のくらやみに乗じてと、こうじゃ。小禽の家に至る。小禽とは、雀《すずめ》、山雀《やまがら》、四十雀《しじゅうから》、ひわ、百舌《もず》、みそさざい、かけす、つぐみ、すべて形小にして、力ないものは、みな小禽じゃ。その形小さく力無い鳥の家に参るというのじゃが、参るというてもただ訪ねて参るでもなければ、遊びに参るでもないじゃ、内に深く残忍の想を潜め、外又恐るべく悲しむべき夜叉《やしゃ》相《そう》を浮べ、密《ひそ》やかに忍んで参るとこういうことじゃ。このご説法のころは、われらの心も未だなかなか善心もあったじゃ、小禽の家に至るとお説きなされば、はや聴法の者、みな慄然《りつぜん》として座に耐えなかったじゃ。今はなかなかそうでない。今ならば疾翔大力《しっしょうたいりき》さま、まだまだ強く烈《はげ》しくご説法であろうぞよ。みなの衆、よくよく心にしみて聞いて下され。

次のご文は、時に小禽、既《すで》に終日日光に浴し、歌唄《かばい》跳躍して疲労をなし、唯々《ただ》甘味の睡眠中にあり。他人事《ひとごと》ではないぞよ。どうじゃ、今朝も今朝とて穂吉どの処《ところ》を替えてこの身の上じゃ」

説教の坊さんの声が、俄《にわ》かにおろおろして変りました。穂吉のお母さんの梟《ふくろう》はまるで帛《きぬ》を裂くように泣き出し、一座の女の梟は、たちまちそれについて泣きました。

　それから男の梟も泣きました。林の中はただむせび泣く声ばかり、風も出て来て、木はみなぐらぐらゆれましたが、なかなか誰《たれ》も泣きやみませんでした。星はだんだんめぐり、赤い火星ももう西ぞらに入りました。

　梟の坊さんはしばらくゴホゴホ咳嗽《せき》をしていましたが、やっと心を取り直して、又講義をつづけました。

「みなの衆、まず試《ため》しに、自分がみそさざいにでもなったと考えてご覧《ろう》じ。な。天道《てんとう》さまが、東の空へ金色《こんじき》の矢を射なさるじゃ、林樹は青く枝は揺るる、楽しく歌をばうたうのじゃ、仲よくおうた友だちと、枝から枝へ木から木へ、天道さまの光の中を、歌って歌って参るのじゃ、ひるごろならば、涼しい葉陰にしばしやすんで黙るのじゃ、又ちちと鳴いて飛び立つじゃ、空の青板をめざすのじゃ、又小流れに参るのじゃ、心の合うた友だちと、ただしばらくも離れずに、歌って歌って参るのじゃ、さてお天道さまが、おかくれなされる、からだはつかれてとろりとなる、油のごとく、溶けるごとくじゃ。いつかまぶたは閉じるのじゃ、昼の景色を夢見るじゃ、からだは枝に留まれど、心はなおも飛びめぐる、たのしく甘いつかれの夢の光の中じゃ。そのとき俄かにひやりとする。夢かうつつか、愕《おどろ》き見れば、わが身は裂けて、血は流《た》れるじゃ。燃えるようなる、二つの眼が光ってわれを見詰むるじゃ。どうじゃ、声さえ発とうにも、咽喉《のど》が狂うて音が出ぬじゃ。これが則《すなわ》ち利爪《りそう》深くその身に入り、諸《もろもろ》の小禽《しょうきん》、痛苦又声を発するなしの意なのじゃぞ。されどもこれは、取らるる鳥より見たるものじゃ。捕る此方《こなた》より眺むれば、飛躍して之を握《つか》むとこうじゃ。何の罪なく眠れるものを、ただ一打《ひとう》ちととびかかり、鋭い爪《つめ》でその柔らかな身体《からだ》をちぎる、鳥は声さえよう発《た》てぬ、こちらはそれを嘲笑《あざわら》いつつ、引き裂くじゃ。何たるあわれのことじゃ。この身とて、今は法師にて、鳥も魚も襲わねど、昔おもえば身も世もあらぬ。ああ罪業《ざいごう》のこのからだ、夜毎《よごと》夜毎の夢とては、同じく夜叉《やしゃ》の業をなす。宿業《しゅくごう》の恐ろしさ、ただただ呆《あき》るるばかりなのじゃ」

風がザアッとやって来ました。木はみな波のようにゆすれ、坊さんの梟も、その中に漂う舟のようにうごきました。

そして東の山のはから、昨日の金角、二十五日のお月さまが、昨日よりは又ずうっと瘠《や》せて上りました、林の中はうすいうすい霧のようなものでいっぱいになり、西の方からあの梟のお父さんがしょんぼり飛んで帰って来ました。

＊

旧暦六月二十六日の晩でした。

それがあんまりよく霽《は》れてもう天の川の水は、すっかりすきとおって冷たく、底のすなごも数えられるよう、またじっと眼をつぶっていると、その流れの音さえも聞えるような気がしました。けれどもそれは或《あるい》は空の高い処《ところ》を吹いていた風の音だったかもしれません。なぜなら、星がかげろうの向う側にでもあるように、少しゆれたり明るくなったり暗くなったりしていましたから。

獅子鼻《ししはな》の上の松林には今夜も梟《ふくろう》の群が集まりました。今夜は穂吉が来ていました。来てはいましたが一昨日《おとつい》の晩の処にでなしに、おじいさんのとまる処よりももっと高いところで小さな枝の二本行きちがい、それからもっと小さな枝が四、五本出て、ちょっと盃《さかずき》のような形になった処へ、どこから持って来たか藁屑《わらくず》や髪の毛などを敷いて臨時に巣がつくられていました。その中に穂吉が半分横になって、じっと目をつぶっていました。梟のお母さんと二人の兄弟とが穂吉のまわりに座って、穂吉のからだを支えるようにしていました。林中のふくろうは、今夜は一人も泣いてはいませんでしたが怒っていることはみんな、昨夜《ゆうべ》どころではありませんでした。

「傷みはどうじゃ。いくらか薄らいだかの」

あの坊さんの梟がいつもの高い処からやさしく訊《たず》ねました。穂吉は何か言おうとしたようでしたが、ただ眼がパチパチしたばかり、お母さんが代って答えました。

「折角《せっかく》こらえているようでございます。よく物が申せないのでございます。それでもどうしても、今夜のお説教を聴聞《ちょうもん》いたしたいというようでございましたので。もうどうかかまわずご講義をねがいとう存じます」

梟の坊さんは空を見上げました。

「殊勝なお心掛けじゃ。それなればこそ、たとえ脚をば折られても、二度と父母の処へも戻ったのじゃ。なれども健《すこや》かな二本の脚を、何面白いこともないに、捩《ねじ》って折って放すとは、何という浅間《あさま》しい人間の心じゃ」

「放されましても二本の脚を折られてどうしてまあすぐ飛べましょう。あの萱原《かやはら》の中に落ちてひいひい泣いていたのでございます。それでも昼の間は、誰《たれ》も気付かずやっと夕刻、私が顔を見ようと出て行きましたらこのていたらくでございまする」

「うん。もっともじゃ。なれども他人は恨むものではないぞよ。みな自《みずか》らがもとなのじゃ。恨みの心は修羅《しゅら》となる。かけても他人は恨むでない」

穂吉はこれをぼんやり夢のように聞いていました。子供がもう厭《あ》きて「遁《に》がしてやるよ」といって外へ連れて出たのでした。そのとき、ポキッと脚を折ったのです。その両脚は今でもまだしんしんと痛みます。眼を開いてもあたりがみんなぐらぐらして空さえ高くなったり低くなったりわくわくゆれているよう、みんなの声も、ただぼんやりと水の中からでも聞くようです。ああ僕はきっともう死ぬんだ。こんなにつらいくらいならほんとうに死んだ方がいい。それでもお父さんやお母さんは泣くだろう。泣くたって一体お父さんたちは、まだ僕の近くに居るだろうか、ああ痛い痛い。穂吉は声もなく泣きました。

「あんまりひどいやつらだ。こっちは何一つ向うの為《ため》に悪いようなことをしないんだ。それをこんなことをして、よこす。もうだまってはいられない。何かし返ししてやろう」一疋《ぴき》の若い梟《ふくろう》が高く言いました。すぐ隣りのが答えました。

「火をつけようじゃないか。今度屑焼《くずや》きのある晩に燃えてる長い藁《わら》を、一本あの屋根までくわえて来よう。なあに十本も二十本も運んでいるうちにはどれかすぐ燃えつくよ。けれども火事で焼けるのはあんまり楽だ。何かも少しひどいことがないだろうか」

又その隣りが答えました。

「戸のあいてる時をねらって赤子の頭を突いてやれ。畜生め」

梟の坊さんは、じっとみんなの言うのを聴いていましたがこの時しずかに言いました。

「いやいや、みなの衆、それはいかぬじゃ。これほど手ひどいことなれば、必ず仇《あだ》を返したいはもちろんのことながら、それでは血で血を洗うのじゃ。こなたの胸が霽《は》れるときは、かなたの心は燃えるのじゃ。いつかはまたもっと手ひどく仇を受けるじゃ、この身終って次の生《しょう》まで、その妄執《もうしゅう》は絶えぬのじゃ。遂には共に修羅《しゅら》に入り闘諍《とうそう》しばらくもひまはないじゃ。必ずともにさようのたくみはならぬぞや」

けたたましくふくろうのお母さんが叫びました。

「穂吉穂吉しっかりおし」

みんなびくっとしました。穂吉のお父さんもあわてて穂吉の居た枝に飛んで行きましたがとまる所がありませんでしたからすぐその上の枝にとまりました。穂吉のおじいさんも行きました。みんなもまわりに集まりました。穂吉はどうしたのか折られた脚をぶるぶるいわせその眼は白く閉じたのです。お父さんの梟は高く叫びました。

「穂吉、しっかりするんだよ。今お説教がはじまるから」

穂吉はパチッと眼をひらきました。それから少し起きあがりました。見えない眼でむりに向うを見ようとしているようでした。

「まあよかったね。やっぱりつかれているんだろう」女の梟たちは言い合いました。

坊さんの梟はそこで言いました。

「さあ、講釈をはじめよう。みなの衆座にお戻りなされ。今夜は二十六日じゃ、来月二十六日はみなの衆も存知の通り、二十六夜待ちじゃ。月天子《がってんし》山のはを出《い》でんとして、光を放ちたまうとき、疾翔大力《しっしょうたいりき》、爾迦夷《るかい》波羅夷《はらい》の三尊が、東のそらに出現まします。今宵《こよい》は月は異なれど、まことの心には又あらわれ給わぬことでない。穂吉どのも、ただ一途《いちず》に聴聞《ちょうもん》の志じゃげなで、これからさっそく講ずるといたそう。穂吉どの、さぞ痛かろう苦しかろう、お経の文とてなかなか耳には入るまいなれど、そのいたみ悩みの心の中に、いよいよ深く疾翔大力さまのお慈悲を刻みつけるじゃぞ、いいかや、まことにそれこそ菩提《ぼだい》のたねじゃ」

梟の坊さんの声が又少し変りました。一座はしいんとなりました。林の中にもう鳴き出した秋の虫があります。坊さんはしばらく息をこらして気を取り直しそれから厳《いか》めしい声で願をたててから昨夜の続きをはじめました。

「梟鵄救護《きょうしくご》章　梟鵄救護章

諸《もろもろ》の仁者《じんしゃ》掌を合せて至心に聴き給え。我今疾翔大力《しっしょうたいりき》が威神力を享《う》けて梟鵄救護章の一節を講ぜんとす。唯《ただ》願うらくはかの如来大慈《にょらいだいじ》大悲《だいひ》我が小願の中に於《おい》て大神力を現じ給い妄言《もうげん》綺語《きご》の淤泥《おでい》を化《け》して光明顕色《けんじき》の浄瑠璃《じょうるり》となし、浮華《ふか》の中より清浄《しょうじょう》の青蓮華《しょうれんげ》を開かしめ給わんことを。至心欲願、南無仏南無仏南無仏。

爾《そ》の時に疾翔大力《しっしょうたいりき》、爾迦夷《るかい》に告げて曰《いわ》く、諦《あきらか》に聴け、諦に聴け。善《よ》く之《これ》を思念せよ。我今汝《なんじ》に、梟鴟諸《きょうしもろもろ》の悪禽《あつきん》、離苦解脱《りくげだつ》の道を述べん、と。

爾迦夷《るかい》、則《すなわ》ち、両翼を開張し、虔《うやうや》しく頸《くび》を垂れて、座を離れ、低く飛揚して、疾翔大力を讃嘆すること三匝《さんそう》にして、徐《おもむろ》に座に復し、拝跪《はいき》して唯《ただ》願うらく、疾翔大力、疾翔大力、ただ我等が為《ため》に、これを説き給え。ただ我等が為に、これを説き給えと。

疾翔大力、微笑して、金色《こんじき》の円光を以《もっ》て頭《こうべ》に被《かぶ》れるに、その光、遍《あまね》く一座を照し、諸鳥歓喜充満せり。則ち説いて曰《いわ》く、

汝等《なんじら》審《つまびらか》に諸の悪業《あくごう》を作る。或《あるい》は夜陰を以て、小禽《しょうきん》の家に至る。時に小禽、既《すで》に終日日光に浴し、歌唄《かばい》跳躍して疲労をなし、唯々《ただ》甘美の睡眠中にあり。汝等飛躍して之を握《つか》む。利爪《りそう》深くその身に入り、諸《もろもろ》の小禽、痛苦又声を発するなし。則ち之を裂きて擅《ほしいまま》に噉食《たんじき》す。或は沼田《しょうでん》に至り、螺蛤《らこう》を啄《ついば》む。螺蛤軟泥中にあり、心柔輭《にゅうなん》にして、唯温水を憶《おも》う。時に俄《にわ》かに身、空中にあり、或は直ちに身を破る、悶乱《もんらん》声を絶す。汝等之を噉食《たんじき》するに、又懺悔《ざんげ》の念あることなし。

斯《かく》の如《ごと》きの諸《もろもろ》の悪業《あくごう》、挙げて数うるなし。悪業《あくごう》を以ての故に、更に又諸の悪業を作る。継起して遂に竟《おわ》ることなし。昼は則ち日光を懼《おそ》れ又人及《および》諸の強鳥を恐る。心しばらくも安らかなることなし。一度梟身《ひとたびきょうしん》を尽くして、又新たに梟身を得《う》。審《つまびらか》に諸の苦患《くげん》を被《こうむ》りて、又尽くることとなし。

で前の晩は、斯《かく》の如《ごと》きの諸《もろもろ》の悪業《あくごう》、挙げて数うるなし、まで講じたが、今夜はその次じや。

悪業を以ての故に、更に又諸の悪業を作ると、これは誠に短いながら、強いお語《ことば》じゃ。先刻人間に恨みを返すとの議があった節、申した如くじゃ、一の悪業によって一の悪果を見る。その悪果故に、又新たなる悪業を作る。かくの如く展転して、遂にやむときないじゃ。車輪のめぐれどもめぐれども終らざるが如くじゃ。これを輪廻《りんね》といい、流転《るてん》という。悪より悪へとめぐることじゃ。継起して遂に竟《おわ》ることなしと言うがそれじゃ。いつまでたっても終りにならぬ、どこどこまでも悪因悪果、悪果によって新たに悪因をつくる。なこうじゃ、浮かむ瀬とてもあるまいじゃ。昼は則《すなわ》ち日光を懼《おそ》れ又人及《および》諸の強鳥を恐る。心しばらくも安らかなることなし。これは流転の中の、つらい模様をわれらにわかるよう、直《じ》かに申されたのじゃ。勿体《もったい》なくも、我等は光明の日天子《にってんし》をば憚《はば》かり奉る。いつも闇《やみ》とみちづれじゃ。東の空が明るくなりて、日天子さまの黄金《きん》の矢が高く射出さるれば、われらは恐れて遁《に》げるのじゃ。もし白昼にまなこを正しく開くならば、その日天子の黄金の征矢《そや》に伐《う》たれるじゃ。それほどまでに我等は悪業《あくごう》の身じゃ。又人及諸の強鳥を恐る。な。人を恐るることは、今夜今ごろ講ずることの限りでない。思い合せてよろしかろう。諸の強鳥を恐る。鷹《たか》やはやぶさ、又さほど強くはなけれども日中なれば烏《からす》などまで恐れねばならぬ情ない身じゃ。はやぶさなれば空よりすぐに落ちて来て、こなたが小鳥をつかむときと同じようなるありさまじゃ、たちまち空で引き裂かれるじゃ、少しのさからいをしたとて、何にもならぬ、げにもげにも浅間《あさま》しくなさけないわれらの身じゃ」

梟の坊さんはちょっと声を切りました。今夜ももう一時の上《のぼ》りの汽車の音が聞えて来ました。その音を聞くと梟どもは泣きながらも、汽車の赤い明るいならんだ窓のことを考えるのでした。講釈がまた始まりました。

「心しばらくも安らかなることなしと、どうじゃ、みなの衆、ただの一時《いっとき》でも、ゆっくりと何の心配もなく落ち着いたことがあるかの。もういつでもいつでもびくびくものじゃ。一度梟身《ひとたびきょうしん》を尽くして、又新たに梟身を得《う》とこうじゃ。泣いて悔やんで悲しんで、ついには年老《と》る、病気になる、あらんかぎりの難儀をして、それで死んだら、もうこのような悪鳥の身を離れるかとならば、なかなかそうは参らぬぞや。身に染み込んだ罪業《ざいごう》から、又梟に生れるじゃ。斯《か》の如《ごと》くにして百生《しょう》、二百生、乃至《ないし》劫《ごう》をも亙《わた》るまで、この梟身を免れぬのじゃ。審《つまびらか》に諸の苦患《くげん》を被《こうむ》りて、又尽くることなし。もう何もかも辛《つら》いことばかりじゃ。さて今東の空は黄金《きん》色になられた。もう月天子《がってんし》がお出ましなのじゃ。来月二十六夜ならば、このお光に疾翔大力《しっしょうたいりき》さまを拝み申すじゃなれど、今宵《こよい》とて又拝み申さぬことでない、みなの衆、ようくまごころを以て仰ぎ奉るじゃ」

二十六夜の金いろの鎌《かま》の形のお月さまが、しずかにお登りになりました。そこらはぼおっと明るくなり、下では虫が俄《にわ》かにしいんしいんと鳴き出しました。

遠くの瀬の音もはっきり聞えてまいりました。

お月さまは今はすうっと桔梗《ききょう》いろの空におのぼりになりました。それは不思議な黄金《きん》の船のように見えました。

俄かにみんなは息がつまるように思いました。それはそのお月さまの船の尖《とが》った右のへさきから、まるで花火のように美しい紫いろのけむりのようなものが、ばりばりばりと噴き出たからです。けむりは見る間にたなびいて、お月さまの下すっかり山の上に目もさめるような紫の雲をつくりました。その雲の上に、金いろの立派な人が三人まっすぐに立っています。まん中の人はせいも高く、大きな眼でじっとこっちを見ています。衣のひだまで一々はっきりわかります。お星さまをちりばめたような立派な瓔珞《ようらく》をかけていました。お月さまがちょうどその方の頭のまわりに輪になりました。

右と左に少し丈の低い立派な人が合掌して立っていました。その円光はぼんやり黄金《きん》いろにかすみうしろにある青い星も見えました。雲がだんだんこっちへ近づくようです。

「南無《なむ》疾翔大力《しっしょうたいりき》、南無疾翔大力」

みんなは高く叫びました。その声は林をとどろかしました。雲がいよいよ近くなり、捨《しゃ》身菩薩《しんぼさつ》のおからだは、十丈ばかりに見えそのかがやく左手がこっちへ招くように伸びたと思うと、俄《にわ》かに何ともいえないいいかおりがそこらいちめんにして、もうその紫の雲も疾翔大力の姿も見えませんでした。ただその澄み切った桔梗《ききょう》いろの空にさっきの黄金《きん》いろの二十六夜のお月さまが、しずかにかかっているばかりでした。

「おや、穂吉さん、息つかなくなったよ」俄かに穂吉の兄弟が高く叫びました。

ほんとうに穂吉はもう冷たくなって少し口をあき、かすかにわらったまま、息がなくなっていました。そして汽車の音がまた聞えて来ました。

気のいい火山弾

　ある死火山のすそ野のかしわの木のかげに、「ベゴ」というあだ名の大きな黒い石が、永いことじぃっと座っていました。

「ベゴ」という名は、その辺の草の中にあちこち散らばった、稜《かど》のあるあまり大きくない黒い石どもが、つけたのでした。ほかに、立派な、本とうの名前もあったのでしたが、「ベゴ」石もそれを知りませんでした。

　ベゴ石は、稜がなくて、ちょうど卵の両はじを、少しひらたくのばしたような形でした。そして、ななめに二本の石の帯のようなものが、からだを巻いてありました。非常に、たちがよくて、一ぺんも怒ったことがないのでした。

　それですから、深い霧がこめて、空も山も向うの野原もなんにも見えず退くつな日は、稜のある石どもは、みんな、ベゴ石をからかって遊びました。

「ベゴさん。今日《こんち》は。おなかの痛いのは、なおったかい」

「ありがとう。僕は、おなかが痛くなかったよ」とベゴ石は、霧の中でしずかに言いました。

「アァハハハハ。アァハハハハハ」稜のある石は、みんな一度に笑いました。

「ベゴさん。こんちは。ゆうべは、ふくろうがお前さんに、とうがらしを持って来てやったかい」

「いいや。ふくろうは、昨夜《ゆうべ》、こっちへ来なかったようだよ」

「アァハハハ。アァハハハハハ」稜のある石は、もう大笑いです。

「ベゴさん。今日は。昨日の夕方、霧の中で、野馬がお前さんに小便をかけたろう。気の毒だったね」

「ありがとう。おかげで、そんな目には、あわなかったよ」

「アァハハハハ。アァハハハハハ」みんな大笑いです。

「ベゴさん。今日は。今度新しい法律が出てね、まるいものや、まるいようなものは、みんな卵のように、パチンと割ってしまうそうだよ。お前さんも早く逃げたらどうだい」

「ありがとう。僕は、まんまる大将のお日さんと一しょに、パチンと割られるよ」

「アァハハハハ。アァハハハハハハ。どうも馬鹿《ばか》で手がつけられない」

ちょうどその時、霧が晴れて、お日様の光がきん色に射《さ》し、青ぞらがいっぱいにあらわれましたので、稜のある石どもは、みんな雨のお酒のことや、雪の団子のことを考えはじめました。そこでベゴ石も、しずかに、まんまる大将の、お日さまと青ぞらとを見あげました。

その次の日、又、霧がかかりましたので、稜石どもは、又ベゴ石をからかいはじめました。実は、ただからかったつもりだっただけです。

「ベゴさん。おれたちは、みんな、稜がしっかりしているのに、お前さんばかり、なぜそんなにくるくるしてるだろうね。一緒に噴火のとき、落ちて来たのにね」

「僕は、生れてまだまっかに燃えて空をのぼるとき、くるくるくるくる、からだがまわったからね」

「ははあ、僕たちは、空へのぼるときも、のぼるくらいのぼって、ちょっととまった時も、それから落ちて来るときも、いつも、じっとしていたのに、お前さんだけは、なぜそんなに、くるくるまわったろうね」

そのくせ、こいつらは、噴火で砕けて、まっくろな煙と一緒に、空へのぼった時は、みんな気絶していたのです。

「さあ、僕は一向まわろうとも思わなかったが、ひとりでからだがまわって仕方なかったよ」

「ははあ、何かこわいことがあると、ひとりでからだがふるえるからね。お前さんも、ことによったら、臆病《おくびょう》のためかもしれないよ」

「そうだ。臆病のためだったかもしれないね。じっさい、あの時の、音や光は大へんだったからね」

「そうだろう。やっぱり、臆病のためだろう。ハッハハハハッハ、ハハハハハ」

稜《かど》のある石は、一しょに大声でわらいました。その時、霧がはれましたので、角《かど》のある石は、空を向いて、てんでに勝手なことを考えはじめました。

ベゴ石も、だまって、柏《かしわ》の葉のひらめきをながめました。

それから何べんも、雪がふったり、草が生えたりしました。かしわは、何べんも古い葉を落して、新しい葉をつけました。

ある日、かしわが言いました。

「べゴさん。僕とあなたが、お隣りになってから、もうずいぶん久しいもんですね」

「ええ。そうです。あなたは、ずいぶん大きくなりましたね」

「いいえ。しかし僕なんか、前はまるで小さくて、あなたのことを、黒い途方もない山だと思っていたんです」

「はあ、そうでしょうね。今はあなたは、もう僕の五倍もせいが高いでしょう」

「そういえばまあそうですね」

かしわは、すっかり、うぬぼれて、枝をピクピクさせました。

はじめは仲間の石どもだけでしたがあんまりベゴ石が気がいいのでだんだんみんな馬鹿にしだしました。おみなえしが、こう言いました。

「べゴさん。僕は、とうとう、黄金《きん》のかんむりをかぶりましたよ」

「おめでとう。おみなえしさん」

「あなたは、いつ、かぶるのですか」

「さあ、まあ私はかぶりませんね」

「そうですか。お気の毒ですね。しかし。いや。はてな。あなたも、もうかんむりをかぶってるではありませんか」

おみなえしは、ベゴ石の上に、このごろ生えた小さな苔《こけ》を見て、言いました。

ベゴ石は笑って、

「いやこれは苔ですよ」

「そうですか。あんまり見ばえがしませんね」

それから十日ばかりたちました。おみなえしはびっくりしたように叫びました。

「ベゴさん。とうとう、あなたも、かんむりをかぶりましたよ。つまり、あなたの上の苔がみな赤ずきんをかぶりました。おめでとう」

ベゴ石は、にが笑いをしながら、なにげなく言いました。

「ありがとう。しかしその赤頭巾《あかずきん》は、苔のかんむりでしょう。私のではありません。私の冠は、今に野原いちめん、銀色にやって来ます」

このことばが、もうおみなえしのきもを、つぶしてしまいました。

「それは雪でしょう。大へんだ。大へんだ」

ベゴ石も気がついて、おどろいておみなえしをなぐさめました。

「おみなえしさん。ごめんなさい。雪が来て、あなたはいやでしょうが、毎年のことで仕方もないのです。その代り、来年雪が消えたら、きっとすぐ又いらっしゃい」

おみなえしは、もう、へんじをしませんでした。又その次の日のことでした。蚊《か》が一疋《ぴき》くうんくうんとうなってやって来ました。

「どうも、この野原には、むだなものが沢山あっていかんな。たとえば、このベゴ石のようなものだ。ベゴ石のごときは、何のやくにもたたない。むぐらのようにつちをほって、空気をしんせんにするということもしない。草っぱのように露をきらめかして、われわれの目の病をなおすということもない。くうらん。くうらん」と言いながら、又向うへ飛んで行きました。

ベゴ石の上の苔は、前からいろいろ悪口を聞いていましたが、ことに、今の蚊の悪口を聞いて、いよいよベゴ石を、馬鹿にしはじめました。

そして、赤い小さな頭巾をかぶったまま、踊りはじめました。

「ベゴ黒助、ベゴ黒助、
黒助どんどん、
あめがふっても黒助、どんどん、
日が照っても、黒助どんどん。

ベゴ黒助、ベゴ黒助、
黒助どんどん、
千年たっても、黒助どんどん、
万年たっても、黒助どんどん」

ベゴ石は笑いながら、
「うまいよ。なかなかうまいよ。しかしその歌は、僕はかまわないけれど、お前たちには、

よくないことになるかもしれないよ。僕が一つ作ってやろう。これからは、そっちをおやり。ね、そら、

　お空。お空。お空のちちは、
つめたい雨の　ザァザザザ、
かしわのしずくトンテントン、
まっしろきりのポッシャントン。
お空。お空。お空のひかり、
おてんとさまは、カンカンカン、
月のあかりは、ツンツンツン、
　ほしのひかりの、ピッカリコ」

「そんなものだめだ。面白くもなんともないや」

「そうか。僕は、こんなこと、まずいからね」

　ベゴ石は、しずかに口をつぐみました。

　そこで、野原中のものは、みんな口をそろえて、ベゴ石をあざけりました。

「なんだ。あんな、ちっぽけな赤頭巾に、ベゴ石め、へこまされてるんだ。もうおいらは、あいつとは絶交だ。みっともない。黒助め。黒助、どんどん。ベゴどんどん」

　その時、向うから、眼《め》がねをかけた、せいの高い立派な四人の人たちが、いろいろなピカピカする器械をもって、野原をよこぎって来ました。その中の一人が、ふとベゴ石を見

て言いました。

「あ、あった、あった。すてきだ。実にいい標本だね。火山弾の典型だ。こんなととのったのは、はじめて見たぜ。あの帯の、きちんとしてることね。もうこれだけでも今度の旅行は沢山だよ」

「うん。実によくととのってるね。こんな立派な火山弾は、大英博物館にだってないぜ」

みんなは器械を草の上に置いて、ベゴ石をまわってさすったりなでたりしました。

「どこの標本でも、この帯の完全なのはないよ。どうだい。空でぐるぐるやった時の工合《ぐあい》が、実によくわかるじゃないか。すてき、すてき。今日すぐ持って行こう」

みんなは、又、向うの方へ行きました。稜《かど》のある石は、だまってため息ばかりついています。そして気のいい火山弾は、だまってわらっておりました。

ひるすぎ、野原の向うから、又キラキラめがねや器械が光って、さっきの四人の学者と、村の人たちと、一台の荷馬車がやって参りました。

そして、柏《かしわ》の木の下にとまりました。

「さあ、大切な標本だから、こわさないようにしてくれ給え。よく包んでくれ給え。苔《こけ》なんかむしってしまおう」

苔は、むしられて泣きました。火山弾はからだを、ていねいに、きれいな藁《わら》や、むしろに包まれながら、言いました。

「みなさん。ながながお世話でした。苔さん。さよなら。さっきの歌を、あとで一ぺんでも、うたって下さい。私の行くところは、ここのように明るい楽しいところではありません。けれども、私どもは、みんな、自分でできることをしなければなりません。さよなら。みなさん」

「東京帝国大学校地質学教室行」と書いた大きな札がつけられました。

そして、みんなは、「よいしょ。よいしょ」と言いながら包みを、荷馬車へのせました。

「さあ、よし、行こう」

馬はプルルルと鼻を一つ鳴らして、青い青い向うの野原の方へ、歩き出しました。

マリヴロンと少女

城あとのおおばこの実は結び、赤つめ草の花は枯れて焦茶色になって、畑の粟《あわ》は刈りとられ、畑のすみからちょっと顔を出した野鼠《のねずみ》はびっくりしたように又急いで穴の中へひっこむ。

崖《がけ》やほりには、まばゆい銀のすすきの穂が、いちめん風に波立っている。

その城あとのまん中の、小さな四っ角山の上に、めくらぶどう*のやぶがあってその実がすっかり熟している。

ひとりの少女が楽譜をもってためいきしながら藪《やぶ》のそばの草にすわる。

かすかなかすかな日照り雨が降って、草はきらきら光り、向うの山は暗くなる。

そのありなしの日照りの雨が霽《は》れたので、草はあらたにきらきら光り、向うの山は明るくなって、少女はまぶしくおもてを伏せる。

そっちの方から、もずが、まるで音譜をばらばらにしてふりまいたように飛んで来て、みんな一度に、銀のすすきの穂にとまる。

めくらぶどうの藪からはきれいな雫《しずく》がぽたぽた落ちる。

かすかなけはいが藪のかげからのぼってくる。今夜市庁のホールでうたうマリヴロン女史*がライラックいろのもすそをひいてみんなをのがれて来たのである。

いま、そのうしろ、東の灰色の山脈の上を、つめたい風がふっと通って、大きな虹《にじ》が、明るい夢の橋のようにやさしく空にあらわれる。

少女は楽譜をもったまま化石のようにすわってしまう。マリヴロンはここにも人の居たことをむしろ意外におもいながらわずかにまなこに会釈してしばらく虹のそらを見る。

そうだ。今日こそ、ただの一言でも天の才ありうるわしく尊敬されるこの人とことばをかわしたい、丘の小さなぶどうの木が、よぞらに燃えるほのおより、もっとあかるく、もっとかなしいおもいをば、はるかの美しい虹に捧《ささ》げると、ただこれだけを伝えたい、それからならば、それからならば、あの……〔以下数行分空白〕

「マリヴロン先生。どうか、わたくしの尊敬をお受けくださいませ。わたくしはあすアフリカへ行く牧師の娘でございます」

少女は、ふだんの透きとおる声もどこかへ行って、しわがれた声を風に半分とられながら叫ぶ。

マリヴロンは、うっとり西の碧《あお》いそらをながめていた大きな碧い瞳《ひとみ》を、そっちへ向けてすばやく楽譜に記された少女の名前を見てとった。

「何かご用でいらっしゃいますか。あなたはギルダさんでしょう」

少女のギルダは、まるでぶなの木の葉のようにプリプリふるえて輝いて、いきがせわしくて思うように物が言えない。

「先生どうか私のこころからうやまいを受けとって下さい」

マリヴロンはかすかにといきしたので、その胸の黄や菫《すみれ》の宝石は一つずつ声をあげるように輝きました。そして言う。

「うやまいを受けることは、あなたもおなじです。なぜそんなに陰気な顔をなさるのですか」

「私はもう死んでもいいのでございます」

「どうしてそんなことを、おっしゃるのです。あなたはまだまだお若いではありませんか」

「いいえ。私の命なんか、なんでもないのでございます。あなたが、もし、もっと立派におなりになる為《ため》なら、私なんか、百ぺんでも死にます」

「あなたこそそんなにお立派ではありませんか。あなたは、立派なおしごとをあちらへ行ってなさるでしょう。それはわたくしなどよりははるかに高いしごとです。私などはそれはまことにたよりないのです。ほんの十分か十五分か声のひびきのあるうちのいのちです」

「いいえ、ちがいます。ちがいます。先生はここの世界やみんなをもっときれいに立派になさるお方でございます」

マリヴロンは思わず微笑《わら》いました。

「ええ、それをわたくしはのぞみます。けれどもそれはあなたはいよいよそうでしょう。正しく清くはたらくひとはひとつの大きな芸術を時間のうしろにつくるのです。ごらんなさい。向うの青いそらのなかを一羽の鵠《こう》がとんで行きます。鳥はうしろにみなそのあとをもつのです。みんなはそれを見ないでしょうが、わたくしはそれを見るのです。おんなじようにわたくしどもはみなそのあとにひとつの世界をつくって来ます。それがあらゆる人々のいちばん高い芸術です」

「けれども、あなたは、高く光のそらにかかります。すべて草や花や鳥は、みなあなたをほめて歌います。わたくしはたれにも知られず巨《おお》きな森のなかで朽ちてしまうのです」

「それはあなたも同じです。すべて私に来て、私をかがやかすものは、あなたをもきらめかします。私に与えられたすべてのほめことばは、そのままあなたに贈られます」

「私を教えて下さい。私を連れて行ってつかって下さい。私はどんなことでもいたします」

「いいえ私はどこへも行きません。いつでもあなたが考えるそこにおります。すべてまことのひかりのなかに、いっしょにすんでいっしょにすすむ人々は、いつでもいっしょにいるのです。けれども、わたくしは、もう帰らなければなりません。お日様があまり遠くなりました。もずが飛び立ちます。では。ごきげんよう」

　停車場の方で、鋭い笛がピーと鳴り、もずはみな、一ぺんに飛び立って、気違いになったばらばらの楽譜のように、やかましく鳴きながら、東の方へ飛んで行く。

「先生。私をつれて行って下さい。どうか私を教えてください」

　うつくしくけだかいマリヴロンはかすかにわらったようにも見えた。また当惑してかしらをふったようにも見えた。

　そしてあたりはくらくなり空だけ銀の光を増せば、あんまり、もずがやかましいので、しまいのひばりも仕方なく、もいちど空へのぼって行って、少うしばかり調子はずれの歌をうたった。

二人の役人

その頃《ころ》の風穂《かざほ》の野はらは、ほんとうに立派でした。青い萱《かや》や光る茨《いばら》やけむりのような穂を出す草で一ぱい、それにあちこちには栗《くり》の木やはんの木の小さな林もありました。

野原は今は練兵場や粟《あわ》の畑や苗圃《なえばたけ》＊などになってそれでも騎兵の馬が光ったり、白いシャツの人が働いたり、汽車で通ってもなかなか奇麗ですけれども、前はまだまだ立派でした。

九月になると私どもは毎日野原に出掛けました。殊に私は藤原慶次郎といっしょに出て行きました。町の方の子供らが出て来るのは日曜日に限っていましたから私どもはどんな日でも初蕈《はったけ》や栗をたくさんとりました。ずいぶん遠くまでも行ったのでしたが日曜には一層遠くまで出掛けました。

ところが、九月の末のある日曜でしたが、朝早く私が慶次郎をさそっていつものように野原の入口にかかりましたら、一本の白い立札がみちばたの栗の木の前に出ていました。私どもはもう尋常五年生でしたからすらすら読みました。

「本日は東北長官＊一行の出遊《しゅつゆう》につきこれより中には入るべからず。東北庁」

私はがっかりしてしまいました。慶次郎も顔を赤くして何べんも読み直していました。

「困ったねえ、えらい人が来るんだよ。叱《しか》られるといけないからもう帰ろうか」私が言いましたら慶次郎は少し怒って答えました。

「かまうもんか、入ろう、入ろう。ここは天子さんのとこでそんな警部や何かのとこじゃないんだい。ずうっと奥へ行こうよ」

私もにわかに面白くなりました。

「おい、東北長官というものを見たいな。どんな顔だろう」

「鬚《ひげ》もめがねもあるのさ。先頃《せんころ》来た大臣だってそうだ」

「どこかにかくれて見てようか」

「見てよう。寺林のとこはどうだい」

寺林というのは今は練兵場の北のはじになっていますが野原の中でいちばん奇麗な所でした。はんのきの林がぐるっと輪になっていて中にはみじかいやわらかな草がいちめん生えてまるで一つの公園地のようでした。

私どもはそのはんのきの中にかくれていようと思ったのです。

「そうしよう。早く行かないと見つかるぜ」

「さあ走ってこう」

私どもはそこでまるで一目散にその野原の一本みちを走りました。あんまり苦しくて息がつけなくなるととまって空を向いてあるき又うしろを見てはかけ出し、走って走ってとうとう寺林についたのです。そこでみちからはなれてはんのきの中にかくれました。けれども虫がしんしん鳴き時々鳥が百匹《ぴき》も一かたまりになってざあと通るばかり、いっこう人も来ないようでしたからだんだん私たちは恐《こわ》くなくなってはんのきの下の萱《かや》をがさがさわけて初茸《はったけ》をさがしはじめました。いつものようにたくさん見附かりましたから私はいつか長官のことも忘れてしきりにとっておりました。

するとと俄《にわ》かに慶次郎が私のところにやって来てしがみつきました。まるで私の耳のそばでそっと言ったのです。

「来たよ、来たよ。とうとう来たよ。そらね」

私は萱の間からすかすようにして私どもの来た方を見ました。向うから二人の役人が大急ぎで路《みち》をやって来るのです。それも何だかみちから外《そ》れて私どもの林へやって来るらしいのです。さあ、私どもはもう息もつまるように思いました。ずんずん近づいて来たのです。

「この林だろう。たしかにこれだな」

一人の顔の赤い体格のいい紺《こん》の詰えりを着た方の役人が言いました。

「うん、そうだ。間違いないよ」も一人の黒い服の役人が答えました。さあ、もう私たちはきっと殺されるにちがいないと思いました。まさかこんな林には気も付かずに通り過ぎるだろうと思っていたら二人の役人がどこかで番をして見ていたのです、万一殺されないにしてももう縛られると私どもは覚悟しました。慶次郎の顔を見ましたらやっぱりまっ青で唇《くちびる》まで乾いて白くなっていました。私は役人に縛られたときとった蕈《きのこ》を持たせられて町を歩きたくないと考えました。そこでそっと慶次郎に言いました。

「縛られるよ。きっと縛られる。きのこをすてよう。きのこをさ」

慶次郎はなんにも言わないでだまってきのこをはきごのまま棄《す》てました。*私も籠《かご》のひもからそっと手をはなしました。ところが二人の役人はべつに私どもをつかまえに来たのでもないようでした。

うろうろ木の高いところを見ていましたしそれに林の前でぴたっと立ちどまったらしいのでした。そしてしばらく何かしていました。私は萱の葉の混んだ所から無理にのぞいて見ましたら二人ともメリケン粉の袋のようなものを小わきにかかえてその口の結び目を立ったまま解いているのでした。

「この辺でよかろうな」一人が言いました。

「うん、いいだろう」も一人が答えたと思うとバラッバラッと音がしました。たしかに何か撒《ま》いたのです。私は何を撒いたか見たくて命もいらないように思いました。こわいことはやっぱりこわかったのですけれども。

役人どもはだんだん向うの方へはんの木の間を歩きながらずいぶんしばらく撒いていました。が俄かに一人が言いました。

「おい、失敗だよ。失敗だ。ひどくしくじった。君の袋にはまだ沢山あるか」

「どうして？　林がちがったかい」も一人が愕《おどろ》いてたずねました。

「だって君、これは何という木かしらんが栗《くり》の木じゃないぜ、途方もないとこに栗の実が落ちてちゃ、ばれるよ」

　も一人が落ちついた声で答えました。

「ふん、そんなことは心配ないよ、はじめから僕は気がついてるんだ。そんなことまで何のかんの言うもんか。どっちから来たろうって言ったら風で飛ばされて参りましたでしょうて言やいいや」

「そんなわけにも行くまいぜ。困ったな、どこか栗の木の下へまこう。あ、うまい、こいつはうまい。栗の木だ。こいつから落ちたということにすりゃいいな。ああ助かった。おい、ここへ沢山まいておこう」

「もちろんだよ」

　それからばらばらっと栗の実が栗の木の幹にぶっつかったりはね落ちたりする音がしばらくしました。私どもは思わず顔を見合せました。もう大丈夫役人どもは私たちを殺しに来たのでもなく、私どもの居ることさえも知らないことがわかったのです。まるで世界が明るくなったように思いました。

　遁《に》げるならいまのうちだと私たちは二人一緒に思ったのです。その証拠には私たちはちょっと眼を見合せましたらもう立ちあがっていました。それからそおっと萱《かや》をわけて林のうしろの方へ出ようとしました。すると早くも役人の一人が叫んだのです。

「誰《たれ》か居るぞ。入るなって言ったのに」

「誰だ」も一人が叫びました。私たちはすっかり失策《しくじ》ってしまったのです。ほんとうにばかなことをしたと私どもは思いました。

役人はもうがさがさと向うの萱の中から出て来ました。そのとき林の中は黄金《きん》いろの日光で点々になっていました。

「おい、誰だ、お前たちはどこから入って来た」紺服の方の人が私どもに言いました。

私どもははじめまるで死んだようになっていましたがだんだん近くなって見ますとその役人の顔はまっ赤でまるで湯気が出るばかり殊に鼻からはぷつぷつ油汗が出ていましたので何だか急にこわくなくなりました。

「あっちからです」私はみちの方を指しました。するとその役人はまじめなふうで言いました。

「ああ、あっちにもみちがあるのか。そっちへも制札《せいさつ》をしておかなかったのは失敗だった。ねえ、君」と言いながらあとからしなびたメリケン粉の袋をかついで来た黒服に言いました。

「うん、やっぱり子供らは入ってるねえ、しかし構わんさ。この林からさえ追い出しとけぁいいんだ。おい。お前たちね、今日はここへ非常なえらいお方が入らっしゃるんだからここに居てはいけないよ。野原に居たかったら居てもいいからずうっと向うの方へ行ってしまってここから見えないようにするんだぞ。声をたててもいけないぞ」

私たちは顔を見合せました。そしてだまって籠《かご》を提げて向うへ行こうとしました。

慶次郎がぽいっとおじぎをしましたから私もしました。紺服の役人はメリケン粉のからふくろを手に団子のように捲《ま》きつけていましたが少し屈《かが》むようにしました。

私たちは行こうとしました。すると黒服の役人がうしろからいきなり言いました。

「おいおい。おまえたちはここでその蕈《きのこ》をとったのか」

又かと私はぎくっとしました。けれどもこの時もどうしても「いいえ」と言えませんでした。慶次郎がかすれたような声で「はあ」と答えたのです。すると役人は二人とも近くへ来て籠《かご》の中をのぞきました。

「まだあるだろうな。どこかここらで、沢山ある所をさがしてくれないか。ごほうびをあげるから」

私たちはすっかり面白くなりました。

「まだ沢山ありますよ。さがしてあげましょう」私が言いましたら紺服の役人があわてて手をふって叫びました。

「いやいや、とってしまっちゃいけない、ただある場所をさがして教えてさえくれればいいんだ。さがしてごらん」

私と慶次郎とはまるで電気にかかったように萱《かや》をわけてあるきました。そして私はすぐ初蕈《はったけ》の三つならんでる所を見附けました。

「ありました」叫んだのです。

「そうか」役人たちは来てのぞきました。

「何だ、ただ三つじゃないか。長官は六人もご家族をつれていらっしゃるんだ。三つじゃ仕方ない、お一人十ずつとしても六十無くちゃだめだ」

「六十ぐらい大丈夫あります」慶次郎が向うで袖《そで》で汗を拭《ふ》きながら言いました。

「いや、あちこちちらばったんじゃさがし出せない。二とこぐらいに集まってなくちゃ」

「初蕈はそんなに集まってないんです」私も勢いがついて言いました。

「ふうん、そんならかまわないからおまえたちのとった蕈をそこらへ立てておこうかな」

「それでいいさ」黒服の方が薄いひげをひねりながら答えました。

「おい、お前たちの籠《かご》の蕈をみんなよこせ。あとでごほうびはやるからな」紺服は笑って言いました。私たちはだまって籠を出したのです。二人はしゃがんで籠を倒《さかさま》にして数を数えてから小さいのはみんな又籠に戻しました。

「ちょうどいいよ、七十ある。こいつをここらへ立ててこう」

紺服の人はきのこを草の間に立てようとしましたがすぐ傾いてしまいました。

「ああ。萱で串《くし》にしておけばいいよ。そら、こんな工合《ぐあい》に」黒服は言いながら萱の穂を一寸ばかりにちぎって地面に刺してその上にきのこの脚をまっすぐに刺して立てました。

「うまい、うまい、ちょうどいい、おい、おまえたち、萱の穂をこれくらいの長さにちぎってくれ」

私たちはとうとう笑いました。役人も笑っていました。間もなく役人たちは私たちのやった萱の穂をすっかりその辺に植えて上にみんな蕈《きのこ》をつき刺しました。実に見事にはなりましたが又おかしかったのです。第一萱が倒れていましたしきのこのちぎれた脚も見えていました。私どもは笑って見ていますと黒服の役人がむずかしい顔をして言いました。

「さあ、お前たちもう行ってくれ、この袋はやるよ」

「うん、そうだ、そら、ごほうびだよ」二人はメリケン粉の袋を私たちに投げました。

そんなもの要《い》らないと私たちは思いましたが役人が又まじめになって恐《こわ》くなりましたからだまって受け取りました。そして林を出ました。林を出るときちょっとふりかえって見ましたら二人がまっすぐに立ってしきりにそのこしらえた蕈の公園をながめているようでしたが間もなく、

「だめだよ、きのこの方はやっぱりだめだ。もし知れたら大へんだ」

「うん、どうもあぶないと僕も思った。こっちは止《よ》そう。とってしまおう。その辺へかくしておいてあとで我われがとったということにしてお嬢さんにでも上げればいいじゃないか。その方が安全だよ」というのがはっきり聞えました。私たちは又顔を見合せました。

そして思わずふき出してしまいました。

それから一目散に遁《に》げました。

けれどももう役人は追って来ませんでした。その日の晩方おそく私たちはひどくまわりみちをしてうちへ帰りましたが東北長官はひるころ野原へ着いて夕方まで家族と一緒に大へん面白く遊んで帰ったということを聞きました。その次の年私どもは町の中学校に入りましたがあの二人の役人にも時々あいました。二人はステッキをふったり包みをかかえたり又競馬などで酔って顔を赤くして叫んだりしていました。私たちはちゃんとおぼえてい

たのです。けれども向うではいつも、どうも見たことのある子供だが思い出せないという
ような顔をするのでした。

谷

楢渡《ならわたり》のとこの崖《がけ》はまっ赤でした。

それにひどく深くて急でしたからのぞいて見ると全くくるくるするのでした。

谷底には水もなんにもなくてただ青い梢《こずえ》と白樺《しらかば》などの幹が短く見えるだけでした。

向う側もやっぱりこっち側と同じようでその毒々しく赤い崖には横に五本の灰いろの太い線が入っていました。ぎざぎざになって赤い土から喰《は》み出していたのです。それは昔山の方から流れて走って来て又火山灰に埋《うず》もれた五層の古い熔岩流《ようがんりゅう》だったのです。

崖のこっち側と向う側と昔は続いていたのでしょうがいつかの時代に裂けるか罅《わ》れるかしたのでしょう。霧のあるときは谷の底はまっ白でなんにも見えませんでした。

私がはじめてそこへ行ったのはたしか尋常三年生か四年生のころです。ずうっと下の方の野原でたった一人野葡萄《のぶどう》を喰べていましたら馬番の理助が鬱金《うこん》の切れを首に巻いて木炭《すみ》の空俵をしょって大股《おおまた》に通りかかったのでした。そして私を見てずいぶんな高声で言ったのです。

「おいおい、どこからこぼれてここらへ落ちた？　さらわれるぞ。蕈《きのこ》のうんと出来る処へ連れてってやろうか。お前なんかには持てないくらい蕈のある処へ連れてってやろうか」

私は「うん」と言いました。すると理助は歩きながら又言いました。

「そんならついて来い。葡萄などもう棄《す》てちまえ。すっかり唇《くちびる》も歯も紫になってる。早くついて来い、来い。後《おく》れたら棄てて行くぞ」

私はすぐ手にもった野葡萄の房を棄てていっしんに理助について行きました。ところが理助は連れてってやろうかと言っても一向私などは構わなかったのです。自分だけ勝手にあるいて途方もない声で空に嚙ぶりつくように歌って行きました。私はもうほんとうに一生けんめいついて行ったのです。

私どもは柏《かしわ》の林の中に入りました。

影がちらちらちらちらして葉はうつくしく光りました。曲った黒い幹の間を私どもはだんだん潜《くぐ》って行きました。林の中に入ったら理助もあんまり急がないようになりました。又じっさい急げないようでした。傾斜もよほど出てきたのでした。

十五分も柏の中を潜ったとき理助は少し横の方へまがってからだをかがめてそこらをしらべていましたが間もなく立ちどまりました。そしてまるで低い声で、

「さあ来たぞ。すきなくらいとれ。左の方へは行くなよ。崖だから」

そこは柏や楢の林の中の小さな空地でした。私はまるでぞくぞくしました。はぎぼだし*がそこにもここにも盛りになって生えているのです。理助は炭俵をおろしてもっともらしく口をふくらせてふうと息をついてから又言いました。

「いいか。はぎぼだしには茶いろのと白いのとあるけれど白いのは硬くて筋が多くてだめだよ。茶いろのをとれ」

「もうとってもいいか」私はききました。

「うん。何へ入れてく。そうだ。羽織へ包んで行け」

「うん」私は羽織をぬいで草に敷きました。

理助はもう片っぱしからとって炭俵の中へ入れました。私もとりました。ところが理助のとるのはみんな白いのです、白いのばかりえらんでどしどし炭俵の中へ投げ込んでいるのです。私はそこでしばらく呆《あき》れて見ていました。

「何をぼんやりしてるんだ。早くとれとれ」理助が言いました。

「うん、けれどお前はなぜ白いのばかりとるの」私がききました。

「おれのは漬物《つけもの》だよ。お前のうちじゃ蕈《きのこ》の漬物なんか喰べないだろうから茶いろのを持って行った方がいいやな。煮て食うんだろうから」

私はなるほどと思いましたので少し理助を気の毒なような気もしながら茶いろのをたくさんとりました。羽織に包まれないようになってもまだとりました。

日がてって秋でもなかなか暑いのでした。

間もなく蕈も大ていなくなり理助は炭俵一ぱいに詰めたのをゆるく両手で押すようにしてそれから羊歯《しだ》の葉を五、六枚のせて縄《なわ》で上をからげました。

「さあ戻るぞ。谷を見て来るかな」理助は汗をふきながら右の方へ行きました。私もついて行きました。しばらくすると理助はぴたっととまりました。それから私をふり向いて私の腕を押えてしまいました。

「さあ、見ろ、どうだ」

私は向うを見ました。あのまっ赤な火のような崖《がけ》だったのです。私はまるで頭がしいんとなるように思いました。そんなにその崖が恐ろしく見えたのです。

「下の方ものぞかしてやろうか」理助は言いながらそろそろと私を崖のはじにつき出しました。私はちらっと下を見ましたがもうくるくるしてしまいました。

「どうだ。こわいだろう。ひとりで来ちゃきっとここへ落ちるから来年でもいつでもひとりで来ちゃいけないぞ。ひとりで来たら承知しないぞ。第一みちがわかるまい」

理助は私の腕をはなして大へん意地の悪い顔つきになってこう言いました。

「うん、わからない」私はぼんやり答えました。

すると理助は笑って戻りました。

それから青ぞらを向いて高く歌をどなりました。

さっきの蕈を置いた処へ来ると理助はどっかり足を投げ出して座って炭俵をしょいました。それから胸で両方から縄を結んで言いました。

「おい、起してくれ」

私はもうふところへ一杯にきのこをつめ羽織を風呂敷包みのようにして持って待っていましたがこう言われたので仕方なく包みを置いてうしろから理助の俵を押してやりました。理助は起きあがって嬉《うれ》しそうに笑って野原の方へ下りはじめました。私も包みを持ってうれしくて何べんも「ホウ」と叫びました。

そして私たちは野原でわかれて私は大威張りで家に帰ったのです。すると兄さんが豆を叩《たた》いていましたが笑って言いました。

「どうしてこんな古いきのこばかり取って来たんだ」

「理助がだって茶いろのがいいって言ったもの」

「理助かい。あいつはずるさ。もうはぎぼだしも過ぎるな。おれもあしたでかけるかな」

私は又ついて行きたいと思ったのでしたが次の日は月曜ですから仕方なかったのです。

そしてその年は冬になりました。

次の春理助は北海道の牧場へ行ってしまいました。そして見るとあすこのきのこはほかに誰《たれ》かに理助が教えて行ったかもしれませんがまあ私のものだったのです。私はそれを兄にもはなしませんでした。今年こそ白いのをうんととって来て手柄を立ててやろうと思ったのです。

そのうち九月になりました。私ははじめたった一人で行こうと思ったのでしたがどうも野原から大分奥でこわかったのですし第一どの辺だったかあまりはっきりしませんでしたから誰か友だちを誘おうときめました。

そこで土曜日に私は藤原慶次郎にその話をしました。そして誰にもその場所をはなさないなら一緒に行こうと相談しました。すると慶次郎はまるでよろこんで言いました。

「楢渡《ならわたり》なら方向はちゃんとわかっているよ。あすこでしばらく木炭《すみ》を焼いていたのだから方角はちゃんとわかっている。行こう」

私はもう占めたと思いました。

次の朝早く私どもは今度は大きな籠《かご》を持ってでかけたのです。実際それを一ぱいとることを考えると胸がどかどかするのでした。

ところがその日は朝も東がまっ赤でどうも雨になりそうでしたが私たちが柏《かしわ》の林に入ったころはずいぶん雲がひくくてそれにぎらぎら光って柏の葉も暗く見え風もカサカサ言って大へん気味が悪くなりました。

それでも私たちはずんずん登って行きました。慶次郎は時々向うをすかすように見て、「大丈夫だよ。もうすぐだよ」と言うのでした。実際山を歩くことなどは私よりも慶次郎の方がずうっとなれていて上手でした。

ところがうまいことにいきなり私どもはぎぼだしに出《で》っ会《く》わしました。そこはたしかに去年の処ではなかったのです。ですから私は、

「おい、ここは新しいところだよ。もう僕らはきのこ山を二つ持ったよ」と言ったのです。するとと慶次郎も顔を赤くしてよろこんで眼《め》や鼻や一緒になってどうしてもそれが直らないというふうでした。

「さあ、取ってこう」私は言いました。そして白いのばかりえらんで二人ともせっせと集めました。昨年のことなどはすっかり途中で話して来たのです。

間もなく籠《かご》が一ぱいになりました。ちょうどそのときさっきからどうしても降りそうに見えた空から雨つぶがポツリポツリとやって来ました。

「さあぬれるよ」私は言いました。

「どうせずぶぬれだ」慶次郎も言いました。

　雨つぶはだんだん数が増してきてまもなくザアッとやって来ました。楢《なら》の葉はパチパチ鳴り雫《しずく》の音もポタッポタッと聞えて来たのです。私と慶次郎とはだまって立ってぬれました。それでもうれしかったのです。

　ところが雨はまもなくぱたっとやみました。五、六つぶを名残りに落してすばやく引きあげて行ったというふうでした、そして陽《ひ》がさっと落ちて来ました。見上げますと白い雲のきれ間から大きな光る太陽が走って出ていたのです。私どもは思わず歓呼の声をあげました。楢や柏《かしわ》の葉もきらきら光ったのです。

「おい、ここはどの辺だか見ておかないと今度来るときわからないよ」慶次郎が言いました。

「うん。それから去年のもさがしておかないと。兄さんにでも来てもらおうか。あしたは来れないし」

「あした学校を下ってからでもいいじゃないか」慶次郎は私の兄さんには知らせたくないふうでした。

「帰りに暗くなるよ」

「大丈夫さ。とにかくさがしておこう。崖《がけ》はじきだろうか」

　私たちは籠はそこへ置いたまま崖の方へ歩いて行きました。そしたらまだまだと思っていた崖がもうすぐ眼の前に出ましたので私はぎくっとして手をひろげて慶次郎の来るのをとめました。

「もう崖だよ。あぶない」

慶次郎ははじめて崖を見たらしくいかにもどきっとしたらしくしばらくなんにも言いませんでした。

「おい、やっぱり、すると、あすこは去年のところだよ」私は言いました。

「うん」慶次郎は少しつまらないというようにうなずきました。

「もう帰ろうか」私は言いました。

「帰ろう。あばよ」慶次郎は高く向うのまっ赤な崖に叫びました。

「あばよ」崖からこだまが返って来ました。

私はにわかに面白くなって力一ぱい叫びました。

「ホウ、居たかぁ」

「居たかぁ」崖がこだまを返しました。

「また来るよ」慶次郎が叫びました。

「来るよ」崖が答えました。

「馬鹿《ばか》」私が少し大胆になって悪口をしました。

「馬鹿」崖も悪口を返しました。

「馬鹿野郎」慶次郎が少し低く叫びました。

ところがその返事はただごそごそごそっとつぶやくように聞えました。どうも手がつけられないといったようにも又そんなやつらにいつまでも返事していられないなと自分ら同志で相談したようにも聞えました。

私どもは顔を見合せました。それから俄《にわ》かに恐《こわ》くなって一緒に崖をはなれました。それから籠《かご》を持ってどんどん下りました。二人ともだまってどんどん下りました。雫《しずく》ですっかりぬればらや何かに引っかかれながらなんにも言わずに私どもはどんどんどんどん遁《に》げました。遁げれば遁げるほどいよいよ恐くなったのです。うしろでハッハッハと笑うような声もしたのです。

ですから次の年はとうとう私たちは兄さんにも話して一緒にでかけたのです。

鳥をとるやなぎ

「煙山《けむやま》にエレッキのやなぎの木があるよ」

藤原慶次郎がだしぬけに私に言いました。私たちがみんな教室に入って、机に座り、先生はまだ教員室に寄っている間でした。尋常四年の二学期のはじめ頃だったと思います。

「エレキの楊《やなぎ》の木?」と私が尋ね返そうとしましたとき、慶次郎はあんまり短くて書けなくなった鉛筆を、一番前の源吉に投げつけました。源吉はうしろを向いて、みんなの顔をくらべていましたが、すばやく机に顔を伏せて、両手で頭をかかえてかくれていた慶次郎を見つけると、まるで怒り出して、

「何するんだい。慶次郎。何するんだい」なんて高く叫びました。みんなもこっちを見たので私も大へんきまりが悪かったのです。その時先生が、鞭《むち》や白墨や地図を持って入って来られたもんですから、みんなは俄《にわ》かにしずかになって立ち、源吉ももう一遍こっちをふりむいてから、席のそばに立ちました。慶次郎も顔をまっ赤にしてくつくつ笑いながら立ちました。そして礼がすんで授業がはじまりました。私は授業中もそのやなぎのことを早く慶次郎に尋ねたかったのですけれどもどういうわけかあんまり聞きたかったために言い出しかねていました。それに慶次郎がもう忘れたような顔をしていたのです。

けれどもその時間が終り、礼も済んでみんな並んで廊下へ出る途中、私は慶次郎にたず

ねました。

「さっきの楊の木ね、煙山の楊の木ね、どうしたっていうの」

慶次郎はいつものように、白い歯を出して笑いながら答えました。

「今朝権兵衛《ごんべえ》茶屋のとこで、馬をひいた人がそう言っていたよ。煙山の野原に鳥を吸い込む楊の木があるって。エレキらしいって言ったよ」

「行こうじゃないか。見に行こうじゃないか。どんなだろう。きっと古い木だね」私は冬によくやる木片を焼いて髪毛に擦《こす》るとごみを吸い取ることを考えながら言いました。

「行こう。今日僕うちへ一遍帰ってから、さそいに行くから」

「待ってるから」私たちは約束しました。そしてその通りその日のひるすぎ、私たちはいっしょに出かけたのでした。

権兵衛茶屋のわきから蕎麦《そば》ばたけや松林を通って、煙山の野原に出ましたら、向うには毒ケ森や南晶山が、たいへん暗くそびえ、その上を雲がぎらぎら光って、処々《ところどころ》には竜の形の黒雲もあって、どんどん北の方へ飛び、野原はひっそりとして人も馬も居ず、草には穂が一杯に出ていました。

「どっちへ行こう」

「さきに川原へ行ってみようよ。あすこには古い木がたくさんあるから」

私たちはだんだん河の方へ行きました。

けむりのような草の穂をふんで、一生けん命急いだのです。

向うに毒ヶ森から出て来る小さな川の白い石原が見えてきました。その川は、ふだんは水も大へんに少くて、大抵の処なら着物を脱がなくても渉《わた》れるくらいだったのですが、一ぺん水が出ると、まるで川幅が二十間ぐらいにもなって恐ろしく濁り、ごうごう流れるのでした。ですから川原は割合に広く、まっ白な砂利でできていて、処々にはひめはこぐさやすぎなやねむなどが生えていたのでしたが、少し上流の方には、川に添って大きな楊《やなぎ》の木が、何本も何本もならんで立っていたのです。私たちはその上流の方の青い楊の木立を見ました。

「どの木だろうね」

「さあ、どの木だか知らないよ。まあ行ってみようや。鳥が吸い込まれるっていうんだから、見たらわかるだろう」

私たちはそっちへ歩いて行きました。

そこらの草は、みじかかったのですが粗《あら》くて剛《こわ》くて度々足を切りそうでしたので、私たちは河原に下りて石をわたって行きました。

それから川がまがっているので水に入りました。空が曇っていましたので水は灰いろに見えそれに大へんつめたかったので、私たちはあまのじゃくのような何ともいえない寂しい心持がしました。

だんだん溯《のぼ》って、とうとうさっき青いくしゃくしゃの球《たま》のように見えたいちばんはずれの楊の木の前まで来ましたがやっぱり野原はひっそりして音もなかったのです。

「この木だろうか。さっぱり鳥が居ないからわからないねえ」

私が言いましたら慶次郎も心配そうに向うの方からずうっとならんでいる木を一本ずつ見ていました。

野原には風がなかったのですが空には吹いていたとみえてぎらぎら光る灰いろの雲が、所所鼠《ねずみ》いろの縞《しま》になってどんどん北の方へ流れていました。

「鳥が来なくちゃわからないねえ」慶次郎が又言いました。

「うん、鷹《たか》か何か来るといいねえ。木の上を飛んでいて、きっとよろよろしてしまうと僕はおもうよ」

「きまってらあ、殺生石《せっしょうせき》だってそうだそうだよ」

「きっと鳥はくちばしを引かれるんだね」

「そうさ。くちばしならきっと磁石にかかるよ」

「楊の木に磁石があるのだろうか」

「磁石だ」

風がどうっとやって来ました。するといままで青かった楊の木が、俄《にわ》かにさっと灰いろになり、その葉はみんなブリキでできているように変ってしまいました。そしてちらちらちらちらゆれたのです。

私たちは思わず一緒に叫んだのでした。

「ああ磁石だ。やっぱり磁石だ」

ところがどうしたわけか、鳥は一向来ませんでした。

慶次郎は、いかにもその鷹《たか》やなにかが楊《やなぎ》の木に嘴《くちばし》を引っぱられて、逆《さかさ》になって木の中に吸い込まれるのを見たいらしく、上の方ばかり向いて歩きましたし、私もやはりその通りでしたから、二人はたびたび石につまずいて、倒れそうになったり又いきなりバチャンと川原の中のたまり水にふみ込んだりもしました。

「どうして今日はこう鳥がいないだろう」

慶次郎は、少し恨めしいように空を見まわしました。

「みんなその楊の木に吸われてしまったのだろうか」私はまさかそうでもないとは思いながらこう言いました。

「だって野原中の鳥が、みんな吸いこまれるってそんなことはないだろう」慶次郎がまじめに言いましたので私は笑いました。

その時、こっち岸の河原は尽きてしまって、もっと川を溯るには、どうしてもまた水を渉《わた》らなければならないようになりました。

そして水に足を入れたとき、私たちは思わずばあっと棒立ちになってしまいました。向うの楊の木から、まるでまるで百疋《ぴき》ばかりの百舌《もず》が、一ぺんに飛び立って、一かたまりになって北の方へかけて行くのです。その塊は波のようにゆれて、ぎらぎらする雲の下を行きましたが、俄《にわ》かに向うの五本目の大きな楊の上まで行くと、本当に磁石に吸い込まれたように、一ぺんにその中に落ち込みました。みんなその梢《こずえ》の中に入ってしばらくがあがあ

があがあ鳴いていましたが、まもなくしいんとなってしまいました。

私は実際変な気がしてしまいました。なぜならもずがかたまって飛んで行って、木におりることは、決してめずらしいことではなかったのですが、今日のはあんまり俄かに落ちたし事によると、あの馬を引いた人のはなしの通り木に吸い込まれたのかもしれないというのですから、まったくなんだか本当のような偽《うそ》のような変な気がして仕方なかったのです。

慶次郎もそうなようでした。水の中に立ったまま、しばらく考えていましたが、気がついたように言いました。

「今のは吸い込まれたのだろうか」

「そうかもしれないよ」どうだかと思いながら私は生返事《なまへんじ》をしました。

「吸い込まれたのだねえ、だってあんまり急に落ちた」慶次郎も無理にそうきめたいというふうでした。

「もう死んだのかもしれないよ」私は又どうもそうでもないと思いながら言いました。

「死んだのだねえ、死ぬ前苦しがって泣いた」慶次郎が又こうは言いましたが、やっぱり変な顔をしていました。

「石を投げてみようか。石を投げても遁《に》げなかったら死んだんだ」

「投げよう」慶次郎はもう水の中から円い平たい石を一つ拾っていました。そして力一ぱいさっきの楊《やなぎ》の木に投げつけました。石はその半分も行きませんでしたが、百舌《もず》はにわかにがあっと鳴って、まるで音譜をばらまきにしたように飛びあがりました。

そしてすぐとなりの少し低い楊の木の中にはいりました。すっかりさっきの通りだったのです。

「生きていたねえ、だまってみんな僕たちのこと見てたんだよ」慶次郎はがっかりしたようでした。

「そうだよ。石が届かないうちに、みんな飛んだもねえ」私も答えながらたいへん寂しい気がして向うの河原に向って又水を渉《わた》りはじめました。

私たちは河原にのぼって、砥石《といし》になるような柔らかな白い円い石を見ました。ほんとうはそれはあんまり柔らかで砥石にはならなかったかもしれませんが、とにかく私たちはそういう石をよく砥石と言って外《ほか》の硬い大きな石に水で擦《こす》って四角にしたものです。慶次郎はそれを両手で起して、川へバチャンと投げました。石はすぐ沈んで水の底へ行き、ことにまっ白に少し青白く見えました。私はそれが又何ともいえず悲しいように思ったのです。

その時でした。俄《にわ》かにそらがやかましくなり、見上げましたら一むれの百舌が私たちの頭の上を過ぎていました。百舌はたしかに私たちを恐れたらしく、一段高く飛びあがって、それから楊を二本越えて、向うの三本目の楊を通るとき、又何かに引っぱられたように、いきなりその中に入ってしまいました。

けれどももう、私も慶次郎も、その木の中でもずが死ぬとは思いませんでした。慶次郎は本気に石を投げたのでしたが、百舌は一ぺんにとびあがりました。向うの低い楊の木からも、やかましく鳴いてさっきの鳥がとび立ちました。私はほんとうにさびしくなってもう帰ろうと思いました。

「どこかに、けれど、ほんとうの木はあるよ」

慶次郎は言いました。私もどこかにあるとは思いましたが、この川には決してないと思ったのです。

「外《ほか》へ行ってみよう。野原のうち、どこか外の処《とこ》だよ。外へ行ってみよう」私は言いました。慶次郎もだまってあるき出し、私たちは河原から岸の草はらの方へ出ました。

それから毒ヶ森の麓《ふもと》の黒い松林の方へ向いて、きつねのしっぽのような茶いろの草の穂をふんで歩いて行きました。

そしたら慶次郎が、ちょっとうしろを振り向いて叫びました。

「あ、ごらん、あんなに居たよ」

私もふり向きました。もずが、まるで千疋《びき》ばかりも飛びたって、野原をずうっと向うへかけて行くように見えましたが、今度も又、俄かに一本の楊の木に落ちてしまいました。

けれども私たちはもう何も言いませんでした。鳥を吸い込む楊の木があるとも思えず、又鳥の落ち込みようがあんまりひどいので、そんなことが全くないとも思えず、ほんとうに気持ちが悪くなったのでした。

「もうだめだよ。帰ろう」私は言いました。そして慶次郎もだまってくるっと戻ったのでした。

けれどもいまでもまだ私には、楊の木に鳥を吸い込む力があると思えて仕方ないのです。

十月の末

嘉《か》ッコは、小さなわらじをはいて、赤いげんこを二つ顔の前にそろえて、ふっふっと息をふきかけながら、土間から外へ飛び出しました。外はつめたくて明るくて、そしてしんとしています。

嘉ッコのお母さんは、大きなけらを着て、縄《なわ》を肩にかけて、そのあとから出て来ました。

「母《があ》、昨夜《ゆべな》、土ぁ、凍《し》みだじゃぃ」嘉ッコはしめった黒い地面を、ばたばた踏みながら言いました。

「うん、霜ぁ降ったのさ。今日は畑ぁ、土ぁぐじゃぐじゃずがべもや」*と嘉ッコのお母さんは、半分ひとりごとのように答えました。

嘉ッコのおばあさんが、やっぱりけらを着て、すっかり支度をして、家の中から出て来ました。

そしてちょっと手をかざして、明るい空を見まわしながらつぶやきました。

「爺《じ》んごぁ、今朝も戻て来なぃがべが。家《え》でぁこったに忙《いしょ》がしでば*」

「爺んごぁ、今朝も戻て来なぃがべが」嘉ッコがいきなり叫びました。

おばあさんはわらいました。

「うん。けづな爺《ぢ》んごだもな。酔《よ》たぐれでばがり居で、一向仕事助《す》けるもさないで。今日も町で飲んでらべぁな。うなは爺《ハ》んごに消《に》るやなぃじゃぃ」

「ダゴダア、ダゴダア、ダゴダア」嘉ッコはもう走って垣の出口の柳の木を見ていました。それはツンツン、ツンツンと鳴いて、枝中はねあるく小さなみそさざいで一杯でした。実に柳は、今はその細長い葉をすっかり落して、冷たい風にほんのすこしゆれ、そのてっぺんの青ぞらには、町のお祭りの晩の電気菓子のような白い雲が、静かに翔《か》けているのでした。

「ツツンツツン、チ、チ、ツン、ツン」

みそさざいどもは、とんだりはねたり、柳の木のなかで、じつにおもしろそうにやっています。柳の木のなかというわけは、葉の落ちてカラッとなった柳の木の外側には、すっかりガラスが張ってあるような気がするのです。それですから、嘉ッコはますます大よろこびです。

けれどもとうとう、そのすきとおるガラス函《ばこ》もこわれました。それはお母さんやおばあさんがこっちへ来ましたので、嘉ッコが「ダア」と言いながら、両手をあげたものですから、小さなみそさざいどもは、みんなまるでまん円になって、ぼろんと飛んでしまったのです。

さてみそさざいも飛びましたし、嘉ッコは走って街道に出ました。

電信ばしらが、

「ゴーゴー、ガーガー、キイミイガアアヨオワア、ゴゴー、ゴゴー、ゴゴー」とうなっています。

嘉ッコは街道のまん中に小さな腕を組んで立ちながら、松並木のあっちこっちをよくよく眺《なが》めましたが、松の葉がパサパサ続くばかり、そのほかにはずうっとはずれのはずれの方に、白い牛のようなものが頭だか足だかちょっと出しているだけです。嘉ッコは街道を横ぎって、山の畑の方へ走りました。お母さんたちもあとから来ます。けれども、この路《みち》ならば、お母さんよりおばあさんより、嘉ッコの方がよく知っているのでした。路のまん中にちょっと顔を出している円いあばたの石ころさえも、嘉ッコはちゃんと知っているのでした。厭《あ》きるくらい知っているのでした。

嘉ッコは林にはいりました。松の木や楢《なら》の木が、つんつんと光のそらに立っています。林を通り抜けると、そこが嘉ッコの家の豆畑でした。

豆ばたけは、今はもう、茶色の豆の木でぎっしりです。豆はみな厚い茶色の外套《がいとう》を着て、百列にも二百列にもなって、サッサッと歩いている兵隊のようです。

お日さまはそらのうすぐもにはいり、向うの方のすすきの野原がうすく光っています。黒い鳥がその空の青じろいはてを、ななめにかけて行きました。

お母さんたちがやっと林から出て来ました。それから向うの畑のへりを、もう二人の人が光ってこっちへやって参ります。一人は大きく一人は黒くて小さいのでした。

それはたしかに、隣りの善《ぜん》コと、そのお母さんとにちがいありません。

「ホー、善コォ」嘉ッコは高く叫びました。

「ホー」高く返事が響いて来ます。そして二人はどっちからもかけ寄って、ちょうど畑の堺《さかい》で会いました。善コの家の畑も、茶色外套の豆の木の兵隊で一杯です。

「汝《うな》ぃの家さ、今朝、霜降ったが」と嘉ッコがたずねました。

「霜ぁ、おれぁの家さ降った。うなぃの家さ降ったが」善コが言いました。

「うん、降った」

それから二人は善コのお母さんが持って来た蓆《むしろ》の上に座りました。お母さんたちはうしろで立って談《はな》しています。

二人はむしろに座って、

「わあああああああああ」と言いながら両手で耳を塞《ふさ》いだりあけたりして遊びました。ところが不思議なことは、「わああああぁんあああああ」と言わないでも、両手で耳を塞いだりあけたりしますと、

「カーカーココーコー、ジャー」という水の流れるような音が聞えるのでした。

「じゃ、汝《うな》、あの音ぁ何の音だが覚《おべ》だが」*と嘉ッコが言いました。善コもしばらくやってみていましたが、やっぱりどうしてもそれがわからないらしく困ったように、

「奇体だな」と言いました。

その時ちょうど嘉ッコのお母さんが畦《あぜ》の向うの方から豆を抜きながらだんだんこっちへ

来ましたので、嘉ッコは高く叫びました。

「母《があ》、こうゆにしてガアガアど聞えるものぁ何だべ」

「西根山《にしねやま》の滝の音さ」お母さんは豆の根の土をばたばた落しながら言いました。二人は西根山の方を見ました。けれどもそこから滝の音が聞えて来るとはどうも思われませんでした。


お母さんが向うへ行って今度はおばあさんが来ました。

「ばさん。こうゆにしてガアガアコーコーど鳴るものぁ何だべ」

おばあさんはやれやれと腰をのばして、手の甲で額をちょっとこすりながら、二人の方を見て言いました。

「天《あま》の邪鬼《しゃぐ》の小便《しょんべ》の音さ」

二人は変な顔をしながら黙ってしばらくその音を呼び寄せて聞いていましたが、俄《にわ》かに善コがびっくりするくらい叫びました。

「ほう、天の邪鬼の小便ぁ永ぃな」

そこで嘉ッコが飛びあがって笑っておばあさんの所に走って行って言いました。

「アッハッハ、ばさん。天の邪鬼の小便ぁたまげだ永ぃな」

「永ぃてさ、天の邪鬼ぁいっつも小便、垂れ通しさ」とおばあさんはすまして言いながら又豆を抜きました。嘉ッコは呆《あき》れてぼんやりとむしろに座りました。

お日さまはうすい白雲に入り、黒い鳥が高く高く環《わ》をつくっています。その雲のこっち、豆の畑の向うを、鼠《ねずみ》色の服を着て、鳥打をかぶったせいのむやみに高い男が、なにかたくさん肩にかついで大股《おおまた》に歩いて行きます。

「兵隊さん」善コが叫びながらそっちへかけ出しました。

「兵隊さんだなぃ。鉄砲持ってなぃぞ」嘉ッコも走りながら言いました。

「兵隊さん」善コが又叫びました。

「兵隊さんだなぃ。鉄砲持ってなぃぞ」けれどもその時は二人はもう旅人の三間ばかりこっちまで来ていました。

「兵隊さん」善コは又叫んでからおかしな顔をしてしまいました。見るとその人は赤ひげで西洋人なのです。おまけにその男が口を大きくして叫びました。

「グルルル、グルウ、ユー、リトル、ラスカルズ、ユー、プレイ、トラウント、ビ、オッフ、ナウ、スカッド、アウィイ、テゥ、スクール*」

と雷のような声でどなりました。そこで二人はもうグーとも言わず、まん円になって一目散に逃げました。するとうしろではいかにも面白そうに高く笑う声がします。向うの方ではお母さんたちが心配そうに手をかざしてこっちを見ていましたが、やがてちょっとおじぎをしました。二人は振り返って見ますとその鼠色の旅人も笑いながら帽子をとっておじぎをしておりました。そして又大股に向うに歩いて行ってしまいました。

お日さまが又かっと明るくなり、二人はむしろに座ってひばりもいないのに、

「ひばり焼げこ、ひばりこんぶりこ」なんて出鱈目《でたらめ》なひばりの歌を歌っていました。

そのうちに嘉ッコがふと思い出したように歌をやめて、ちょっと顔をしかめましたが、俄かに言いました。

「じゃ、うなぃの爺《じ》んごぁ、酔ったぐれだが」

「うんにゃ、おれぁの爺んごぁ酔ったぐれだなぃ」善コが答えました。

「そだら、うなぃの爺んごど俺ぁの爺んごど、爺んご取っ換ぇだらいがべじゃぃ。取っ換ぇなぃどが」嘉ッコがこれを言うか言わないにウンと言うくらいひどく耳をひっぱられました。見ると嘉ッコのおじいさんがけらを着て章魚《たこ》のような赤い顔をして嘉ッコを上から見おろしているのでした。

「なにしたど。爺んご取っ換ぇるど。それよりもうなのごと山々のへっぴり伯父《おじ》さ呉《け》でやるべが」

「じさん、許せゆるせ、取っ換ぇなぃはんて、ゆるせ」嘉ッコは泣きそうになってあやまりました。そこでじいさんは笑って自分も豆を抜きはじめました。

＊

火は赤く燃えています。けむりは主におじいさんの方へ行きます。

嘉ッコは、黒猫《くろねこ》をしっぽでつかまえて、ギッと言うくらいに抱いていました。向う側ではもう学校に行っている嘉ッコの兄さんが、鞄《かばん》から読本《とくほん》を出して声を立てて読んでいました。

「松を火にたくいろりのそばで

よるはよもやまはなしがはずむ
母が手ぎわのだいこんなます
これがいなかのとしこしざかな。第十三課……」

「何したど。大根なますだど。としこしざがなだど。あんまりけづな書物だな」とおじいさんがいきなり言いました。そこで嘉ッコのお父さんも笑いました。

「なあにこの書物ぁ倹約教えだのだべも」

ところが嘉ッコの兄さんは、すっかり怒ってしまいました。そしてまるで泣き出しそうになって、読本を鞄にしまって、

「嘉ッコ、猫ぁおれさ寄越せじゃ」と言いました。

「わがなぃんちゃ。厭《や》んたんちゃ」と嘉ッコが言いました。

「寄越せったら、寄越せ。嘉ッコぉ。わあい。寄越せじゃぁ」

「厭《や》んたぁ、厭んたぁ、厭んたったら」

「そだら撲《は》だぐじゃぃ。いいが」嘉ッコの兄さんが向うで立ちあがりました。おじいさんがそれをとめ、嘉ッコがすばやく逃げかかったとき、俄《にわ》かに途方もない、空の青セメントが一ぺんに落ちたというようなガタアッという音がして家はぐらぐらっとゆれ、みんなはぼかっとして呆《あき》れてしまいました。猫は嘉ッコの手から滑り落ちて、ぶるるっとからだをふるわせて、それから一目散にどこかへ走って行ってしまいました。「ガリガリッ、ゴロゴロゴロゴロ」音は続き、それからバァッと表の方が鳴って何か石ころのようなものが一

散に降って来たようすです。

「お雷《らい》さんだ」おじいさんが言いました。

「雹《ひょう》だ」お父さんが言いました。ガアガアッというその雹の音の向うから、

「ホーォ」ととなりの善コの声が聞えます。

「ホーォ」と嘉ッコが答えました。

「ホーォォ」となりで又叫んでいます。

「ホーォォー」嘉ッコが咽喉《のど》一杯笛のようにして叫びました。

俄かに外の音はやみ、淵《ふち》の底のようなしずかになってしまって気味が悪いくらいです。

嘉ッコの兄さんは雹を取ろうと下駄《げた》をはいて表に出ました。嘉ッコも続いて出ました。

空はまるで新しく拭《ふ》いた鏡のようになめらかで、青い七日ごろのお月さまがそのまん中にかかり、地面はぎらぎら光って嘉ッコはちょっと氷砂糖をふりまいたのだとさえ思いました。

南のずうっと向うの方は、白い雲か霧かがかかり、稲光りが月あかりの中をたびたび白く渡ります。二人は雀《すずめ》の卵ぐらいある雹の粒をひろって愕《おど》ろきました。

「ホーォ」善コの声がします。

「ホーォ」嘉ッコと嘉ッコの兄さんとは一所に叫びながら垣根の柳の木の下まで出て行きました。となりの垣根からも小さな黒い影がプイッと出てこっちへやって参ります。善コです。嘉ッコは走りました。

「ほお、雹だじゃぃ、大きじゃぃ。こったに大きじゃぃ」

善コも一杯つかんでいました。

「俺家《おらい》のなもこのくらいあるじゃぃ」

稲ずまが又白く光って通り過ぎました。

「あ、山々のへっぴり伯父」嘉ッコがいきなり西を指さしました。西根の山々のへっぴり伯父は月光に青く光って長々とからだを横たえました。

さるのこしかけ

楢夫《ならお》は夕方、裏の大きな栗《くり》の木の下に行きました。その幹の、ちょうど楢夫の目くらい高い所に、白いきのこが三つできていました。まん中のは大きく、両がわの二つはずっと小さく、そして少し低いのでした。

楢夫は、じっとそれを眺《なが》めて、ひとりごとを言いました。

「ははあ、これがさるのこしかけだ。けれどもこいつへ腰をかけるようなやつなら、ずいぶん小さな猿《さる》だ。そして、まん中にかけるのがきっと小猿の大将で、両わきにかけるのは、ただの兵隊にちがいない。いくら小猿の大将が威張ったって、僕のにぎりこぶしのくらいもないのだ。どんな顔をしているか、一ぺん見てやりたいもんだ」

そしたら、きのこの上に、ひょっこり三疋《びき》の小猿があらわれて腰掛けました。

やっぱり、まん中のは、大将の軍服で、小さいながら勲章も六つばかり提げています。両わきの小猿は、あまり小さいので、肩章がよくわかりませんでした。

小猿の大将は、手帳のようなものを出して、足を重ねてぶらぶらさせながら、楢夫に言いました。

「おまえが楢夫か。ふん。何歳になる」

楢夫はばかばかしくなってしまいました。小さな小さな猿のくせに、軍服などを着て、手帳まで出して、人間をさも捕虜か何かのように扱うのです。楢夫が申しました。

「何だい。小猿。もっと語《ことば》を丁寧《ていねい》にしないと僕は返事なんかしないぞ」

小猿が顔をしかめて、どうも笑ったらしいのです。もう夕方になって、そんな小さな顔はよくわかりませんでした。

けれども小猿は、急いで手帳をしまって、今度は手を膝《ひざ》の上で組み合せながら言いました。

「なかなか強情な子供だ。俺《おれ》はもう六十になるんだぞ。そして陸軍大将だぞ」

楢夫は怒ってしまいました。

「何だい。六十になっても、そんなにちいさいなら、もうさきの見込が無いやい。腰掛けのまま下へ落すぞ」

小猿が又笑ったようでした。どうも、大変、これが気にかかりました。

けれども小猿は急にぶらぶらさせていた足をきちんとそろえておじぎをしました。そしていやに丁寧に言いました。

「楢夫さん。いや、どうか怒らないで下さい。私はいい所へお連れしようと思って、あなたのお年までお尋ねしたのです。どうです。おいでになりませんか。いやになったらすぐお帰りになったらいいでしょう」

家来の二疋の小猿も、一生けん命、眼《め》をパチパチさせて、楢夫を案内するようにまごころを見せましたので、楢夫もちょっと行ってみたくなりました。なあに、いやになったら、すぐ帰るだけだ。

「うん。行ってもいい。しかしお前らはもう少し語《ことば》に気をつけないといかんぞ」

小猿の大将は、むやみに沢山うなずきながら、腰掛けの上に立ちあがりました。

見ると、栗の木の三つのきのこの上に、三つの小さな入口ができていました。それから栗の木の根もとには、楢夫の入れるくらいの、四角な入口があります。小猿の大将は、自分の入口にちょっと顔を入れて、それから振り向いて、楢夫に申しました。

「ただいま、電燈を点《つ》けますからどうかそこからおはいり下さい。入口は少し狭うございますが、中は大へん楽でございます」

小猿は三疋、中にはいってしまい、それと一緒に栗の木の中に、電燈がパッと点きました。

楢夫は、入口から、急いで這《は》い込みました。

栗の木なんて、まるで煙突のようなものでした。十間置きくらいに、小さな電燈がついて、小さな小さなはしご段がまわりの壁にそって、どこまでも上の方に、のぼって行くのでした。

「さあさあ、こちらへおいで下さい」小猿はもうどんどん上へ昇って行きます。楢夫は一ぺんに、段を百ばかりずつ上って行きました。それでも、なかなか、三疋には敵《かな》いません。

楢夫はつかれて、はあはあしながら、言いました。

「ここはもう栗の木のてっぺんだろう」

猿が、一度にきゃっきゃっ笑いました。

「まあいいからついておいでなさい」

上を見ますと、電燈の列が、まっすぐにだんだん上って行って、しまいにはもうあんまり小さく、一つ一つの灯が見わかず、一本の細い赤い線のように見えました。

小猿の大将は、楢夫の少し参った様子を見ていかにも意地の悪い顔をして又申しました。

「さあも少し急ぐのです。ようございますか。私どもに追いついておいでなさい」

楢夫が申しました。

「ここへしるしを付けて行こう。うちへ帰る時、まごつくといけないから」

猿が、一度に、きゃっきゃっ笑いました。生意気にも、ただの兵隊の小猿まで、笑うのです。大将が、やっと笑うのをやめて申しました。

「いや、お帰りになりたい時は、いつでもお送りいたします。決してご心配はありません。それより、まあ、駈《か》ける用意をなさい。ここは最大急行で通らないといけません」

楢夫も仕方なく、駈け足のしたくをしました。

「さあ、行きますぞ。一、二の三」小猿はもう駈け出しました。

楢夫も一生けん命、段をかけ上りました。実に小猿は速いのです。足音ががんがん響き電燈が矢のように次から次と下の方へ行きました。もう楢夫は、息が切れて、苦しくて苦しくてたまりません。それでも、一生けん命、駈けあがりました。もう、走っているかどうかもわからないくらいです。突然眼の前がパッと青白くなりました。そして、楢夫は、眩《まぶ》しいひるまの草原の中に飛び出しました。そして草に足をからまれてばったり倒れました。そこは林に囲まれた小さな明地《あきち》で、小猿は緑の草の上を、列《なら》んでだんだんゆるやかに、三べんばかり廻ってから、楢夫のそばへやって来ました。大将が鼻をちぢめて言いました。

「ああひどかった。あなたもお疲れでしょう。もう大丈夫です。これからはこんな切ないことはありません」

楢夫が息をはずませながら、ようやく起き上って言いました。

「ここはどこだい。そして、今頃《いまごろ》お日さまがあんな空のまん中においでになるなんて、おかしいじゃないか」

大将が申しました。

「いや、ご心配ありません。ここは種山《たねやま》ケ原《はら》です」

楢夫がびっくりしました。

「種山ケ原？　とんでもない処へ来たな。すぐうちへ帰れるかい」

「帰れますとも。今度は下りですから訳ありません」

「そうか」と言いながら楢夫はそこらを見ましたが、もう今やって来たトンネルの出口はなく、却《かえ》って、向うの木のかげや、草のしげみのうしろで、沢山の小猿が、きょろきょろこっちをのぞいているのです。

大将が、小さな剣をキラリと抜いて、号令をかけました。

「集まれっ」

小猿が、バラバラ、その辺から出て来て、草原一杯もちゃもちゃはせ廻り、間もなく四つの長い列をつくりました。大将についていた二疋も、その中にまじりました。大将はからだを曲げるくらい一生けん命に号令をかけました。

「気を付けっ」「右いおい」「なおれっ」「番号」実にみんなうまくやります。

楢夫は愕《おどろ》いてそれを見ました。大将が楢夫の前に来て、まっすぐに立って申しました。

「演習をこれからやります。終りっ」

楢夫はすっかり面白くなって、自分も立ちあがりましたが、どうも余りせいが高過ぎて、調子が変なので、又座って言いました。

「よろしい。演習はじめっ」

小猿の大将がみんなへ言いました。

「これから演習をはじめる。今日は参観者もあるのだから、殊に注意しないといけない。左向けの時、右向けをした者、前へ進めを右足からはじめた者、かけ足の号令で腰に手をあげない者、みんな後で三つずつせ中をつねる。いいか。わかったか。八番」

八番の小猿が言いました。

「判《わか》りました」

「よろしい」大将は言いながら三歩ばかり後ろに退いて、だしぬけに号令をかけました。

「突貫」

楢夫は愕いてしまいました。こんな乱暴な演習は、今まで見たこともありません。それどころではなく、小猿がみんな歯をむいて楢夫に走って来て、みんな小さな綱を出して、すばやくきりきり身体《からだ》中を縛ってしまいました。楢夫は余程撲《なぐ》ってやろうと思いましたが、あんまりみんな小さいので、じっと我慢をしていました。

みんなは縛ってしまうと、互に手をとりあって、きゃっきゃっ笑いました。

大将が、向うで、腹をかかえて笑いながら、剣をかざして、

「胴上げい、用意っ」と言いました。

楢夫は、草の上に倒れながら、横目で見ていますと、小猿は向うで、みんな六疋くらいずつ、高い高い肩車をこしらえて、塔のようになり、それがあっちからもこっちからも集まって、とうとう小猿の林のようなものができてしまいました。

それが、ずんずん、楢夫に進んで来て、沢山の手を出し、楢夫を上に引っ張りあげました。

楢夫は呆《あき》れて、小猿の列の上で、大将を見ていました。

大将は、ますます得意になって、爪立《つまだ》てをして、力一杯延びあがりながら、号令をかけます。

「胴上げぃ、はじめっ」

「よっしょい。よっしょい。よっしょい」

もう、楢夫のからだは、林よりも高いくらいです。

「よっしょい。よっしょい。よっしょい」

風が耳の処でひゅうと鳴り、下では小猿どもが手をうようよしているのが実に小さく見えます。

「よっしょい。よっしょい。よっしょい」

ずうっと向うで、河がきらりと光りました。

「落せっ」「わあ」と下で声がしますので見ると小猿どもがもうちりぢりに四方に別れて林のへりにならんで草原をかこみ、楢夫の地べたに落ちて来るのを見ようとしているのです。

楢夫はもう覚悟をきめて、向うの川を、もう一ぺん見ました。その辺に楢夫の家があるのです。そして楢夫は、もう下に落ちかかりました。

その時、下で、「危いっ。何をする」という大きな声がしました。見ると、茶色のばさばさの髪と巨《おお》きな赤い顔が、こっちを見あげて、手を延ばしているのです。

「ああ山男だ。助かった」と楢夫は思いました。そして、楢夫は、たちまち山男の手で受け留められて、草原におろされました。その草原は楢夫のうちの前の草原でした。栗の木があって、たしかに三つの猿のこしかけがついていました。そして誰《たれ》も居ません。もう夜です。

「楢夫。ごはんです。楢夫」とうちの中でお母さんが叫んでいます。

タネリはたしかにいちにち噛《か》んでいたようだった

ホロタイタネリは、小屋の出口で、でまかせのうたをうたいながら、何か細かくむしったものを、ばたばたばたばたばた、棒で叩《たた》いておりました。

「山のうえから、青い藤蔓《ふじつる》とってきた
　…西風ゴスケに北風カスケ…
崖《がけ》のうえから、赤い藤蔓とってきた
　…西風ゴスケに北風カスケ…
森のなかから、白い藤蔓とってきた
　…西風ゴスケに北風カスケ…
洞《ほら》のなかから、黒い藤蔓とってきた
　…西風ゴスケに北風カスケ…
山のうえから、…」

タネリが叩いているものは、冬中かかって凍らして、こまかく裂いた藤蔓でした。

「山のうえから、青いけむりがふきだした
　…西風ゴスケに北風カスケ…
崖のうえから、赤いけむりがふきだした

…西風ゴスケに北風カスケ…
森のなかから、白いけむりがふきだした
…西風ゴスケに北風カスケ…
洞のなかから、黒いけむりがふきだした
…西風ゴスケに北風カスケ…」

ところがタネリは、もうやめてしまいました。向うの野はらや丘が、あんまり立派で明るくて、それにかげろうが、「さあ行こう、さあ行こう」というように、そこらいちめん、ゆらゆらのぼっているのです。

タネリはとうとう、叩いた蔓を一束もって、口でもにちゃにちゃ噛《か》みながら、そっちの方へ飛びだしました。

「森へは、はいって行くんでないぞ。ながねの下で、白樺《しらかば》の皮、剝《は》いで来よ」うちのなかから、ホロタイタネリのお母《つか》さんが言いました。

タネリは、そのときはもう、子鹿《こじか》のように走りはじめていましたので、返事する間もありませんでした。

枯れた草は、黄いろにあかるくひろがって、どこもかしこも、ごろごろころがってみたいくらい、そのはてでは、青ぞらが、つめたくつるつる光っています。タネリは、まるで、早く行ってその青ぞらをすこし喰べるのだというふうに走りました。

タネリの小屋が、兎《うさぎ》ぐらいに見えるころ、タネリはやっと走るのをやめて、ふざけたように、口を大きくあきながら、頭をがたがたふりました。それから思い出したように、あの藤蔓を、また五、六ぺんにちゃにちゃ噛《か》みました。その足もとに、去年の枯れた萱《かや》の穂が、三本倒れて、白くひかっておりました。タネリは、もがもがつぶやきました。

「こいつらが

ざわざわざわざわ言ったのは、

ちょうど昨日のことだった。

何《なに》して昨日のことだった？

雪を勘定しなければ、

ちょうど昨日のことだった」

ほんとうに、その雪は、まだあちこちのわずかな窪《くぼ》みや、向うの丘の四本《しほん》の柏《かしわ》の木の下で、まだらになって残っています。タネリは、大きく息をつきながら、まばゆい頭のうえを見ました。そこには、小さなすきとおる渦巻きのようなものが、ついついと、のぼったりおりたりしているのでした。タネリは、また口のなかで、きゅうくつそうに言いました。

「雪のかわりに、これから雨が降るもんだから、

そうら、あんなに、雨の卵ができている」

そのなめらかな青ぞらには、まだ何か、ちらちらちらちら、網になったり紋になったり、ゆれてるものがありました。タネリは、柔らかに噛んだ藤蔓を、いきなりぷっと吐いてしまって、こんどは力いっぱい叫びました。

「ほう、太陽《てんとう》の、きものをそらで編んでるぞ
いや、太陽《てんとう》の、きものを編んでいるだけでない。

そんなら西のゴスケ風だか？

いいや、西風ゴスケでない
そんならホースケ、蜂《すがる》だか？

うんにゃ、ホースケ、蜂《すがる》でない
そんなら、トースケ、ひばりだか？

うんにゃ、トースケ、ひばりでない」

タネリは、わからなくなってしまいました。そこで仕方なく、首をまげたまま、また藤蔓を一つまみとって、にちゃにちゃ噛みはじめながら、かれ草をあるいて行きました。向うにはさっきの、四本の柏が立っていてつめたい風が吹きますと、去年の赤い枯れた葉は、一度にざらざら鳴りました。タネリはおもわず、やっと柔らかになりかけた藤蔓を、そこらへふっと吐いてしまって、その西風のゴスケといっしょに、大きな声で言いました。

「おい、柏の木、おいらおまえと遊びに来たよ。遊んでおくれ」

この時、風が行ってしまいましたので、柏の木は、もうこそっとも言わなくなりました。

「まだ睡《ね》てるのか、柏の木、遊びに来たから起きてくれ」

柏の木が四本とも、やっぱりだまっていましたので、タネリは、怒って言いました。

「雪のないとき、ねていると、

西風ゴスケがゆすぶるぞ
ホースケ蜂《すがる》が巣を食うぞ
トースケひばりが糞《くそ》ひるぞ」

それでも柏は四本とも、やっぱり音をたてませんでした。タネリは、こっそり爪立《つまだ》てをして、その一本のそばへ進んで、耳をぴったり茶いろな幹にあてがって、なかのようすをうかがいました。けれども、中はしんとして、まだ芽も葉もうごきはじめるもようがありませんでした。

「来たしるしだけつけてくよ」タネリは、さびしそうにひとりでつぶやきながら、そこらの枯れた草穂《くさぼ》をつかんで、あちこちに四つ、結び目をこしらえて、やっと安心したように、また藤の蔓をすこし口に入れてあるきだしました。

丘のうしろは、小さな湿地になっていました。そこではまっくろな泥が、あたたかに春の湯気を吐き、そのあちこちには青じろい水ばしょう、牛《ベゴ》の舌の花が*、ぼんやりならんで咲いていました。タネリは思わず、また藤蔓を吐いてしまって、勢いよく湿地のへりを低い方へつたわりながら、その牛《ベゴ》の舌の花に、一つずつ舌を出して挨拶《あいさつ》してあるきました。そらはいよいよ青くひかって、そこらはしぃんと鳴るばかり、タネリはとうとう、たまらなくなって、

「おーい、誰《たれ》か居たかあ」と叫びました。すると花の列のうしろから、一ぴきの茶いろの蟇《ひきがえる》が、のそのそ這《は》ってでてきました。タネリは、ぎくっとして立ちどまってしまいまし

た。それは蟇《ひきがえる》の、言いながらかんがえていることが、まるで遠くで風でもつぶやくように、タネリの耳にきこえてきたのです。

（どうだい、おれの頭のうえは。
いつから、こんな、
ぺらぺら赤い火になったろう）

「火なんか燃えてない」タネリは、こわごわ言いました。蟇は、やっぱりのそのそ這いながら、

（そこらはみんな、桃いろをした木耳《きくらげ》だ。
ぜんたい、いつから、
こんなにぺらぺらしだしたのだろう）といっています。タネリは、俄《にわ》かにこわくなって、いちもくさんに遁《に》げ出しました。

しばらく走って、やっと気がついてとまってみると、すぐ目の前に、四本の栗《くり》が立っていて、その一本の梢《こずえ》には、黄金《きん》いろをした、やどり木の立派なまりがついていました。タネリは、やどり木に何か言おうとしましたが、あんまり走って、胸がどかどかふいごのようで、どうしてもものが言えませんでした。早く息をみんな吐いてしまおうと思って、青ぞらへ高く、ほうと叫んでも、まだなおりませんでした。藤蔓を一つまみ嚙んでみても、まだなおりませんでした。そこでこんどはふっと吐き出してみましたら、ようやく叫べるようになりました。

「栗の木　死んだ、何して死んだ、
　子どもにあたまを食われて死んだ」
するとト上の方で、やどりぎが、ちらっと笑ったようでした。タネリは、面白がって節をつけてまた叫びました。
「栗の木食って　栗の木死んで
　かけすが食って　子どもが死んで
　夜鷹《よだか》が食って　かけすが死んで
　鷹は高くへ飛んでった」
やどりぎが、上でべそをかいたようなので、タネリは高く笑いました。けれども、その笑い声が、潰《つぶ》れたように丘へひびいて、それから遠くへ消えたとき、タネリは、しょんぼりしてしまいました。そしてさびしそうに、また藤の蔓を一つまみとって、にちゃにちゃと噛みはじめました。
その時、向うの丘の上を、一疋《ぴき》の大きな白い鳥が、日を遮《さえ》ぎって飛びたちました。はねのうらは桃いろにぎらぎらひかり、まるで鳥の王さまとでもいうふう、タネリの胸は、まるで、酒でいっぱいのようになりました。タネリは、いま噛んだばかりの藤蔓を、勢いよく草に吐いて高く叫びました。
「おまえは鴇《とき》という鳥かい」
鳥は、あたりまえさというように、ゆっくり丘の向うへ飛んで、まもなく見えなくなりました。タネリは、まっしぐらに丘をかけのぼって、見えなくなった鳥を追いかけました。丘の頂上に来て見ますと、鳥は、下の小さな谷間の、枯れた蘆《あし》のなかへ、いま飛び込むところです。タネリは、北風カスケより速く、丘を馳《か》け下りて、その黄いろな蘆むらのまわりを、ぐるぐるまわりながら叫びました。

「おおい、鴇、

おいらはひとりなんだから、

おまえはおいらと遊んでおくれ。

おいらはひとりなんだから」

鳥は、ついておいでというように、蘆のなかから飛びだして、南の青いそらの板に、射られた矢のようにかけあがりました。タネリは、青い影法師といっしょに、ふらふらそれを追いました。かたくりの花は、その足もとで、たびたびゆらゆら燃えましたし、空はぐらぐらゆれました。鳥は俄《にわ》かに羽をすぼめて、石ころみたいに、枯れ草の中に落ちては、またまっすぐに飛びあがります。タネリも、つまずいて倒れてはまた起きあがって追いかけました。鳥ははるかの西に外《そ》れて、青じろく光りながら飛んで行きます。タネリは、一つの丘をかけあがって、ころぶようにまたかけ下りました。そこは、ゆるやかな野原になっていて、向うは、ひどく暗い巨《おお》きな木立でした。鳥は、まっすぐにその森の中に落ち込みました。タネリは、胸を押えて、立ちどまってしまいました。向うの木立が、あんまり暗くて、それに何の木かわからないのです。ひばよりも暗く、榧《かや》よりももっと陰気で、なかには、どんなものがかくれているか知れませんでした。それに、何かきたいな怒鳴《どな》りや叫びが、中から聞えて来るのです。タネリは、いつでも遁《に》げられるように、半分うしろを向いて、片足を出しながら、こわごわそっちへ叫んでみました。

「鴇《とき》、鴇、おいらとあそんでおくれ」

「えい、うるさい、すきなくらいそこらであそんでけ」たしかにさっきの鳥でないちがったものが、そんな工合《ぐあい》にへんじしたのでした。

「鴇、鴇、だから出てきておくれ」

「えい、うるさいったら。ひとりでそこらであそんでけ」

「鴇、鴇、おいらはもう行くよ」

「行くのかい。さよなら、えい、畜生、その骨汁《ほねじる》は、空虚《から》だったのか」

タネリは、ほんとうにさびしくなって、また藤《ふじ》の蔓《つる》を一つまみ、噛みながら、もいちど森を見ましたら、いつの間にか森の前に、顔の大きな犬神みたいなものが、片っ方の手をふところに入れて、山梨《やまなし》のような赤い眼《め》をきょろきょろさせながら、じっと立っているのでした。タネリは、まるで小さくなって、一目さんに遁《に》げだしました。そしていなずまのようにつづけざまに丘を四つ越えました。そこに四本の栗の木が立って、その一本の梢には、立派なやどりぎのまりがついていました。それはさっきのやどりぎでした。いかにもタネリをばかにしたように、上できらきらひかっています。タネリは工合のわるいのをごまかして、

「栗の木、起きろ」と言いながら、うちの方へあるきだしました。日はもう、よっぽど西にかたよって、丘には陰影《かげ》もできました。かたくりの花はゆらゆらと燃え、その葉の上には、いろいろな黒いもようが、次から次と、出てきては消え、でてきては消えしていま す。す。タネリは低く読みました。

「太陽《てんとう》は、
　丘の髪毛《かみけ》の向うのほうへ、
　かくれて行ってまたのぼる。
　そしてかくれてまたのぼる」

タネリは、つかれ切って、まっすぐにじぶんのうちへもどって来ました。

「白樺《しらかば》の皮、剝《は》がして来たか」タネリがうちに着いたとき、タネリのお母《つか》さんが、小屋の前で、こならの実を搗《つ》きながら言いました。

「うんにゃ」タネリは、首をちぢめて答えました。

「藤蔓《ふじつる》みんな嚙《か》じって来たか」

「うんにゃ、どこかへ無くしてしまったよ」タネリがぼんやり答えました。

「仕事に藤蔓嚙みに行って、無くしてくるものあるんだか。今年はおいら、おまえのきものは、一つも編んでやらないぞ」お母《つか》さんが少し怒って言いました。

「うん。けれどもおいら、一日嚙んでいたようだったよ」

タネリが、ぼんやりまた言いました。

「そうか。そんだらいい」お母《つか》さんは、タネリの顔付きを見て、安心したように、またこならの実を搗きはじめました。

よく利く薬とえらい薬

清夫は今日も、森の中のあき地にばらの実をとりに行きました。

そして一足冷たい森の中にはいりますと、つぐみがすぐ飛んで来て言いました。

「清夫さん。今日もお薬取りですか。
　お母さんは　どうですか。
　ばらの実は　まだありますか」

清夫は笑って、

「いや、つぐみ、お早う」と言いながらそこを通りました。

その声を聞いて、ふくろうが木の洞《ほら》の中で太い声で言いました。

「清夫どの、今日も薬をお集めか。
　お母は　すこしはいいか。
　ばらの実は　まだ無くならないか。
　　ゴギノゴギオホン、
　　　今日も薬をお集めか。
　お母は　すこしはいいか。
　ばらの実は　まだ無くならないか」

清夫は笑って、

「いや、ふくろう、お早う」と言いながらそこを通りすぎました。

森の中の小さな水溜《みずたま》りの葦《あし》の中で、さっきから一生けん命歌っていたよし切りが、あわてて早口に言いました。

「清夫さん清夫さん、

お薬、お薬お薬、取りですかい？

清夫さん清夫さん、

お母さん、お母さん、お母さんはどうですかい？

清夫さん清夫さん、

ばらの実ばらの実、ばらの実はまだありますかい？」

清夫は笑って、

「いや、よしきり、お早う」と言いながらそこを通り過ぎました。

そしてもう森の中の明地《あきち》に来ました。

そこは小さな円い緑の草原で、真っ黒なかやの木や唐檜《とうひ》に囲まれ、その木の脚もとには野ばらが一杯に茂って、ちょうど草原にへりを取ったようになっています。

清夫はお日さままで紫色に焦げたばらの実をポツンポツンと取りはじめました。空では雲が旗のように光って流れたり、白い孔雀《くじゃく》の尾のような模様を作ってかがやいたりしていました。

清夫はお母さんのことばかり考えながら、汗をポタポタ落して、一生けん命実をあつめましたが、どういうわけかその日はいつまでたっても籠《かご》の底がかくれませんでした。そのうちにもうお日さまは、空のまん中までおいでになって、林はツーンツーンと鳴りだしました。

（木の水を吸いあげる音だ）と清夫はおもいました。

それでもまだ籠の底はかくれませんでした。

かけすが、

「清夫さんもうおひるです。弁当おあがりなさい。落しますよ。そら」と言いながら青いどんぐりを一粒ぽたっと落して行きました。

けれども清夫はそれどころではないのです。早くいつものくらい取って、おうちへ帰らないとならないのです。もう、おひるすぎになって旗雲がみんな切れ切れに東へ飛んで行きました。

まだ籠の底はかくれません。

よしきりが林の向うの沼に行こうとして清夫の頭の上を飛びながら、

「清夫さん清夫さん。まだですか。まだですか。まだまだまだまだまぁだ」と言って通りました。

清夫は汗をポタポタこぼしながら、一生けん命とりました。いつまでたっても籠の底はかくれません。とうとうすっかりつかれてしまって、ぼんやりと立ちながら、一つぶのばらの実を唇《くちびる》にあてました。

するとどうでしょう。唇がピリッとしてからだがブルブルッとふるい、何かきれいな流れが頭から手から足まで、すっかり洗ってしまったよう、何ともいえずすがすがしい気分になりました。空まではっきり青くなり、草の下の小さな苔《こけ》まではっきり見えるように思いました。

それに今まで聞えなかったかすかな音もみんなはっきりわかり、いろいろの木のいろいろな匂《におい》まで、実にいちいち手にとるようです。おどろいて手にもったその一つぶのばらの実を見ましたら、それは雨の雫《しずく》のようにきれいに光ってすきとおっているのでした。

清夫は飛びあがってよろこんで早速それを持って風のようにおうちへ帰りました。そしてお母さんに上げました。お母さんはこわごわそれを水に入れて飲みましたら今までの病気ももうどこへやら急にからだがピンとなってよろこんで起きあがりました。それからもうすっかりたっしゃになってしまいました。

＊

ところがその話はだんだんひろまりました。あっちでもこっちでも、その不思議なばらの実について評判していました。大かたそれは神さまが清夫にお授けになったもんだろうというのでした。

ところが近くの町に大三《だいぞう》というものがありました。この人はからだがまるで象のようにふとって、それににせ金使いでしたから、にせ金ととりかえたほんとうのお金も沢山持っていましたし、それに誰《たれ》もにせ金使いだということを知りませんでしたから、自分だけではまあこれが人間のさいわいというものでおれというものもずいぶんえらいもんだと思っていました。ところがただ一つ、どうもちかごろ頭がぼんやりしていけない息がはあはあいって困るというのでした。お医者たちはこれは少し喰べすぎですよ、も少しごちそうを少なくさえなされば頭のぼんやりしたのもからだのだるいのもみんな直りますとこう言うのでしたが、大三はいつでも、いいやこれは何かからだに不足なものがあるためなんだ、それだから、見ろ、むかしは脚気《かっけ》などでも米の中に毒があるためだから米さえ食わなけぁなおるって言ったもんだが今はどうだ、それはビタミンというものがたべものの中に足りないためだとこう言うんだろう、お前たちは医者ならそんなことくらい知ってそうなもんだというような工合《ぐあい》に却《かえ》って逆にお医者さんをいじめたりするのでした。

そしてしきりに、頭の工合のよくなって息のはあはあ、からだのだるいのが治ってそしてもっと物を沢山おいしくたべるような薬をさがしていましたがなかなか容易に見つかりませんでした。そこへちょうどこの清夫のすきとおるばらの実のはなしを聞いたもんですからたまりません。早速人を百人ほど頼んで、林へさがしにやって参りました。それも折角さがしたやつを、すぐその人に呑《の》まれてしまっては困るというので、暑いのを馬車に乗って、自分で林にやって参りました。それから林の入口で馬車を降りて、一足つめたい森の中にはいりますと、つぐみがすぐ飛んで来て、少し呆《あき》れたように言いました。

「おや、おや、これは全体人だろうか象だろうかとにかくひどく肥《ふと》ったもんだ。一体何しに来たのだろう」

　大三は怒って、

「何だと、今に薬さえさがしたらこの森ぐらい焼っぷくってしまうぞ」と言いました。

　その声を聞いてふくろうが木の洞《ほら》の中で太い声で言いました。

「おや、おや、ついぞ聞いたこともない声だ。ふいごだろうか。人間だろうか。もしもふいごとすれば、ゴギノゴギオホン、銀をふくふいごだぞ。すてきに壁の厚いやつらしいぜ」

　さあ大三は自分の職業のことまで言われたものですから、まっ赤になって頬《ほお》をふくらせてどなりました。

「何だと。人をふいごだと。今に薬さえさがしてしまったらこの林ぐらい焼っぷくってしまうぞ」

　と言いました。

　すると今度は、林の中の小さな水溜《みずたま》りの蘆《あし》の中に居たよしきりが、急いで言いました。

「おやおやおやおや、これは一体大きな皮の袋だろうか、それともやっぱり人間だろうか、愕《おどろ》いたもんだねえ、愕いたもんだねえ。びっくりびっくり。くりくりくりくりくりくり」

　さあ大三はいよいよ怒って、

「何だと畜生。薬さえ取ってしまったらこの林ぐらい、くるくるんに焼っぷくってみせるぞ。畜生」

　それから百人の人たちを連れて大三は森の空地に来ました。

「いいか、さあ。さがせ。しっかりさがせ」大三はまん中に立って言いました。

みんなガサガサガサガサさがしましたが、どうしてもそんなものはありません。

空では雲が白鰻《しろうなぎ》のように光ったり、白豚のように這《は》ったりしています。

大三は早くその薬をのんでからだがピンとなることばかり一生けん命考えながら、汗をポタポタ滴《た》らし息をはあはあついて待っていました。

みんなはガサガサガサガサやりますけれどもどうもなかなか見つかりません。

そのうちにもうお日さまは空のまん中までおいでになって、林はツーンツーンと鳴り出しました。ああなるほど、脚気《かっけ》の木がビタミンをほしいよほしいよと言ってるわいと、大三は思いました。それでもまだすきとおるばらの実はみつかりません。

かけすが、

「やあ象さん、もうおひるです。弁当おあがりなさい。落しますよ。そら」

と言いながら、栗《くり》の木の皮を一切れポタッと落して行きました。

「えい畜生。あとで鉄砲を持って来てぶっ放すぞ」大三ははぎしりしてくやしがりました。

空では白鰻のような雲も、みんな飛んで行き、大三は汗をたらしました。まだ見つかりません。よしきりが林の向うの沼の方に逃げながら、

「ふいごさん。ふいごさん。まだですか。まだですか。まだまだまだまだまぁだ」

と言って通りました。

もう夕方になりました。そこでみんなはもうとてもだめだと思ってさがすのをやめてし

まいました。大三もしばらくは困って立っていましたが、やがてポンと手を叩《たた》いて言いました。

「ようし。おれも大三だ。そのすきとおったばらの実を、おれが拵《こさ》えてみせよう。おい、みんなばらの実を十貫目ばかり取ってくれ」

そこで大三は、その十貫目のばらの実を持って、おうちへ帰って参りました。

それからにせ金《がね》製造場へ自分で降りて行って、ばらの実をるつぼに入れました。それからすきとおらせるために、ガラスのかけらと水銀と塩酸を入れて、ブウブウとふいごにかけ、まっ赤に灼《や》きました。そしたらどうです。るつぼの中にすきとおったものが出来ていました。大三はよろこんでそれを呑《の》みました。するとアプッと言って死んでしまいました。

それがちょうどそのばんの八時半ごろ、るつぼの中にできたすきとおったものは、実は昇《しょう》汞《こう》といういちばんひどい毒薬でした。

革トランク

斉藤平太は、その春、楢岡《ならおか》の町に出て、中学校と農学校、工学校の入学試験を受けました。三つとも駄目《だめ》だと思っていましたら、どうしたわけか、まぐれあたりのように工学校だけ及第しました。一年と二年とはどうやら無事で、算盤《そろばん》の下手な担任教師が斉藤平太の通信簿の点数の勘定を間違ったために首尾よく卒業いたしました。

(こんなことは実にまれです)

卒業するとすぐ家へ戻されました。家は農業でお父さんは村長でしたが平太はお父さんの賛成によって、家の門の処《ところ》に建築図案設計工事請負《うけおい》という看板をかけました。

すぐに二つの仕事が来ました。一つは村の消防小屋と相談所とを兼ねた二階建、も一つは村の分教場です。

(こんなことは実に稀《まれ》です)

斉藤平太は四日かかって両方の設計図を引いてしまいました。

それからあちこちの村の大工たちをたのんでいよいよ仕事にかかりました。

斉藤平太は茶いろの乗馬ズボンを穿《は》き赤ネクタイを首に結んであっちへ行ったりこっちへ来たり忙しく両方を監督しました。

工作小屋のまん中にあの設計図が懸《か》けてあります。

ところがどうもおかしいことはどういうわけか平太が行くとどの大工さんも変な顔をして下ばかり向いて働いてなるべく物を言わないようにしたのです。

大工さんたちはみんな平太を好きでしたし賃銭だってたくさん払っていましたのにどうした訳かおかしな顔をするのです。

(こんなことは実に稀です)

平太が分教場の方へ行って大工さんたちの働きぶりを見ておりますと大工さんたちはくるくる廻ったり立ったり屈《かが》んだりして働くのは大へん愉快そうでしたがどういう訳か横に歩くのがいやそうでした。

(こんなことは実に稀です)

平太が消防小屋の方へ行って大工さんたちの働くのを見ていますと大工さんたちはくるくる廻ったり立ったり屈んだり横に歩いたりするのは大へん愉快そうでしたがどういう訳か上下に交通するのがいやそうでした。

(こんなことは実に稀です)

だんだん工事が進みました。

斉藤平太は人数を巧《うま》く組み合せて両方の終る日がちょうど同じになるようにやっておきましたから両方ちょうど同じ日にそれが終りました。

(こんなことは実に稀です)

終りましたら大工さんたちはいよいよ変な顔をしてため息をついて黙って下ばかり見て

おりました。

斉藤平太は分教場の玄関から教員室へ入ろうとしましたがどうしても行けませんでした。それは廊下がなかったからです。

(こんなことは実に稀です)

斉藤平太はひどくがっかりして今度は急いで消防小屋に行きました。そして下の方をすっかり検分し今度は二階の相談所を見ようとしましたがどうしても二階に昇れませんでした。それは梯子《はしご》がなかったからです。

(こんなことは実に稀です)

そこで斉藤平太はすっかり気分を悪くしてそっと財布を開いて見ました。

そしたら三円入っていましたのですぐその乗馬ズボンのまま渡しを越えて町へ行きました。

それから汽車に乗りました。

そして東京へ遁《に》げました。

東京へ来たらお金が六銭残りました。斉藤平太はその六銭で二度ほど豆腐を食べました。

それから仕事をさがしました。けれども語《ことば》がはっきりしないのでどこの家でも工場でも頭ごなしに追いました。

斉藤平太はすっかり困って口の中もカサカサしながら三日仕事をさがしました。

それでもどこでも断わられとうとう楢岡工学校の卒業生の斉藤平太は卒倒しました。

巡査がそれに水をかけました。するとすっかり元気になりました。

区役所がそれを引きとりました。そこで区役所では撒水夫《さんすいふ》に届いました。それからご飯をやりました。

斉藤平太はうちへ葉書を出しました。

「エレベータとエスカレータの研究の為《ため》急に東京に参り候《そうろう》、御不便ながら研究すむうちあの請負の建物はそのままお使い願い候」

お父さんの村長さんは返事も出させませんでした。

平太は夏は脚気《かっけ》にかかり冬は流行感冒です。そして二年は経《た》ちました。

それでもだんだん東京のことにもなれてきましたのでついには昔の専門の建築の方の仕事に入りました。則《すなわ》ち平沢組の監督です。

大工たちに憎まれて見廻り中に高い処《ところ》から木片を投げつけられたり天井に上っているのを知らないふりして板を打ちつけられたりしましたがそれでもなかなか愉快でした。

ですから斉藤平太はうちへこう葉書を書いたのです。

「近頃立身致し候。紙幣は障子を張る程有之《これあり》諸君も尊敬仕《つかまつり》候。研究も今一足故暫時《ざんじ》不便を御辛抱願候」

お父さんの村長さんは返事も何もさせませんでした。

ところが平太のお母さんが少し病気になりました。毎日平太のことばかり言います。

そこで仕方なく村長さんも電報を打ちました。

「ハハビョウキ　スグカエレ」

平太はこの時月給をとったばかりでしたから三十円ほど余っていました。

平太はいろいろ考えた末二十円の大きな大きな革のトランクを買いました。けれどももちろん平太には一張羅《いっちょうら》の着ている麻服があるばかり他に入れるようなものは何もありませんでしたから親方に頼んで板の上に引いた要《い》らない絵図を三十枚ばかり貰《もら》ってぎっしりそれに詰めました。

（こんなことはごく稀です）

斉藤平太は故郷の停車場に着きました。

それからトランクと一緒に俥《くるま》に乗って町を通り国道の松並木まで来ましたが平太の村へ行くみちはそこから岐《わか》れて急にでこぼこになるのを見て俥夫はあとは行けないと断って賃銭をとって帰って行ってしまいました。

斉藤平太はそこで仕方なく自分でその大トランクを担《かつ》いで歩きました。ひのきの垣根の横を行き麻ばたけの間を通り桑《くわ》の畑のへりを通りそして船場までやって来ました。

渡し場は針金の綱を張ってあって滑車の仕掛けで舟が半分以上ひとりで動くようになっていました。

もう夕方でしたが雲が縞《しま》をつくってしずかに東の方へ流れ、白と黒とのぶちになったせきれいが水銀のような水とすれすれに飛びました。そのはりがねの綱は大きく水に垂れ舟はいま六、七人の村人を乗せてやっと向うへ着くところでした。向うの岸には月見草も咲いていました。舟が又こっちへ戻るまで斉藤平太は大トランクを草におろし自分もどっかり腰かけて汗をふきました。白の麻服のせなかも汗でぐちゃぐちゃ、草にはけむりのような穂が出ていました。

　いつの間にか子供らが麻ばたけの中や岸の砂原やあちこちから七、八人集まって来ました。全く平太の大トランクがめずらしかったのです。みんなはだんだん近づきました。

「おお、みんな革だんぞ」

「牛の革だんぞ」

「あそごの曲った処ぁ牛の膝《ひざ》かぶの皮だな」

なるほど平太の大トランクの締金の処には少しまがった膝の形の革きれもついていました。平太は子供らの言うのを聞いて何ともいえず悲しい寂しい気がしてあぶなく泣こうとしました。

　舟がだんだん近よりました。

　船頭が平太のうしろの入り日の雲の白びかりを手でさけるようにしながらじっと平太を見ていましたがだんだん近くになっていよいよその白い洋服を着た紳士が平太だとわかると高く叫びました。

「おお平太さん。待ぢでだあんす」

　平太はあぶなく泣こうとしました。そしてトランクを運んで舟にのりました。舟はたちまち岸をはなれ岸の子供らはまだトランクのことばかり言い船頭もしきりにそのトランクを見ながら船を滑らせました。波がぴたぴた言い針金の綱はしんしんと鳴りました。それから西の雲の向うに日が落ちたらしく波が俄《にわ》かに暗くなりました。向うの岸に二人の人が待っていました。

舟は岸に着きました。

二人の中の一人が飛んで来ました。

「お待ぢ申して居りあんした。お荷物は」

それは平太の家の下男でした。平太はだまって眼をパチパチさせながらトランクを渡しました。下男はまるでひどく気が立ってその大きな革トランクをしょいました。

それから二人はうちの方へ蚊《か》のくんくん鳴く桑畑の中を歩きました。

二人が大きな路《みち》に出て少し行ったとき、村長さんもちょうど役場から帰ったところでうしろの方から来ましたがその大トランクを見てにが笑いをしました。

車

ハーシュは籠《かご》を頭に載っけて午前中町かどに立っていましたがどういうわけか一つも仕事がありませんでした。呆《あき》れて籠をおろして腰をかけ弁当をたべはじめましたら一人の赤《あか》髯《ひげ》の男がせわしそうにやって来ました。

「おい、大急ぎだ。兵営の普請に足りなくなったからテレピン油《ゆ》を工場から買ってきてくれ。そら、あすこにある車をひいてね、四罐だけ、この名刺を持って行くんだ」

「どこへ行くのです」ハーシュは弁当をしまって立ちあがりながら訊《き》きました。

「そいつを今言うよ。いいか。その橋を渡って楊《やなぎ》の並木に出るだろう。十町ばかり行くと白い杭《くい》が右側に立っている。そこから右に入るんだ。すると蕈《きのこ》の形をした松林があるからね、そいつに入って行けばいいんだ。いや、路《みち》がひとりでそこへ行くよ。林の裏側に工場がある。さあ、早く」

ハーシュは大きな名刺を受け取りました。赤髯の男はぐいぐいハーシュの手を引っぱって一台のよぼよぼの車のとこまで連れて行きました。

「さあ、早く。今日中に塗っちまわなけぁいけないんだから」

ハーシュは車を引っぱりました。

間もなくハーシュは楊並木の白い杭の立っている所まで来ました。

「おや、蕈の形の林だなんて。こんな蕈があるもんか。あの男は来たことがないんだな」

ハーシュはそっちの方へ路をまがりながら貰《もら》って来た大きな名刺を見ました。

「土木建築設計工作等請負　ニジニ・ハラウ、ふん、テレピン油の工場だなんて見るのははじめてだぞ」

　ハーシュは車をひいて青い松林のすぐそばまで来ました。すがすがしい松脂《まつやに》のにおいがして鳥もツンツン啼《な》きました。みちはやっと車が通るぐらい、おおばこが二列にみちの中に生え、何べんも日が照ったり蔭《かげ》ったりしてその黄いろのみちの土は明るくなったり暗くなったりしました。ふとハーシュは縮れ毛の可愛らしい子供が水色の水兵服を着て空気銃を持ってばらの藪《やぶ》のこっち側に立ってしげしげとハーシュの車をひいて来るのを見ているのに気が付きました。あんまりこっちを見ているのでハーシュはわらいました。

　すると子供は少し機嫌の悪い顔をしていましたがハーシュがすぐそのそばまで行きましたら俄《にわ》かに子供が叫びました。

「僕、車へのせてっておくれ」

　ハーシュはとまりました。

「この車がたがたしますよ。よござんすか。坊っちゃん」

「がたがたしたって僕ちっともこわくない」こどもが大威張りで言いました。

「そんならお乗りなさい。よおっと。そら。しっかりつかまっておいでなさい。鉄砲は前へ置いて。そら、動きますよ」ハーシュはうしろを見ながら車をそろそろ引っぱりはじめました。子供は思ったよりも車ががたがたするので唇《くちびる》をまげてやっぱり少し怖いようでした。それでも一生けん命つかまっていました。ハーシュはずんずん車を引っぱりました。そのたびみちがだんだんせまくなって車の輪はたびたび道のふちの草の上を通りました。そのたびに車はがたっとゆれました。子供は一生けん命車にしがみついていました。みちはだんだんせまくなってまん中だけが凹《へこ》んできました。ハーシュは車をとめてこどもをふりかえって見ました。

「雀《すずめ》とっておくれ」こどもが言いました。

「今に向うへついたらとってあげますよ。それとも坊ちゃんもう下りますか」ハーシュは松林の向うの水いろに光る空を見ながら言いました。

「下りない」子供がしっかりつかまりながら答えました。ハーシュはまた車を引っぱりました。

ところがそのうちにハーシュはあんまり車ががたがたするように思いましたのでふり返って見ましたら車の輪は両方下の方で集まってくさび形になっていました。

「みちのまん中が凹んでいるためだ。それにどこかこわれたな」ハーシュは思いながらとまってしずかにかじをおろしだまって車をしらべて見ましたら車輪のくさびが一本ぬけていました。

「坊ちゃん、もうおりて下さい。車がこわれたんですよ。あぶないですから」

「いやだよう」

「仕方ないな」ハーシュはつぶやきながらあたりを見まわしました。たしかに構わないでおけば車輪はすっかり抜けてしまうのでした。

「坊ちゃん、では少し待っていて下さいね。いま縄《なわ》をさがしますから」ハーシュはすぐ前の左の方に入って行くちいさな路を見付けて言いました。そしてそのみちは向うの林のかげの一軒の百姓屋へ入るらしいのでした。ハーシュはそのみちを急いで行きました。麦のはぜがずうっとかかってその向うに小さな赤い屋根の家と井戸と柳の木とが明るく日光に照っているのを見ました。

ハーシュはその麦はぜの下に一本の縄が落ちているのを見ました。ハーシュは屈《かが》んで拾おうとしましたら、いきなりうしろから高い女の声がしました。

「何する、持って行くな、ひとのもの」ハーシュはびっくりしてふり返って見ましたら顔の赤いせいの高い百姓のおかみさんでした。ハーシュはどぎまぎして言いました。

「車がこわれましてね。あとで何かお礼をしますからどうかゆずってやって下さい」

「いけない。ひとが一生けん命綯《な》ったものをだまって持って行く。町の者みんなこうだ」

ハーシュはしょげて縄をそこに置いて車の方に戻りました。百姓のおかみさんはあとでまだぶつぶつ言っていました。

「あの縄綯《なわな》うに一時間かかったんだ。仕方ない。怒るのはもっともだ」ハーシュは眼をつぶってそう思いました。

「ああ、くさびどこかに落ちてるな。さがせばいいんだ」

ハーシュは車のとこに戻ってそれから又来た方を戻ってくさびをたずねました。

「早くおいでよ」子供が足を長くして車の上に座りながら言いました。

くさびはすぐおおばこの中に落ちていました。

「あ、あった。何でもない」ハーシュはくさびを車輪にはめようとしました。

「まだはめない方がいいよ。すぐ川があるから」子供が言いました。

ハーシュは笑ながらくさびをはめて油で黒くなった手を草になすりました。

「さあ行きますよ」

車がまた動きました。ところが子供の言ったようにすぐ小さな川があったのです。二本の松木が橋になっていました。

ははあ、この子供がくさびをはめない方がいいと言ったのは車輪が下で寄さってこの橋を通れるというのだな、ハーシュはひとりで考えて笑いました。

水は二寸ぐらいしかありませんでしたからハーシュは車を引いて川をわたりました。砂利ががりがりいい子供はいよいよ一生けん命にしがみ附いていました。

そして松林のはずれに小さなテレピン油の工場が見えてきました。松やにの匂《におい》がしぃんとして青い煙はあがり日光はさんさんと降っていました。その戸口にハーシュは車をとめて叫びました。

「兵営からテレピン油を取りに来ました」

技師長兼職工が笑って顔を出しました。

「済みません。いまお届けしようと思っていましたが手があきませんでね」

「いいえ、私はただ頼まれて来たんです」

「そうですか。すぐあげます。おい、どこへ行ったんだ」

技師長は子供に言いました。

「どうも車が遅くてね」

「それはいかんな」技師長がわらいました。ハーシュもわらいました。ほんとうに面白かった、こんなに遊びながら今仕事になるんなら今日午前中仕事がなくていやな気がしたののうめ合せにはたくさんだとハーシュは思いました。

注　釈

七*天末　天のはて。

二六*あめなる花をほしと言い……　土井晩翠の詩「星と花」に「み空の花を星といひ／わが世の星を花といふ」とある。

二八*有平糖　砂糖に飴《あめ》を加えて煮つめ、冷やして棒状にした菓子。

三三*うっこんこう　ユリ科。花の香りが高い。

三五*エステル　酸とアルコールの化合物。食品の香料用。

三七*擲弾兵《グレナデーア》　手なげ弾をなげる兵。シューマンがハイネの詩につけた「二人の擲弾兵」の歌曲がある。

*牆壁仕立　果樹・植物（庭園など）の仕立て方。垣根、壁のように行なう。ダイアモンドもそのひとつ。

五五*いわや　岩屋。岩をうがって作った住み家。あるいは天然の洞穴《ほらあな》。

八〇*くさりかたびら　鎖《くさり》につづってじゅばんのようにしたかたびら、よろいや衣服の下に着込んで防備する。戦国時代にできた。

九三*あまあがり　雨上り。

九五*雲見　慈雲の「十善法語」にいう。「雲を見て楽しむ者、よく四季七十二候の変を知るという。……隠逸の士の雲を見て詩歌を弄《もてあそ》ぶもある。悉《ことごと》く面白かるべきじゃ」

九六＊ゴム靴がはやる　一九一七（大正六）年、はじめてゴムの浅靴ができ、北海道・東北の寒冷地に大流行し、わら沓《ぐつ》を駆逐する。
九九＊カーイのようだろう、イーのようだろう　創作。意味不明。
一〇九＊ひかげのかつら　ヒカゲノカズラ科。多年草で茎は長く細くのび、葉は四列またはらせん状につける。りん片状のものがふつう。
一一〇＊ごまざい　ガガイモの地方語。種子の中に綿毛がある。
一一三＊かけくら　かけっこ。
一四三＊鵤　まなづる。
一四四＊とんびが染屋　全国的にふくろうの染物屋の民話が分布しているが、岩手にはとんび紺屋《こんや》の話がある。
一五一＊六月二十四日の晩　旧暦のこの夜、月の出を拝むこと。月の出の光が放つとき、弥陀《みだ》三尊の姿があらわれるという。
＊獅子鼻　詩碑のある花巻市桜から南下し、十二丁目（地名）の東、北上川へつきだした場所。
＊疾翔大力　釈迦の前身「大力王」からの造語。わが身を拒まず、すべてを乞うにまかせて与えたといわれる。
＊爾迦夷　創作造語。爾は美しく華やかなこと。迦夷は釈迦の生国迦夷羅から使用。
＊三匝　三度めぐること。
一五三＊梟鵄守護章　創作。法華経譬喩品第三末尾の偈《げ》には、「諸《もろもろ》の悪禽獣」の「飢渇の悩急にして、甚だ怖畏《ふい》すべし」という例に、たびたび鵄梟がひかれている。
＊由旬　古代インドで里程の一単位。

一五七＊小笠原島のこうもり　オガサワラオオコウモリ。天然記念物。
一六〇＊毎月十三日がご命日　日蓮の命日（弘安五年十月十三日入寂）。
一六一＊実相寺　獅子鼻の西北二キロ。かつて寺のあった跡地。大正初期まで山林で、きつねやふくろうもいた。
一八八＊めくらぶどう　野ぶどう。別名ザトウビ。
＊マリヴロン女史　「アンデルセン自伝」にあらわれるパリ生まれの歌姫。アンデルセンはナポリではじめてきいて感激し、やがて「即興詩人」にえがかれる。またナショナル・リーダー第五巻第四章に「マリブランと若い音楽家」の一文があり、両書とも読んだと推定される。
一九三＊苗圃　苗木や苗草を育てるための土地。
＊東北長官　架空。
一九六＊はきご　竹で編んだかご。
二〇四＊はぎぼだし　きのこの一種。
二二一＊ぐじゃぐじゃずがべもや　ぐちゃぐちゃだろうよ。
＊忙《いしょ》がしでば　忙しいのに。
二二四＊音だが覚《おべ》だが　音だかわかったか。
二二六＊「グルル……」　いたずらちびっ子ら、ずる休みしないで学校へ行きな。
二三七＊「松を火にたく……」　小学唱歌「いなかの四季」、明治末期の尋常小学読本巻七所収。
二四三＊牛《ベコ》の舌の花　ミズバショウの地方語。

（堀尾青史）

解説

堀尾青史

角川文庫の宮沢賢治作品集は、『詩集』一冊、童話集三冊が刊行されているが、このたび童話集三冊を追加する。

既刊『注文の多い料理店』は、賢治が生前刊行した唯一の童話集なので、そのままの復元を行って意義あらしめた。『セロ弾きのゴーシュ』は、生前新聞雑誌に発表した十篇に、未発表の表題作と未完の「ペンネンネンネンネン・ネネムの伝記」とメモ「ペンネンノルデはいまはいないよ　太陽にできた黒い棘をとりに行ったよ」を附録とした。『銀河鉄道の夜』は生前未発表作品中から編者の選択した十一篇が収められている。以上三冊は研究家として著名な小倉豊文氏の編集、解説になっている。

賢治の全著作が完全な整理を見たのは、一九七三年七月より刊行され七四年六月完結した『校本宮澤賢治全集』（筑摩書房）で、童話は一一八篇を数えられる。しかしこの中には、のちに書き改められた初期形、一作品中に組みこまれたもの、また未完のものも多く、ほぼ八十篇が一般の鑑賞にたえると見られる。従って既刊分三十一篇をのぞいた五十篇を以て新しい三冊の編集を行うこととし、既刊の意図、要領を継続して次のようにした。

すなわち『蛙のゴム靴』はファンタスティックな愛すべき小品を主に二十六篇を、『ポラーノの広場』では、自らもっとも愉快な時代と回想した農学校教諭時代を中心に八篇を、深く愛した郷土の風物と人びと、加えて爽やかな法悦世界をえがいた十六篇をもって『風の又三郎』とした。これら六冊によって、賢治のイーハトヴ童話は、ほとんどを知ることができるだろう。

＊

賢治の童話は、制作年月日のついた『注文の多い料理店』や、生前発表作以外、いつごろ書かれたか明かではないし、たびたび手入れを行っているのでいっそう決めにくい。ただもっとも初期と思われるのは、「村童スケッチ」とよんだ「十月の末」「タネリはたしかにいちにち噛んでいたようだった」や「藤原慶次郎もの」の「鳥をとるやなぎ」「谷」「二人の役人」など、素直に叙述した作品であろう。「二人の役人」には風刺が見られるが、鋭いものではない。また一般概念としての童話の教育性と比喩性を考慮した「洞熊学校を卒業した三人」は、初稿では「蜘蛛となめくじと狸」と題した説話体で大幅に手を入れられた。おなじくよく用いられる対比の形式によってテーマを浮きだす手法は「まなづるとダァリヤ」「ひのきとひなげし」「よく利く薬とえらい薬」などに見られ、アンデルセンの影響をうけた「いちょうの実」は冷たいはがねのような空の描写がすぐれ、感性の鋭さを伺わせる。こうした手法の推移を見ることも興味があるし、また一方いかにも若々しい風刺の利いたねずみとかえるの話もおもしろい。

ツェねずみは絶えず食べ物に飢え、よそのものの厚意をうけながらしくじっては逆うらみをする餓鬼《がき》である。フウねずみはキョロキョロ落ちつきがなく、しらみやだにや、けしつぶやひえつぶが友だちだ。クンねずみは不平不満、ねたみそねみだらけ。このように徹底的に卑小化してやまない。厚顔で利己的、無知で向上心など一とかけらもないモノに対してけいべつしきっている。賢治が生き物にあたたかいことは、きつねを書いた作品を見ればすぐわかる。「雪渡り」では、うそはつかず、ぬすまず、そねまない愛らしい生徒、「土神ときつね」では恋に悩む貧しい詩人、高等教育を行う「茨海小学校」のきつねなど、悪もの扱いされるだけのきまりきったきつね像ではない。賢治はよほどねずみ嫌いだったらしい。

かえるの話は三篇ともゆかいである。「畑のへり」はかえるの視点から書かれているので新鮮なおどろきがある。「カイロ団長」は労働者と搾取する者、「蛙のゴム靴」は商業資本主義が農村へ進出した一例を示す。

「カイロ団長」の雨蛙の一団は、原始共産制を思わせ、いかにも清々しく働く喜びにみちている。かれらは協力一致して働き、おそらく配当も頭わりでたのしい集団生活を営んでいるのだろう。そこへ突如としてとのさま蛙がウェスキーの店を開けてみんなを酔っぱらわせ、法外な金額をおしつけてまんまと手下にしてしまう。それからの雨蛙たちは苛酷な労働を押しつけられ、生きる望みすら失おうとする。これらのさまは、例えば農村の娘たちをドレイ化した紡績工場のしくみと似ている。資本主義のやり方は多かれ少なかれ同じようなものである。ついでにいえばギャンブルで身ぐるみはぐのも、おなじ穴のむじなである。ただこの場合の解決法が数学応用でユニークとしても、王さまの命令によるところに「猫の事務所」（『セロ弾きのゴーシュ』所収）同様、やや安易な感がしないでもない。王さまに具体的なイメージがなく、多分賢治のことだから慈悲の体現者だろうと想像はするが。「蛙のゴム靴」はまったく面白い。いたずら仲間のかえるたちが雲見をしながら話す「ヘロン（かえる語で人間）の方ではゴム靴がはやるね」というゴム靴は、一九一七年に製造されたゴム浅靴で、ついで長靴も作られた。それまで地下足袋（足袋の底をゴムにしたもの）では、足袋の部分が水にぬれ、また農家では自家製のわらぐつを使用するので農村にはむかなかった。ところがゴム靴の発売は寒冷地の北海道東北地方に歓迎され流行となった。もともと現金収入に乏しい農家は、生産上必須な肥料は別として、一般資本主義商品の購買対象にはならなかったが、ゴム靴だけは特別で、わらぐつを駆逐してゆき、資本主義は販売網を拡大できた。この延長線に現在の機械化もあるわけだ。こうした背景がこの作品を改めて考えさせると共に、賢治の目がかえるに関しては鳥獣戯画のように軽妙でいきいきしており、ねずみとまったくちがうところに興味をおぼえさせる。

＊

賢治のメモに、「高知尾智耀師の奨めにより法華文学の創作」ということばがあり、全体として根幹はそこにあると思えるが、「二十六夜」はとりわけ仏教色の濃い話である。

二十六夜は、陰暦の一月、七月の二十六日夜中に月を拝する行事で、月光に阿弥陀仏、観音菩薩、勢至菩薩の三尊の姿をあらわすといわれ、江戸時代より二十六夜待ちとして行われたことが『角川国語大辞典』に記されている。この話は六月二十四日から二十六日とされ、場所は現在雨ニモマケズ、の碑のある桜（地名）から南下して北上川へつき出た獅子鼻である。農学校の生徒であった照井謹二郎氏の回想によると、ある夜連れられてここへふくろうの鳴き声をききにいったという。

獅子鼻の高い松に集ったふくろうたちに、梟鵄守護章《きょうし》というありがたい経文をふくろうの坊さんがとなえて、講釈する。経文は名文で、内容はいかにふくろうは罪業深きかを説いている。たとえば夜陰に乗じて安眠する小禽を襲って引き裂き喰らい、沼田に温水を恋うたにしなど貝類をつつき喰う。このように生類を殺し喰らいながら一向に罪障深きを悟らず、懺悔の心がない。従って流転、輪廻をくり返し、またふくろうと生まれて殺生をくり返す。

ではどうすればよいのか。ふくろうたちも説教をきいてわが身を嘆くが、その中にひとりの子どももふくろう穂吉がつつましく聴聞しており、この子が人の子につかまって脚を折られ、やがて遊び飽きた子どもから解放されてもどるが、二十六夜のご来迎のとき死んでゆく。このエピソードが坊さんの講釈とからみあって進行し、三日間、序破急の展開をする。

生きることがすでに罪であるという生存罪の観念とこの脱却、解脱が賢治の根本意識であることはいうまでもないが、この作品の場合は穂吉の微笑した死に顔によって表わされている。しかし、これではあまりに哀しくさびしい。賢治もしだいに積極的に生のあり方を書かずにはおれなかったことから、筆者は前駆的作品と見、また浄土教的な印象をうけている。

たとえば生類を喰うことの批判は「ビジテリアン大祭」(『風の又三郎』所収)に詳細に述べられているし、「よだかの星」(『銀河鉄道の夜』所収)には異常なほど烈しい欣求《ごんぐ》の飛翔が見られるし、晩年の傑作「グスコーブドリの伝記」(『セロ弾きのゴーシュ』所収)の徹底した利他の行為に殉じる科学者の行動、あるいは「銀河鉄道の夜」におけるカムパネルラの人命救助の上の死のように、死は人びとのしあわせのための奉仕とひきかえになっている。なおこの経中の疾翔大力は釈迦、爾迦夷《るかい》は十三日が忌日とあるから日蓮をさすと思われる。

本冊の一部の作品についてのべたが、その他の作品もさまざまな問題をもっており、とくに「気のいい火山弾」のベゴ石に象徴される見かけはつまらないデクノボウでも、一点のまことによってすぐれた価値を発揮すると考えるものは、他にも「虔十公園林」(『風の又三郎』所収)、「どんぐりと山猫」(『注文の多い料理店』所収)をはじめ有名な詩「雨ニモマケズ」にのべられている大切なテーマである。また「マリヴロンと少女」は「めくらぶどうと虹」(『銀河鉄道の夜』所収)の改作後期形で、この比較も軌跡を知りたくなる。

主要参考文献

——主として童話を中心に——

一　作品研究

和田利男　宮沢賢治の童話文学（昭二四・四　不言社）

吉田精一　鑑賞宮沢賢治選集（昭二四・五　天明社）

国分一太郎　宮沢賢治研究のために（児童文学者協会編『児童文学入門』昭三二・九　牧書店）

菅　忠道　宮沢賢治の童話文学（『日本の児童文学』増補改訂版　昭四一・五　大月書店）

瀬田貞二　宮沢賢治（石井桃子他著『子どもと文学』新版　昭四二・五　福音館書店）

続橋達雄　宮沢賢治・童話の世界（昭四四・一〇　桜楓社）

西田良子　アンデルセンと宮沢賢治（日本児童文学会編『アンデルセン研究』昭四四・一〇　小峰書店）

大藤幹夫他　どんぐりと山猫（『児童文学―資料と研究―』昭四五・六　関書院新社）

寺田　透　宮沢賢治論、宮沢賢治の童話の世界（『増補　詩的なるもの』昭四六・四　現代思潮社）

蒲生芳郎・菅原千恵子　「銀河鉄道の夜」論―宮沢賢治の青春の問題―（村松定孝他編『日本児童文学研究』昭四九・一〇　三弥井書店）

草下英明　宮沢賢治と星（宮沢賢治研究叢書1　昭五〇・七　学芸書林）

桑原三郎　宮沢賢治の童話（『「赤い鳥」の時代―大正時代の児童文学』昭五〇・一〇　慶応通信）

続橋達雄編『注文の多い料理店』研究Ⅰ・Ⅱ（宮沢賢治研究叢書5・6　昭五〇・一二　学芸書林）
伊東一夫　宮沢賢治における「風」の問題（『日本文学研究資料叢書』児童文学　昭五二・一二　有精堂）
金子民雄　山と森の旅―宮沢賢治・童話の舞台―（昭五三・四　れんが書房新社）
伊藤清治　昔話の思想と賢治の童話（『〈花咲爺〉の源流』昭五三・四　ジャパン・パブリッシャーズ）
板谷英紀　賢治博物誌（昭五四・七　れんが書房新社）
須川　力　星の世界　宮沢賢治とともに（昭五四・八　そしえて）
入沢康夫・天沢退二郎　討論「銀河鉄道の夜」とは何か（新装改訂版　昭五四・一二　青土社）
宮城一男・高村毅一　宮沢賢治と植物の世界（昭五五・四　築地書館）
恩田逸夫　宮沢賢治論3　童話研究他（昭五六・一〇　東京書籍）
佐藤泰平「セロ弾きのゴーシュ」私見（『立教女学院短期大学紀要』昭五七・一）
中西市次　賢治童話「やまなし」を読む―川底の心象風景―（昭五七・一一　高校生文化研究会）
宮沢清六『ポラーノの広場』解説（昭二七・一〇　創元文庫）
宮津　博『宮沢賢治童話劇集』解説（昭二七・一〇　創元文庫）
小倉豊文『宮沢賢治集』解説（昭和文学全集14　昭二八・六　角川書店）
小倉豊文『ポランの広場』解説（昭三三・九　角川文庫）

巽　聖歌　『風の又三郎』（昭三六・七　新潮文庫）『銀河鉄道の夜』解説（同上）
谷川徹三　『銀河鉄道の夜』解説（昭四一・七改版　岩波文庫）『風の又三郎』解説（昭四二・七改版　岩波文庫）
小倉豊文他　『セロ弾きのゴーシュ』解説（昭四四・二改版　角川文庫）
恩田逸夫　『注文の多い料理店』解説（名著複刻全集大正期別冊　昭四四・四　日本近代文学館）
小倉豊文他　『銀河鉄道の夜』解説（昭四四・七改版　角川文庫）
小倉豊文他　『注文の多い料理店』解説（昭四四・八改版　角川文庫）
山本太郎他　『銀河鉄道の夜』解説（昭四五・一一　旺文社文庫）
山室　静　『風の又三郎』解説（名著複刻　日本児童文学館別冊　昭四六・一　ほるぷ出版）
天沢退二郎　『銀河鉄道の夜・風の又三郎・ポラーノの広場ほか三編』解説（昭四六・七　講談社文庫）
堀尾青史　『宮沢賢治童話全集』全五巻解説（昭四六・八―昭四六・一一　中央公論社）
堀尾青史　『新版宮沢賢治童話全集』全一二巻解説（昭五三・五―昭五四・四　岩崎書店）

二　作家研究（一部作品研究を含む）

丹慶英五郎　宮沢賢治（昭三七・一　若樹書房）
谷川徹三　宮沢賢治の世界（昭三八・一二　法政大学出版局）
天沢退二郎　宮沢賢治の彼方へ（昭四三・一　思潮社）

境　忠一　評伝宮沢賢治（昭四三・四　桜楓社）
草野心平　わが賢治（昭四五・九　二玄社）
名須川溢男　宮沢賢治とその時代（『岩手史学研究』昭四五・一〇）
儀府成一　人間宮沢賢治（昭四六・一〇　蒼海出版）
中村　稔　宮沢賢治（昭四七・四　筑摩書房）
川原仁左衛門編　宮沢賢治とその周辺（昭四八・四改定版　同書刊行会）
佐藤勝治　宮沢賢治入門―宗教詩人宮沢賢治とその批判（昭四九・一〇　十字屋書店）
宮城一男　農民の地学者　宮沢賢治（昭五〇・一　築地書館）
斎藤文一　宮沢賢治とその展開―氷窒素の世界―（昭五一・一〇　国文社）
小野隆祥　宮沢賢治の思索と信仰（昭五四・一二　泰流社）
内田朝雄　私の宮沢賢治（昭五六・六　農山漁村文化協会）
恩田逸夫　宮沢賢治論1　人と芸術（昭五六・一〇　東京書籍）
吉見正信　宮沢賢治の道程（昭五七・二　八重岳書房）
保阪庸夫・小沢俊郎　宮沢賢治　友への手紙（昭四三・六　筑摩書房）
小倉豊文　「雨ニモマケズ手帳」新考―増訂宮沢賢治の手帳研究（昭五三・一二　東京創元社）

三　伝記

佐藤隆房　宮沢賢治（昭五〇・四増補改訂　冨山房）
関　登久也　賢治随聞（昭四五・二　角川書店）
森　荘已池　宮沢賢治の肖像（昭四九・一〇　津軽書房）
堀尾　青史　年譜（『校本宮沢賢治全集』第一四巻　昭五二・一〇　筑摩書房）
小原　忠　宮沢賢治（『回想　教壇上の文学者』昭五五・四　蒼丘書林）
白藤慈秀　こぼれ話宮沢賢治（昭五六・二増補改訂版　杜陵印刷内トリョーコム）

四　総合研究単行書・専門誌・月報・特集誌・研究文献目録

草野心平編　宮沢賢治研究Ⅰ・Ⅱ（昭五六・二新装版　筑摩書房　昭三三・八版と昭四四・八版の再刊）
草野心平編　宮沢賢治研究（『新修宮沢賢治全集』別巻　昭五五・一二　筑摩書房）
文芸読本『宮沢賢治』（昭五二・一一　河出書房新社）
現代詩読本12『宮沢賢治』（昭五四・一二　思潮社）
佐藤泰正編　別冊国文学6『宮沢賢治必携』（昭五五・五　学燈社）

佐藤寛編『四次元』一―一〇二号　号外一（昭二四・一〇―昭四三・一一　宮沢賢治研究会　総目次　一〇〇号、二〇〇号所収）
小沢俊郎他編『賢治研究』一―三〇号（昭四四・四―昭五七・八　宮沢賢治研究会）
梅田鉄夫編『宮沢賢治』一―二号（昭五六・一〇―昭五七・六　年刊　洋々社）
『宮沢賢治全集』月報1―11（上製版昭三一・四―昭三二・二　普及版昭三三・七―昭三四・五　筑摩書房）
『宮沢賢治童話全集』付録1―7（昭三九・四　岩崎書店）
『宮沢賢治全集』月報1―12（昭四二・八―昭四三・一二　筑摩書房）
『宮沢賢治童話集』付録1―5（昭四六・八―昭四六・一一　中央公論社）
『校本宮沢賢治全集』月報1―14（昭四八・五―昭五二・一〇　筑摩書房）
『新修宮沢賢治全集』月報1―16（昭五四・五―昭五五・一一　筑摩書房）
特集・宮沢賢治の童話文学（『日本児童文学』一四巻一二号　昭四三・一二　河出書房新社）
特集・宮沢賢治の世界（『国文学　解釈と鑑賞』三八巻一五号　昭四八・一二　至文堂）
宮沢賢治の再検討一―四（『日本児童文学』二〇巻五―七、一〇号　昭四九・五―七、九　すばる書房新光社）
特集・宮沢賢治（『国文学　解釈と教材の研究』二〇巻五号　昭五〇・四　学燈社）

宮沢賢治童話の世界（『日本児童文学』別冊二二巻三号　昭五一・二　すばる書房）
総特集・宮沢賢治（『ユリイカ』九巻一〇号　昭五二・九　青土社）
特集・宮沢賢治　作品の魅力（『児童文芸』'79秋季臨時増刊　昭五四・九　日本児童文芸家協会）
特集・賢治童話の〈解析〉（『国文学　解釈と教材の研究』二七巻三号昭五七・二　学燈社）
小倉豊文編　宮沢賢治研究文献目録（草野心平編『宮沢賢治研究』Ⅰ・Ⅱ　昭五六・二新装版　筑摩書房）
奥田弘編　宮沢賢治研究文献目録（草野心平編『宮沢賢治研究』新修宮沢賢治全集別巻　昭五五・一二　筑摩書房）
岡田純也他編　宮沢賢治童話集目録・研究文献目録（『日本児童文学』一四巻一二号　昭四三・一二　河出書房新社）

〈付記〉近代文学事典、百科事典、文学史、大学紀要、新聞、少年少女向け全集・選集等所収解説、論考は原則として省き、昭和二〇年以降のものを収録した。紙幅の都合で割愛したものが多い。

（昭五八・一一・一五　改稿）

（奥田弘編）

年譜

明治二九年（一八九六）

八月二七日（戸籍上は八月一日）、岩手県稗貫郡里川口村川口町三〇三番地（後に花巻町豊沢町一三五番地、現在、豊沢町四の一一）の父政次郎（明治七・二・二三生）、母イチ（明治一〇・一・一五生）の長男として、同町鍛冶町宮沢善治方（母方実家）に生まれる。家業古着質商。（後、建築材料その他を扱う宮沢商会を開業）。

弟妹に、トシ（明治三一・一一・五生）、シゲ（明治三四・六・一八生）、清六（明治三七・四・一生）、クニ（明治四〇・三・四生）がある。

明治三六年（一九〇三）　七歳

四月、町立花巻川口（後に花城と改称）尋常高等小学校尋常科に入学。小学校四年の時、八月、花巻仏教会主催夏季講習会に父に同行、暁烏敏の「我信念講話」を聞く。三歳ごろ、真宗教典「正信偈」「白骨の御文章」を暗誦したと伝えられているように、仏教信仰の厚い家庭環境に育つ。

明治四二年（一九〇九）　一三歳

三月、同校卒業。四月、県立盛岡中学校（現盛岡第一高等学校）に入学。同校寄宿舎にはいる。この寄宿舎入舎時のことが、後の短歌集「歌稿」に歌われている。

明治四三年（一九一〇）　一四歳

六月、植物採集のため同級生約八〇名と、山県教諭の引率で岩手山に登る。またこの頃、同級生藤原健次郎と南昌山に登る（推定）。九月、青柳教諭の引率で同級生約一〇名と岩手山に登り、網張一泊、小岩井農場を経て帰る。以後しばしばこの山に登る。

明治四四年（一九一一）　一五歳
五月、同級生全員と小岩井農場に遠足。前年末、中学先輩石川啄木歌集『一握の砂』が発刊され、この影響で一月ごろから短歌の創作を始める。

明治四五年・大正元年（一九一二）　一六歳
五月、四年生修学旅行。石巻、松島、塩釜、仙台、平泉、中尊寺等を見学。この時はじめて海を見る。八月、願教寺（同市北山、浄土真宗）で島地大等の法話を聞く。

大正二年（一九一三）　一七歳
三学期、舎監排斥運動に参加、寄宿舎を出され、清養院（盛岡市北山、曹洞宗）に下宿。五月、北海道修学旅行。同月、徳玄寺（同市北山、浄土真宗）に移る。九月、報恩寺（同市北山　曹洞宗）尾崎文英師に参禅、以後しばしば参禅する。また、ロシア文学の読書に親しむ。

大正三年（一九一四）　一八歳
三月、盛岡中学校卒業。四月、肥厚性鼻炎の手術のため、ひきつづきチフスの疑いで岩手病院に入院する。五月末、退院。このころ、「歌稿」に見られる進学、恋愛について悩む。また、九月ごろ、『漢和対照妙法蓮華経』を読み、感動したと伝えられている。

大正四年（一九一五）　一九歳
四月、盛岡高等農林学校（現岩手大学農学部）農学科第二部（大正七年農芸化学科と改称）に入学、寄宿舎自啓寮にはいる。妹トシも、日本女子大学校家政学部予科入学。この年は、念願の進学がかなえられ、精神的に安定し、思想・哲学・文芸等の書により、教養の摂取につとめる。また同校の仏教青年会のメンバーに属し、ますます信仰を深め、島地大等の聴講などが短歌に見られることから推して、法華経信仰が確立されたものと思われる。

大正五年（一九一六）　二〇歳
三月、修学旅行により、東京、静岡（興津）、大阪、京都、奈良、大津等の農事試験場を見学、解散後、二見、渥美・知多両半島、箱根を周遊。同月、特待生となる。七月、関豊太郎教授指導、盛岡付近地質調査に参加。同月末、上京、約一か月、ドイツ語講習受講、九月初め、同校農学科第二部秩父・三峰地方土性・地質調査旅行に合流。一〇月、奥羽連合共進会（山形市）を見学。

五月、最初の散文短篇「家長制度」（初題「丹藤《たんど》川《がわ》」）を書く。「家」への批判が試みられている。

七月、「修学旅行紀行文」（『盛岡高等農林学校校友会会報』三一号）を発表。創作活動は、依然短歌が主であって、一二月に、短歌「灰色の岩」等（『同校友会会報』三二号、筆名、健吉）と題し二九首を発表。

大正六年（一九一七）　二一歳

一月、家の用事で上京、明治座で観劇。四月、特待生、級長、旗手を命ぜられる。盛岡市内（内丸二九番地玉井郷芳宅）に、弟清六らと下宿。七月、花巻町実業家有志による、釜石、宮古方面東海岸視察に参加。中途、ひとり岩手県江刺郡の地質調査をする。九月、祖父宮沢喜助死亡（七七歳）。

この年は前年とならんで、短歌の創作が多く、発表意欲も高まり、『校友会会報』『アザリア』（同校同人誌、「アザリア会」発行謄写版印刷）に短歌多数、寓話『旅人のはなし』から」（『アザリア』第一号）等を発表。このころ、連作・群作の短歌が多く、「心と物象」の標題は、後年の「心象スケッチ」の萌芽をなすものと思われる。七月、「アザリア会」散会後、同人三人と夜通し歩いたのを経験に「秋田街道」、一〇月、「沼森」「柳沢」等の小品を書く。

大正七年（一九一八）　二二歳

二月、就職、信仰、徴兵検査等について、父と争ったことが書簡に見られる。三月、盛岡高等農林学校本科卒業。得業論文は「腐植質中ノ無機成分ノ植物ニ対スル価値」。ひきつづき同校研究生として在学、関豊太郎博士の指導で地質土壌肥料の研究に携わり、稗貫郡の土性調査を依託される。小泉多三郎・神野幾馬らと九月までこの仕事に従事、分担の同郡地形および地質調査を完了。四月、徴兵検査、第二乙種。五月、同校実験補助を嘱託される。七月、肋膜炎の診断で、はじめてこの病気の治療を受ける。九月、同校実験補助を解かれる。一二月末、妹トシ病気看護のため（小石川区雑司が谷町一二〇番地、東京帝国大学医学部付属病院小石川分院に入院。同分院は永楽病院ともいう)、母と上京、雲台館(同区雑司が谷町一三〇番地《現文京区目白台三の四の七》国鉄所有音羽寮)に止宿する。

前年の後半ごろより、短歌の創作から、短篇、童話の創作に次第に移っていくのが見られる。二月、「復活の前」(『アザリア』No.V。《号数呼称不統一のためそのまま表記》)、六月、「(峯や谷は……)」(『アザリア』六号。推定)を発表。八月、童話「蜘蛛となめくじと狸」「双子の星」を書く。また、この年、草稿メモによれば、散文詩「盛岡停車場」を起稿したと思われる。

大正八年(一九一九)　二三歳

二月までひきつづいて妹トシの看病。その間、妹の小康を見て上野の図書館に通う。このころ、鶯谷の国柱会館(日蓮宗信仰団体、国柱会の中央道場)を訪ね、田中智学の講演を聞く。同じく、在京中の阿部孝(盛岡中学校同級 東京帝国大学英文科在学)を訪ね、萩原朔太郎『月に吠える』を手にして強い影響を受ける。また、将来の進路について父と相談、東京で人造宝石製造の業を意図したが、二月初め父の命により、全快した妹を伴って帰宅する。このころから九年にかけて約二年間、心ならずも家業を手伝う。失意の時代であったが、読書に専念し、後年の文芸活動の素地を作る。また浮世絵版画の収集にも努める。一方、法華経への信仰をますます深め、経文、日蓮遺文から「摂折御文・僧俗御判」を編み、九年一一月末(推定)、国柱会に入会、信仰布教につとめる。妹トシは、八年三月、日本女子大学校を卒業し、翌九年九月、母校花巻高等女学校教諭となる。この期間の文芸活動としては、八年五月、短篇「猫」「ラジュウムの雁」夏「女」、秋「うろこ雲」等を起稿したと思われる。また、同年九月ごろ、宗教風書簡体童話を印刷、諸方に配布。この年、妹トシ(一部妹シゲ)賢治の歌稿を清書して一冊とする。

大正一〇年(一九二一)　二五歳

一月、父母の改宗を熱望したがいれられず、それを理由に突如上京、国柱会館を尋ねる。本郷区菊坂町七五番地(現文京区本郷四の三五の五)稲垣かつ方に間借り、文信社（同区本郷六の二石田嘉一経営謄写印刷業）等において筆耕校正の仕事を得て自活。その間、国柱会の街頭布教に加わる。このころ、同会の高知尾智耀から、国柱会の主唱する純正日蓮主義の信仰は、各人がその生業を通して開顕することにあり、文筆によって進むものは、筆を執ってその本領を生かすこと自体が信仰であって、専門の宗教家になることが真の信仰を得ることではないと教えられ、文芸により大乗仏教の真意を求めるべく創作に熱中する。四月、上京した父と伊勢、京都、奈良地方を旅行、その後も東京にとどまる。夏の終わりごろ、妹トシ病気の報に、それを契機として、急ぎ帰宅する。一二月、岩手県稗貫郡立稗貫農学校教諭となる。

六月、短篇「電車」「床屋」を書く。八月詩論と見られる短篇「竜と詩人」、童話「かしわばやしの夜」を書く。九月、童話「月夜のでんしんばしら」「鹿踊りのはじまり」「どんぐりと山猫」を書く。帰宅後、前年成稿の「歌稿」を浄書して一冊にまとめる（推定）。一〇月、藤原嘉藤治（花巻高等女学校教諭）を知り、音楽への関心とともに詩作への関心が高まる。短唱「冬のスケッチ」はこのころの起稿と推定。一一月、童話「狼森と笊森、盗森」「注文の多い料理店」を書く。九月、『愛国婦人』に童謡「あまの川」、一二月、童話「雪渡り」（翌年一月号と二回連載）を発表。生前唯一の稿料を得る。

大正一一年（一九二二）　二六歳

一月、心象スケッチと称し、詩篇「屈折率」「くらかけ山の雪」を書き、『春と修羅』第一集を起稿。また童話「水仙月の四日」、短篇「花椰菜」「あけがた」を書く。二月ごろからドイツ語、エスペラントの独習を始める。また「花巻農学校精神歌」「行進歌」「応援歌」を作り、生徒の教育に心を傾ける。四月、童話「山男の四月」を書く。七月、散文「イギリス海岸」を書き、「牧歌」「イギリス海岸」を作詩作曲する（推定）。一一月、妹トシ死亡（二四歳）。詩「永訣の朝」「松の針」「無声慟哭」を書く。以後翌年六月まで詩作が見られず、悼痛の激しさが感じられる。

大正一二年（一九二三）　二七歳

一月、妹トシの分骨を持って静岡県三保最勝閣

（国柱会本部）に納骨のため上京。童話原稿多数を弟清六に『婦人画報』編集部（東京社発行）に持参させたが断わられる。四月、詩「東岩手火山」、童話「やまなし」「氷河鼠の毛皮」、五月、童話「シグナルとシグナレス」を『岩手毎日新聞』に発表。同月、稗貫農学校、県立花巻農学校（現花巻農業高等学校）となり創立記念として、自作「植物医師」「饑餓陣営」（当時別名「バナナン大将」）を生徒を監督して上演。国柱会の『天業民報』に、七月、「角礫行進歌」、八月、「黎明行進歌」、「青い槍の葉」を発表。七月末から青森、北海道、カラフトを旅行、詩「青森挽歌」「オホーツク挽歌」等を書く。この挽歌制作を境にして、妹の死の悲しみから脱却の気配が見え始める。この年、ふたたび宗教風書簡体童話「チュンセとポーセの手紙」（仮称）を印刷配布したといわれる。

大正一三年（一九二四）　　二八歳

二月、『春と修羅』第一集起稿（この集から一連の作品番号を付す）。三月、詩「陽ざしと枯草」を『反情』二号に発表。四月、『春と修羅』一〇〇〇部を自費出版。同月、花巻温泉の街路樹、花巻病院の花壇等を造園。五月、生徒を引率、北海道修学旅行。「修学旅行復命書」を書く。八月、ふたたび花巻農学校で生徒により、自作の「饑餓陣営」「ポランの広場」「植物医師」「種山が原の夜」を上演公開。一二月、童話集『注文の多い料理店』を自費出版。この年、『春と修羅』第一集について、はじめて辻潤（七月二三、二四日読売紙「惰眠洞妄語」）、ついで佐藤惣之助（一二月、『日本詩人』四巻一二号「一三年度の詩集」）が激賞。

大正一四年（一九二五）　　二九歳

一月、陸中海岸を旅行。六月ごろ学校をやめて百姓になる決意を持ち始める。七月、詩「鳥」、「過労呪禁」を『貌』（森荘已池編集発行）創刊号に発表。このころからオルガン、セロの独習を始めたといわれる。またこのころから草野心平との文通が始まる。八月、詩「過去情炎」を『貌』二号に、九月、詩「春二篇」として「痘瘡（幻聴）」「ワルツ第CZ号列車」を『貌』三号に発表。また同月、詩「心象スケッチ・負景二篇」として「命令」「未来圏からの影」を『銅鑼』（草野心平編集）四号に、一〇月、詩「休息」「丘陵地」を同五号に、一二月、「冬（幻聴）」を『虚無思想研究』（関根喜多郎編集）一巻六号に発表。この年、弘前の連隊に入営中の弟清六を青森県山田野演習場にたびたび尋ねる。

大正一五年・昭和元年（一九二六）　三〇歳

一月、詩「雲（幻聴）」「孤独と風童」を『貌』四号に、童話「オッペルと象」を『月曜』（尾形亀之助編集）創刊号に発表。同月、岩手国民高等学校（花巻農学校に開校）の講師となり、「農民芸術論」を講義する。詩「昇羃銀盤」「秋と負債」を『銅鑼』六号に、二月、童話「ざしき童子のはなし」を『月曜』二号に、詩「朝餐」を『虚無思想研究』二巻二号に発表。三月、国民高等学校生徒のため、ベートーベン百年祭レコード・コンサートを花巻農学校で催す。同月、童話「猫の事務所」を『月曜』三号に発表。同月末をもって花巻農学校を依願退職。四月、花巻町大字下根子小字桜の家に移り独居自炊、付近の荒地を開墾耕作する。六月、『農民芸術概論綱要』を起稿。七月、詩「春（作品第九〇番）」を『貌』七月篇（号数ナシ）に、八月、詩「風と反感」ほかを『銅鑼』七号に、一〇月、詩「ワルツ第CZ号列車」を『銅鑼』八号にそれぞれ発表。この月、旧盆一六日を農民祭日と定めることを計画、「羅須地人協会」を設立（発会期日未詳）、農村青年、篤農家に稲作法、農民芸術概論等を講義。また近くの農村に肥料設計事務所を設け相談に応じ、農村を巡回、稲作指導。一二月、詩「永訣の朝」を『銅鑼』九号に発表。同月初め上京、神田区錦町三丁目一九番地上州屋（薪炭商、木村徴次）に間借り、エスペラント、オルガン、タイプライター等の個人教授を受け、図書館に通う。また築地小劇場、歌舞伎座で観劇。この間、東京国際クラブでフィンランド公使と農村問題について話し合う。この年、『春と修羅』第三集を起稿。詩風は前二集に比し平明かつ社会への強い関心が見られる。また前年半ばから郷土以外の文芸誌への発表が多くなる。なおこの年草野心平、『春と修羅』第一集、『注文の多い料理店』を高く評価する（八月『詩神』二巻八号「三人」）。

昭和二年（一九二七）　三一歳

一月、詩「陸中国挿秧之図」を『無名作家』二巻

四号に発表。二月、詩「冬と銀河ステーション」を『銅鑼』一〇号に発表、この月および三月再度松田甚次郎（当時盛岡高等農林学校在学）の来訪を受け、農民劇の上演をすすめる。詩「野の師父」によれば、春から夏にかけ肥料設計約二〇〇〇枚を書く。九月、詩「イーハトヴの氷霧」を『銅鑼』一二号に発表。一二月、「冬二篇」として詩「奏鳴四一九」「銀河鉄道の一月」を『盛岡中学校校友会雑誌』四一号に発表。この年上京して、新交響楽協会（大正一五年一〇月創設、昭和一七年日本交響楽団と改称、さらに昭和二六年九月NHK交響楽団と改称）の大津三郎宅（荏原郡調布村字嶺、現大田区久が原六の二四の八）で短期間でセロの個人教授を受ける（推定）。また、この年の詩作は農耕関係のものが多い。

昭和三年（一九二八）　三二歳

二月、詩「氷質のジョウ談」を『銅鑼』一三号に、三月、詩「稲作挿話」を『聖燈』（梅野健三編集）に発表（翌年一一月、『新興芸術』一巻二号に転載）。六月、水産・農産製造研究の目的で仙台、水戸を経て上京。ついで伊豆大島の伊藤七雄、チヱを訪問。また、歌舞伎座で観劇、詩「東京」「三原三部」等を書く。八月、稲作不良を心配、風雨の中を奔走し肺炎をおこし臥床。一二月、小康後再発。

昭和四年（一九二九）　三三歳

春ごろ、中国の詩人黄瀛《こうえい》（陸軍士官学校在学中、『銅鑼』同人）来訪。同じころ東北砕石工場主鈴木東蔵はじめて来訪。翌五年一月病床で文語詩の制作を始める。二月、病気快方に向かう。九月、東北砕石工場を訪問。一一月、詩「空明と傷痍」「遠足許可」「住居」「森」を『文芸プランニング』（北村謙次郎編集）三号に発表。

昭和六年（一九三一）　三五歳

三月、病気一時快癒後、前月契約を交した東北砕石工場技師に嘱託され、炭酸石灰の製法改良と販売に従事、九月まで宣伝のため秋田、宮城、福島、東京等を巡る。七月、『岩手日報』に、この年の冷害型天候と稲の分蘖《ぶんけつ》出穂状況を発表。同月、「北守将軍と三人兄弟の医者」を『児童文学』（佐藤一英編集、文教書院発行）創刊号に発表。同月、草野心平「宮沢賢治論」（『詩神』七巻五号）を書く。九月、炭酸石灰製品見本等を持って上京、神田区駿河台南甲賀町一二番地（現千代田区神田駿河台一丁目四番地）八幡館に着京とともに発熱臥床、数日後病勢治まらぬまま帰郷して臥床を続ける。一一月三日、死後発見された手帳の中に「雨ニモマケズ」を書く。当時の静寂な思索生活がうかがわれる。

昭和七年（一九三二）　三六歳

一月、このころ、病床で高等数学の学習。三月、「グスコーブドリの伝記」を『児童文学』二号に、四月、詩「早春独白」を『岩手詩集』（母木光編集）一集に発表。佐々木喜善来訪。五月、母木光来訪。八月、『女性岩手』創刊号に、文語詩「民間薬」「選挙」を発表。一一月、文語詩「母」「祭日」「保線工手」を『女性岩手』四号に、詩「客を停める」を『詩人時代』（吉野信夫編集）二巻一一号に発表。この年、俳句を作る。

昭和八年（一九三三）　三七歳

一月、わずかに歩行可能、肥料の相談も受けられるようになる。病勢一進一退。二月ごろ、与謝野晶子、長塚節等の短歌を書いて習字をする。詩「半陰地選定」を『新詩論』（吉田一穂編集）二輯に、三月、詩「詩への愛憎」を『詩人時代』三巻三号に、童話「朝に就ての童話的構図」（「ありときのこ」改題）を『天才人』（菅原章人編集）六号に発表。四月、詩「移化する雲」を『日本詩壇』（吉川則比古編集）創刊号に。六月、口語詩稿および文語詩稿の浄書を始める。また「石川善助を弔む」を『鴉射亭随筆集』に寄稿。七月、詩「花鳥図譜　七月」を『女性岩手』七号に、詩「葱嶺先生の散歩」を『詩人時代』三巻七号に発表。八月、「文語詩定稿」五〇篇および「文語詩定稿」一〇〇篇を推敲整理、ほかに未定稿一二二篇。九月、詩「産業組合青年会」を『北方詩人』（寺田弘編集）一〇号に発表。短篇「疑獄元兇」、また歌集『寒峡』（関徳弥著）の紹介文を書く（ともに、没後、『岩手日報』九月二九日付夕刊に載る）。同月二一日、『国訳妙法蓮華経』の頒布を遺言して永眠。花巻町浄土真宗安浄寺に埋葬、後、同町日蓮宗身照寺に改葬。法名「真金院三不日賢善男子」（国柱会授与）。

一二月、詩「山火」が『日本詩壇』一巻七号に発表される（生前発表の意図のものとして遺作となる）。

（奥田弘　編）

本書の中には、つんぼ、きちがい、びっこ、めくらといった、現在では配慮すべき語句や表現がありますが、作品発表当時の人権意識や作品のもつ文学性などを考え合わせ、そのままといたしました。

（編集部）

本書は、昭和五十九年三月に小社より刊行した文庫に、明らかな誤植と思われる箇所を修正、改版しました。注釈・解説・年譜は、刊行当初のものです。

蛙《かえる》のゴム靴《ぐつ》

宮《みや》沢《ざわ》賢《けん》治《じ》

昭和59年 3月10日　初版発行
平成31年 3月25日　改版初版発行
令和7年 6月20日　改版5版発行

発行者●山下直久

発行●株式会社KADOKAWA
〒102-8177　東京都千代田区富士見2-13-3
電話　0570-002-301（ナビダイヤル）

角川文庫 21508

印刷所●株式会社KADOKAWA
製本所●株式会社KADOKAWA

表紙画●和田三造

Printed in Japan
ISBN 978-4-04-107930-0　C0193

◆◆◆

角川文庫発刊に際して

角川源義

第二次世界大戦の敗北は、軍事力の敗北であった以上に、私たちの若い文化力の敗退であった。私たちの文化が戦争に対して如何に無力であり、単なるあだ花に過ぎなかったかを、私たちは身を以て体験し痛感した。西洋近代文化の摂取にとって、明治以後八十年の歳月は決して短かすぎたとは言えない。にもかかわらず、近代文化の伝統を確立し、自由な批判と柔軟な良識に富む文化層として自らを形成することに私たちは失敗して来た。そしてこれは、各層への文化の普及滲透を任務とする出版人の責任でもあった。

一九四五年以来、私たちは再び振出しに戻り、第一歩から踏み出すことを余儀なくされた。これは大きな不幸ではあるが、反面、これまでの混沌・未熟・歪曲の中にあった我が国の文化に秩序と確たる基礎を齎らすためには絶好の機会でもある。角川書店は、このような祖国の文化的危機にあたり、微力をも顧みず再建の礎石たるべき抱負と決意とをもって出発したが、ここに創立以来の念願を果すべく角川文庫を発刊する。これまで刊行されたあらゆる全集叢書文庫類の長所と短所とを検討し、古今東西の不朽の典籍を、良心的編集のもとに、廉価に、そして書架にふさわしい美本として、多くのひとびとに提供しようとする。しかし私たちは徒らに百科全書的な知識のジレッタントを作ることを目的とせず、あくまで祖国の文化に秩序と再建への道を示し、この文庫を角川書店の栄ある事業として、今後永久に継続発展せしめ、学芸と教養との殿堂として大成せんことを期したい。多くの読書子の愛情ある忠言と支持とによって、この希望と抱負とを完遂せしめられんことを願う。

一九四九年五月三日

角川文庫ベストセラー

舞踏会・蜜柑　芥川龍之介

夜空に消える一閃の花火に人生を象徴させる「舞踏会」や、見知らぬ姉妹の情に安らぎを見出す「蜜柑」。表題作の他、「沼地」「竜」「疑惑」「魔術」など大正8年の作品計16編を収録。

羅生門・鼻・芋粥　芥川龍之介

荒廃した平安京の羅生門で、死人の髪の毛を抜く老婆の姿に、下人は自分の生き延びる道を見つける。表題作「羅生門」をはじめ、初期の作品を中心に計18編。芥川文学の原点を示す、繊細で濃密な短編集。

蜘蛛の糸・地獄変　芥川龍之介

地獄の池で見つけた一筋の光はお釈迦様が垂らした蜘蛛の糸だった。絵師は愛娘を犠牲にして芸術の完成を追求する。両表題作の他、「奉教人の死」「邪宗門」など、意欲溢れる大正7年の作品計8編を収録する。

河童・戯作三昧　芥川龍之介

芥川が自ら命を絶った年に発表され、痛烈な自虐と人間社会への風刺である「河童」、江戸の戯作者に自己を投影した「戯作三昧」の表題作他、「或日の大石内蔵之助」「開化の殺人」など著名作品計10編を収録。

杜子春　芥川龍之介

人間らしさを問う「杜子春」、梅毒に冒された15歳の南京の娼婦を描く「南京の基督」、姉妹と従兄の三角関係を叙情とともに描く「秋」他「黒衣聖母」「或敵打の話」などの作品計17編を収録。

角川文庫ベストセラー

舞姫・うたかたの記
森　鷗外

若き秀才官僚の太田豊太郎は、洋行先で孤独に苦しむ中、美貌の舞姫エリスと恋に落ちた。19世紀のベルリンを舞台に繰り広げられる激しくも哀しい青春を描いた「舞姫」など5編を収録。文字が読みやすい改版。

高野聖
泉　鏡花

飛騨から信州へと向かう僧が、危険な旧道を経てようやくたどり着いた山中の一軒家。家の婦人に一夜の宿を請うが、彼女には恐ろしい秘密が。耽美な魅力に溢れる表題作など5編を収録。文字が読みやすい改版。

春琴抄
谷崎潤一郎

9つの時に失明した春琴は丁稚奉公の佐助と心を通わせていく。そんなある日、春琴が顔に熱湯を浴びせられ、やけどを負った。そのとき佐助は――。異常なまでの献身によって表現される、愛の倒錯の物語。

細雪　(上)(中)(下)
谷崎潤一郎

大阪・船場の旧家、蒔岡家。四人姉妹の鶴子、幸子、雪子、妙子を主人公に上流社会に暮らす一家の日々が四季の移ろいとともに描かれる。著者・谷崎が第二次大戦下、自費出版してまで世に残したかった一大長編。

BUNGO
文豪短篇傑作選

芥川龍之介・岡本かの子・梶井基次郎・坂口安吾・太宰　治・谷崎潤一郎・永井荷風・林　芙美子・宮沢賢治・森　鷗外・他

芥川、太宰、安吾、荷風……誰もがその名を知る11人の文豪たちの手による珠玉の12編をまとめたアンソロジー。文学の達人たちが紡ぎ上げた極上の短編をご堪能あれ。